한국문학의 세계화 전략

이 도서의 국립중앙도서관 출판시도서목록(CIP)은
e-CIP 홈페이지(http://www.nl.go.kr/cip.php)에서 이용하실 수 있습니다.
(CIP제어번호 : CIP2008002717)

푸른사상

한국문학의
세계화 전략

■ 김효중 지음

The Design for the Globalization of Korean Literature

푸른사상

한국문학의 세계화 전략

우리나라는 88올림픽 이후 세계에 널리 알려지고 IT분야의 획기적인 발전상을 보이면서 명실 공히 한국문화 세계화의 기치를 높이 들었다. 이러한 추세에 부응하여 한국어를 배우려는 외국인들이 국내외에서 크게 증가하고 있다. 실제로 필자가 재직하고 있는 대구가톨릭대학교의 영문과 제이슨 로저스(Jason Rogers) 객원교수는 자신이 얼마나 한국문학과 한국어에 깊은 관심을 가지고 있는지를 <조선일보>(2008.07.12)와의 인터뷰에서 "한글이 좋아 꿈속에서도 한글로 시 써요"라고 고백했을 정도이다. 그는 매일 3시간씩 한글 시 쓰기를 하고 있으며 지난 7월 5일에는 대구 향교에서 대구지역 시인들을 모아놓고 자신의 시집 낭송회를 열었으며 오는 9월 학기부터 본교 대학원 국어국문학과 석사과정에 입학하여 한국문학을 연구할 계획을 세워놓고 있다. 이처럼 외국인들이 한국문화와 한국어에 깊은 관심을 보이는 세계적인 추세에 부응하여 각 대학에는 외국인을 위한 한국인 교사 양성을 위한 프로그램을 개발하고 자격증을 수여하고 있다.

한국문학을 전공하고 가르치고 있는 필자로서는 이와 같은 세계적인 동향이 점차 확대되고 꾸준히 이어지기를 기대할 뿐 아니라 한국문학 전공자들은 그만큼 수요자들의 기대를 충족시킬 수 있도록 철저히 준비해야 한다고 생각한다. 필자는 그 동안 이러한 시대적 추이에 주목하면서 한국문학을 전공하고 졸업해 나가는 졸업생들이 대학에서 배운 지식을 사회에서 폭넓게 활용할 수 있기를 간절히 소망하는 마음으로 매학기 수업을 진행해 왔다.

　이 책에 묶은 글들은 바로 그러한 나의 열망의 결정체(結晶體)라 해도 과언이 아니다. 따라서 책의 제목을 내용에 부합되도록 『한국문학의 세계화 전략』으로 결정하였다. 제1부에서는 한국문학을 세계화하기 위해서는 무엇보다도 한국문학의 본질을 규명하는 일이 선행되어야 한다는 생각에서 몇 가지 문제를 다루었다. 제2부에서는 문학과 종교, 생태문학, 여행자 문학 등 최근 비교문학적 연구의 흐름에 부응하여 한국문학을 비교문학적 관점에서 연구한 글들을 실었다. 제3부는 주로 번역에 관련되는 글들을 실었다. 이 시대는 번역의 시대라 해도 지나친 말이 아닐 만큼 번역이 중시되는 시대이다. 번역은 이미 오래 전부터 문제 삼아 왔고 비교문학의 한 분과로 다루어지기도 했으나 번역이 하나의 학문으로서 독립된 것은 1983년 이후의 일이다. 주지하다시피 개화기 이후 우리 신문학은 번역된 해외문학에서 많은 소재를 얻었고 때로는 깊은 영향을 받은 것이 사실이다. 문학번역은 단순히 두 언어를 옮기는 것 이상의 언어감각과 문화에 대한 이해력을 필요로 한다. 따라서 문학번역에 대하여 적합성 여부를 가리는 일은 매우 중요한 일이다. 그러므로 한국시를 영어로, 외국시를 한국어로 번역한 것을 동시에 문제 삼을 필요가 있다.

　한국문학의 해외 진출은 최근에 들어서야 본격적인 단계에 접어 든 셈이다. 정부 산하에 한국문학번역원이 개원되고 그 지원 아래 몇몇 작가들의 작품이 외국어로 번역되어 세계 시장에 출시되고 있다. 뿐만 아니라 세계 각국에서 한국어와 한국문학에 대한 관심을 보여 각국의 대학에 한국문학과가 설치되고 있기도 하다. 그러나 아직도 우리 작가들이 해외에 널리 알려져 있지 못하고 번역가의 수도 턱없이 부족하다. 한편, 정책적으로 번역가와 출판사의 자발적인 참여를 적극 이끌어내야 한다는 주장도 있다. 이러한 문제가 제대로 해결될 때 한국문학의 세계화는 저절로 이루어질 것이다.

필자는 그 동안 비교문학에 전념하면서 평소에 관심이 깊은 크고 작은 문제들을 주제로 삼아 여러 권의 책으로 묶어냈다. 이 책도 그 일환으로 씌어진 것이지만 필자를 만족시키기에는 여러 면에서 부족하기 짝이 없다. 다만 글로벌시대에 우리 한국문학의 세계화가 시급한 이때에 이러한 문제를 공론의 장(場)으로 이끌어내어 다 같이 생각해 보고 좋은 방안을 모색하고자 하는 소박한 의도에서 이 책을 내놓게 되었다.

이 책을 출간할 수 있게 해 주신 푸른사상사의 한봉숙 사장님께 깊이 감사드리며 이 책이 나오기까지 편집과 교정을 꼼꼼히 작업해 주신 편집부 직원 여러분께 고마움을 전한다.

2008년 여름
김 효 중

제2부

제3부

제1부

제1장

한국문학의 세계화와 문학적 상상력

1. 들어가는 말

금세기는 자본, 정보, 지식, 노동이 끊임없이 전세계적으로 신속하게 확산, 이동되는 자본주의 세기이다. 이러한 세계화의 흐름 속에서는 경제, 금융, 과학기술의 측면에서뿐만 아니라 문화예술의 측면에서도 상호교류가 활발하게 일어나게 되어 있다. 이미 문화상품, 문화자본, 문화권력이라는 말과 함께 문화도 하나의 교환가치의 상품이 되어 문화제국주의라는 말이 생겨난 지도 오래되었다.

그러나 글로벌화는 일방적으로 확산되는 세계화 과정만이 아니라 축소적인 지방화 과정이 동시에 일어나는 모순적 문화상황을 연출하고 있는 것이 또한 사실이다. 특수한 것의 보편화, 보편적인 것의 특수화라는 과정 속에서 서구일변도의 세계화라는 맹목적인 동일화과정에 거세게 저항하는 국지화라는 차별화 과정이 동시에 발생하고 있는 것이다. 이러한 이율배반적인 모순된 상황 속에서 지역적, 민족적 정체성을 유지하려는 노력들이 포스트식민주의적 시각에서 줄기차게 진행되고 있다.[1]

세계화과정 속에서 중심부와 주변부 사이의 긴장관계는 문학의 영역에서도 새로운 문제점으로 제기되고 있다. 그리고 이러한 시대적 상황에서 문학은 점차 그 중심부에서 멀어져가고 작품이 일으키는 반향의 폭이 좁아졌을 뿐만 아니라 작품의 시장성마저 악화되고 있다.[2] 이에 대한 해결책을 우리는 문학에서 과연 어떻게 찾아낼 수 있는지를 심각하게 논의하지 않을 수 없다.

그러나 대립, 갈등, 불평등이 만연하고 있는 이러한 시대적 상황을 치유할 수 있는 가능성의 진원지는 항상 문학임을 명심해야 한다. 문학적 상상력은 자연과 사회 속에서 살아가는 모든 인간이 도덕적 선(善)을 이루는 위대한 도구이기 때문이다.

그런데, 오늘날 새로운 매체의 출현으로 인하여 세계는 급변하고 초고속 인터넷망으로 결속되는 이른바 글로벌 시대가 열리면서 일상생활에서의 광고·홍보까지도 국제적 미디어들로 구성되는 디지털시대의 미디어문화가 전개되고 있다. 이처럼 모든 것이 미디어문화와의 맥락 안에서 이루어지는 만큼 문학이라는 매체로서 문학텍스트는 수많은 미디어문화상품의 하나인 미디어 제공물로서 다른 미디어들과의 경쟁 속에서 그 위상을 정립해야만 하게 되었다.

---

1) 정정호, 『세계화시대의 비판적 패다고지』, 생각의 나무, 2001, p.346 참고
2) 최혜실, 「문학의 위기, 그리고 새로운 이야기의 가능성」, 『디지털시대의 문화읽기』, 소명출판, 2001, p.94 참조.

　최근 문화에 대한 이해는 거의 전적으로 영화, 라디오, 텔레비전, 컴퓨터 등의 미디어들에 의해 각인되어 온 지 이미 오래된 바, "문학 ＝ 문화"의 인식은 퇴색하고 문학이 문화 형성의 중심이고 주도적인 역할이어야 할 기능을 상실한 지도 이미 오래되었다. 우리는 실제로 컴퓨터의 "화상(畵像)"과 매체가 지배하는 "화상우주(畵像宇宙)"의 세계가 전개되는 오늘의 현실에서 이를 체감하고 있다.

　이러한 시점에서 지금까지 활자텍스트 문화 세계에서 주축이 되어 전개되어 온 문학은 과연 무엇을 할 수 있는가에 관한 문제를 심각하게 고민하지 않을 수 없게 되었다.

　이에 관한 논의는 얼마든지 가능한데 원론적으로 문학의 진정한 상품가치는 현실에 대한 작가의 비판의식과 리얼리티에 있지 않을까 생각한다. 이와 같은 토대 위에서 시대의 조류에 부응하여 문학이 무엇을 할 수 있는가, 즉 디지털시대의 문학의 새로운 패러다임은 무엇인가가 문제가 된다.

　궁핍하고 척박한 시대일수록 다시 한번 우리는 문학적 상상력을 우리의 일그러진 삶과 사회를 위한 변화와 쇄신의 발전동력으로 전환시켜야 한다. 문학의 기능을 단순히 쾌락적, 도덕적 기능으로만 강조해서는 시대착오적일 수 있다. 무엇보다도 한국문학은 후기 자본주의 시대 현실에 채색되어 변모해버린 자신을 탈색, 정화시키고 그 고유의 정체성을 확립해야 한다. 이제 문학은 그 고유의 영토를 넓히는 작업을 필요로 하게 되었다. 환언하면, 문학이 지녀야 할 현실과 이상 사이의 상상력 확장을 통하여 메마른 현실과 환상적이고 상상적인 이상의 세계에 일정한 미적 거리와 비판적 공간을 확보할 수 있다고 보는 것은 결코 지나친 말이 아니다.

2. 문학적 상상력의 확대

문학작품은 사물을 꿰뚫어서 그 본질을 시적 관념의 깊이 속으로 육화시키는 상상력의 힘을 보여줄 때 그 진정한 빛을 발한다. 이 사물을 꿰뚫는 힘으로서의 통찰력, 발레리의 용어로 "혜안(慧眼)"은 사물과 관념의 대응에서 유발되는 긴장과 탄력 속에 뿌리깊은 삶의 허적(虛寂)을 결합함으로써 서정의 아름다움을 형상화할 수 있는 원동력이 되며 그 결과 비로소 작품은 인간을 승화시킬 수 있다.

그렇다면, 이 시대에 과연 문학적 상상력의 요체는 무엇이어야 하는가? 그것은 남에 대한 최대한의 사랑, 관심, 배려, 관용이다. "남"이라는 말은 "나"라는 말과는 대립 개념이다. 상상력은 나와 남 사이의 이분법적 사고를 해체하는 것이며, 남을 저들이 아닌 우리들의 한 사람으로 만드는 것이다.

옥타비오 파스(Octavio Paz)는 그의 시평론[3]에서 "피안(paramita)"을 다루면서 이와 같은 문제인 "타(他)", "타인(他人)", "남"을 다루었는데, 이는 앞에서 언급한 것과 맥을 같이한다. 즉 "타"라는 것은 우리를 배격하고 현혹하며 어지럽히고 상실케하는 타락으로 이끈다. 그런 연후에 우리는 타와 합치되어 하나가 되며 우리를 공(空)하게 하는 것은 무(無)가 되는 것이며 동시에 공(空)이 되는 것이다. 그 합일체가 다름 아닌 우리라는 것, 그리고 타인은 나라는 결론에 도달하게 된다. 그러니까 우리는 타와 융합함으로써 박탈당했던 그것, 뭐라 설명하기 어려운 합

---

3) 김현창, 『세계문학 속의 동양사상』, 서울대학교출판부, 1996, p.109.

일체를 되찾게 되는데 이 때 이원성을 끝맺고 피안에 서있게 되며 이것은 곧 우리가 우리 자신과 화합한 것이 된다는 것이다.

인간이 구축해 낸 대부분의 사상이나 종교도 이러한 바탕 즉 남에 대한 사랑에 그 뿌리를 두고 있다. 실제로 불교는 대자대비(大慈大悲), 기독교는 긍휼(矜恤), 유교는 인애(仁愛)를 통한 사랑을 가르치고 있다는 점에서 이것이 확인된다. 보편적으로 상상력은 이질적인 것을 화해시키는 위대한 사랑이고, 파편화된 것을 화합시키는 놀라운 에너지이다. 따라서 상상력은 이 사회에서 발생하는 크고 작은 문제들을 화해와 통합으로 이끌어주는 원대한 사랑의 힘이며 또한 실존적 삶을 이끌어가는 창조적 에너지이다.

이러한 측면에서 우리 문학인은 문학을 통해 사회적 상상력을 활성화시켜 사회의 여러 문제들에 적용시켜야 할 책무가 있다. 사회적 상상력은 이제 도구적 이성을 보완하여 우리 사회 곳곳에 도사리고 있는 억압과 차별 등 불의와 불평등을 해체하고 광정(匡正)하는 역할과 기능을 담당할 수 있을 것이다. 사회적 상상력은 모순되게도 인간 문명의 현 단계에서 점차 주변부로 기능이 축소되어 오히려 전복(顚覆)과 비판(批判)의 능력을 갖추게 되는 문학적 상상력을 통하여 제고될 수 있다. 이렇게 재구성된 사회적 상상력은 정치적, 경제적으로 불균형한 사회를 정화하고 개혁시켜 새로운 평등 구조를 향해 나아갈 수 있게 만들 것이다.

문학은 상상력을 통해 간접적으로 현실과 사회에 개입한다. 만일 문학이 현실 사회를 반영하고 그 이념을 생산하는 일에만 지나치게 집착한다면, 그것은 현실 속에 함몰되어 그 고유의 기능을 잃고 만다. 언어를 통해 문학은 현실과 일정한 거리를 유지해야만 역설적으로 문학 고유의 미학적이고도 현실 참여적인 기능을 발휘할 수 있다. 언어란 언제나 단지 정태적(情態的)이고 가치 중립적인 것이 아닌, 역동적인 계급투쟁의 장이다. 우리는 다양한 문학작품을 접함으로써 우리의 감수성을 훈련시킬 수 있고 복합적인 현상을 종합적으로 감식하는 능력을 기를 수도 있다.

문학은 단순히 분석적인 지식체계가 아니라 모든 것을 종합하고 미래를 전망하게 하는 상상력이다. 후기 자본주의 사회와 고도의 전자 영상 매체 시대에도 문학의 중요성이 한층 더 부각되는 이유는 바로 여기에 있다. 문학은 비인간화, 파편화, 물신화(상품화), 효율화, 속도화로 특징지어지는 현대 산업화와 도시화 사이에서 겪게 된 인간학의 위기에 적극적으로 개입하고 저항하여 당면한 위기를 극복할 책무가 있다. 그래서 문학적 상상력은 한계점에 다다른 문명 자체를 혁신하는 문화 윤리학이다. 문학은 궁극적으로 척박하고 곤궁한 이 시대에 우리의 삶을 지탱하게 해주고 우리를 살려내는 공공적 담론이라 아니할 수 없다.

그렇다면, 이러한 상상력은 어떻게 계발되고 확장될 수 있는가? 그것은 무엇보다도 문학, 예술을 통해서일 것이다. 문학이 과학처럼 분석적이기보다는 종합적이고 복합적임은 이미 앞에서 말한 바와 같다. 그러므로 문학은 작가가 자신의 상상력을 발휘하여 과거에 있었거나 있는, 혹은 있음직한 현실을 구성해 냄으로써 현실을 반영하고 재현하고 창조하고 비판할 수 있다. 현실 사회 문제를 일방적, 단편적이 아니라 총체적으로 드러내고 인식시키는 것은 다른 어떤 학문이나 이론보다 특히 문학의 독특한 기능이고 역할이다. 문학은 결국 독자의 윤리적 상

상력을 자극시켜 문학의 허구 세계에서 현실 세계의 문명과 삶의 문제
들을 다시 생각하고 새롭게 인식하게 한다. 문학은 문학을 읽는 독자들
에게 상상력의 계발과 확장을 통해 그 사회적 소임을 깨닫고 참여하게
한다. 문학은 도덕이나 철학이나 과학이 아니며, 또한 그 자체가 사회
를 변혁하는 이데올로기는 더욱 아니다. 그렇다고 문학은 즐거움을 위
한 오락의 대상만도 아니다. 우리는 문학을 통해 강도 높은 쾌락을 느
끼는 것은 아니라도 나와 이웃과 동일화 혹은 연민의 정을 느끼고 이
로써 조화를 이루며 변화된 삶을 체험하게 된다.

잘 알려진 바와 같이 일찍이 공자는 그의 『시경(詩經)』에서 시 300편
이면 "사무사(思無邪)"라고 하여 시의 내용을 중시함으로써 시교사상(詩
敎思想)을 제시했고, 아리스토텔레스는 BC 4세기에 이미 그의 『시학(詩
學)』에서 문학의 기능을 모방을 통한 즐거움과 정서적 정화 작용인 카
타르시스라고 주장했다.

이제 문학은 새로운 창조와 비판이라는 제3공간을 마련하기 위한 포
월(包越)의 문화적 전략이기도 하다. 금세기 문학은 자본주의 시대를 살
아가는 소시민들인 독자들의 힘을 결집시켜 새로운 집단 창조력으로
전환시키기 위해 문화의 파수꾼으로서 혹은 문학지식인으로서의 비판
적, 예언자적 기능을 수행해야 한다. 문학인들은 그만큼 이 사회를 새
롭게 만들어가는 비판적 선각자의 임무를 띠고 있다. 정한모(鄭漢模)[4]가
시인은 "나와 사물과의 신선한 관계, 즉 새로운 본래적 질서를 창조하
는 자"로서 "나와 실재 사이를 차단하는 무감각, 무교감의 닫힌 장막을
찢어버리는 일"을 하는 것으로 본 것은 그와 같은 맥락에서 의미가 있
다. 그리고 구상(具常)이 그의 시집 『까마귀』에서 줄기차게 꿈을 꾼 것

---

4) 정한모, 『현대시론』, 보성출판사, 1986. p.45.

은 자신의 작품을 통하여 이 사회를 광정(匡正)하는 일이었음을 유념할 필요가 있다.

3. 한국문학의 세계화와 그 보편성 제고

한국적 특수성은 세계적 보편성으로 전환되어야 한다는 사실에 반대할 사람은 아무도 없을 것이다. 가장 민족적인 것이 가장 세계적인 것이라 지칭되듯이 보편성은 언제나 구체성을 띠어야 하고 구체성은 보편성을 담보(擔保)해내야 한다. 우리는 한국문학을 가능한 한 지구 전역에서 널리 읽히는 문학으로 만들어야 한다.

16세기 영국에서 극작가로서 시인으로서 윌리엄 셰익스피어가 자신의 시대와 공간을 뛰어넘어 아직까지 전세계적으로 읽히고 연구될 뿐 아니라 공연되고 영화화되어, 셰익스피어 산업은 오늘날 최대의 문화산업이 된 것을 보면, 영국인이 왜 인도와 셰익스피어를 바꿀 수 없다고 했는지 알 수 있고 그에 대한 영국인의 자부심을 확인할 수 있다. 18세기 영국의 문인 사무엘 존슨은 셰익스피어 문학의 요체를 "보편적 자연을 올바르게 재현하는 것 이외에 그 어떤 것도 그렇게 많은 사람을 오랫동안 즐겁게 해주는 것은 없다"라는 말로 명쾌하게 설명하고 있다. 셰익스피어 문학의 일반성은 전세계인이 수긍하는 보편적인 인간성을 창출해 내었다는 특색을 지닌다. 그래서 셰익스피어는 여전히 모든 사람에게 좋은 타산지석(他山之石)이 되고 있는 것이다.

수천 년 역사를 지닌 한국의 문화유산은 이미 국제기구인 유네스코에 의해 한국 속의 세계유산으로 인정받고 있다. 북한의 고구려 고분,

금강산 등은 현재 세계유산 지정을 신청 중에 있고 고창, 화순, 강화 지역의 고인돌은 이미 세계유산 목록에 추가되었다.

한국문화예술의 세계 진출은 점점 더 활발해져서 음악, 미술계에서는 이미 백남준, 정경화, 조수미 등 세계적 인물이 배출되었으며, 한국영화 역시 국제적으로 좋은 반응을 얻어 <태극기 휘날리며>, <실미도>, <올드 보이> 등은 세계영화의 석권을 누리고 있는 한편, 프랑스 파리에서 오페라 <춘향전>이 개봉되었고 독일에서는 <2005년은 한국의 해>로 정해 놓고 다양한 한국문화 행사를 계획하고 실시했다.

그럼에도 불구하고 문제가 되는 것은 문학이다. 문학은 언어라는 매체로 된 예술이어서 다른 예술 분야와는 달리 외국인들과의 의사소통이라는 근본적 한계가 있다. 훌륭한 번역을 통해서 가능하다 해도 문학적 의사소통이 그리 쉬운 일이 아니다. 왜냐하면, 번역은 고도의 문화능력을 필요로 하기 때문이다.

그렇다고 해서 한국인의 정서가 세계적 보편성으로 인정받는다는 일이 결코 불가능한 일은 아니다. 일제강점기에 독일로 건너가 작품 활동을 했던 이미륵(1899~1950)은 자전적 소설 『압록강은 흐른다』(1946)로 1952년 독일에서 그 해의 최고 산문상을 받은 바 있으며, 미국에서는 이미 강용흘, 김은국, 차학경을 비롯하여 캐시 송, 단 리, 이창래, 수잔 최 등이 미국 내 소수민족 작가로서 크게 인정받고 있다. 남반부 호주에서는 도노 킴이 한국계 작가로 활동하고 있고 중국, 일본 내에서도 여러 교포 작가들이 왕성한 창작 활동을 하고 있다. 이밖에도 세계 도처에서 한국계 교포 문인들이 활발한 저작 활동을 통해 그 지역에 뿌리를 내리고 있어서 한국적 감수성이 점차 세계적 보편성으로 확대되고 있다. 국내에서도 한국문학번역원이 개원되는 등 한국문학의 세계

화 작업이 다양한 방식으로 모색되고 있고 이미 새로운 궤도로의 진입
은 시작되었다.

실제로 1980년대 이후부터 영어권의 한국문학작품 번역작업에서 특
정 작가나 시인의 작품세계를 집중적으로 소개할 수 있는 개인 작품선
집 또는 장편소설의 번역이 이루어지기 시작했다. 그리고 작품의 번역
에 참가한 번역자도 점차 다양해지고 있으며, 한국 현대소설 가운데 번
역된 작품이 가장 많은 작가는 황순원, 김동리이고, 그 번역의 주역은
장왕록, 부루스 훌톤, 에드워드 포이트라스 등이다. 장편소설의 경우는
최인훈, 이문열, 한무숙, 채만식, 황석영, 박완서, 윤흥길 등의 작품이
번역되었다. 현대시의 경우 한용운, 정지용, 서정주, 박목월, 구상, 김남
조, 천상병, 고은, 황동규, 김지하, 김광규 등의 시선집이 번역되었으며,
현대시 번역에 두드러진 활동을 하고 있는 번역자는 데이비드 맥캔[5],
안소니 티그 등이다. 한국의 시인 가운데 해외에 널리 소개되어 화제가
된 경우는 서정주와 김지하이다.[6] 우리는 이제 한국적으로 행동하면서
도 전지구적으로 생각할 수 있다.

그렇다면, 한국문학은 어떻게 세계화 과정을 거쳐서 세계문학으로서
의 보편성을 얻을 수 있을 것인가? 금세기에 가장 중대한 현안 문제는
어떻게 한국문학에 글로벌화 과정을 실질적으로 개입시킬 것인가 하는
것이다. 글로벌화의 목적은 다양화, 다변화, 지방화, 세계화이다. 이를

---

5) 미국 하버드대학교 데이비드 맥캔 교수는 최근 <2004년도 한국학연구를 위한
   국제교환 프로그램>의 일환으로 한국문학 국제 심포지움을 2004년 6월 1일부터
   6월 5일까지 개최했다. 이번 특별행사는 서울대학교 권영민 교수와 공동으로 기
   획하여 한국문학뿐만 아니라 문화 전반에 대한 세계인의 관심을 불러일으키기에
   충분한 것으로 평가된다.
6) 권영민, 「한국문학의 세계화방안에 대한 연구」, 『세계문학비교연구』 4호, 한국세
   계문학비교학회, 2000, pp.10~11 참고.

위해서 다음과 같은 몇 가지 중요한 예비작업이 선행되어야 한다.

첫째, 기존의 선택된 문학 장르의 예술성, 독창성을 가치화하여 소수의 엘리트만이 참여하던 문학의 생산구조를 바꾸어 대중들에게 글쓰기의 기회를 가능한 한 많이 부여해야 한다. 시, 소설, 희곡, 수필, 아동문학, 비평의 장르뿐만 아니라 지금까지 주변부 장르로 간주되던 전기, 자서전, 기행문, 일기, 편지, 콩트, 논픽션, 르포, 설교 등도 중심 장르에 포함시킴으로써 우리 동시대 문학을 확장할 수 있을 것이다. 이와 동시에 장르간의 해체, 혼합, 확산을 통한 광범위한 문학의 창작이 필요하다.

둘째, 한국문학의 외국어 번역 범위를 통시적으로 확대해야 한다. 즉 우리의 고대, 중세, 근대, 현대에 창작된 고대문학, 구비문학, 한글문학, 현대문학 등 모두를 한국문학에 포함시키고 동아시아 전통 속에 놓여 있는 한국 고전문학을 확장하고 이를 소개하기 위하여 현대 한국어로 번역하는 작업이 시급하다. 이렇게 함으로써 새로운 시대의 젊은 세대들이 한국 고전문학에 쉽게 접근하고 이것을 새로운 문학을 창출하는 초석으로 삼을 수 있을 것이다. 최근 제기되고 있는 동아시아 담론도 글로벌화 시대에 새로운 정치, 경제, 문화 공동체로서 동아시아라는 범주가 새롭게 주목받고 있음을 뜻한다. 동아시아 범주는 서구 중심주의에 대항하는 새로운 범주로서 한자문화권, 혹은 유교문화권의 위상을 정립함으로써 새로운 정체성을 확보하는 데에 한 역할을 할 수 있을 것이다.[7]

셋째, 문학의 공간적인 확장도 필요하다. 도시문학에 비해 지방색이 명확히 드러나는 지방문학 또는 향토문학, 그리고 중국, 일본, 미국, 러시아 등 세계 각국에 흩어져 살고 있는 해외 교포문학 혹은 이민문학

---

7) 최혜실, 같은 책, p.34

을 활성화하고 국내에 소개하여 모국문학으로서의 한국문학과 해외 한국문학의 활발한 교류가 이루어져야만 한다. 이민문학의 육성은 소수민족으로 해외에서 살아가는 생활상을 통해 해당국 국민들에게는 한국문화를 알릴 수 있는 좋은 계기가 될 것이고, 국내 한국민들은 이주민들의 삶과 생활을 이해하여 동포간에 서로를 이해하고 교류하는 데 큰 도움이 될 것이기 때문이다.

넷째, 여성문학, 신세대문학, 청소년문학, 노동자문학, 노인문학, 장애인문학 등 주변부 문학의 활성화가 또한 필요하다. 이렇게 함으로써 우리는 문학적 상상력을 통해 주변부성, 부차성, 타자성을 담보해낼 수 있다. 문학은 본질적으로 중심에 반하여 언제나 주변적이고 반동적 경향을 보였으며, 문학의 이러한 소외, 확산, 탈중심화는 통합적이고 응집력이 있는 중심체인 유기체설에 반하여 부차적, 주변부적이며, 대척적, 전복적이기까지 하다.

이런 관점에서 최혜실[8]의 "중심에 있는 것과 주변에 있는 것과의 소통에 의해 정전은 끊임없이 변하고 해체되어야 한다."는 주장도 설득력이 있어 보인다. 그러므로 맞다고 생각하는 순간에 그렇지 않다고 생각하는 다른 측면이 있어야 하는 것이다. 즉 문학적 상상력의 본질은 현실도 꿈도 아닌 몽상의 중간지대라는 데에 있으며 구심적 오류와 원심적 오류 모두를 벗어나 중간지대에 머무르기를 갈망한다.

이러한 문학적 상상력을 통해 우리는 이성, 진보, 발전에 저항하고 우리 자신이 타락하거나 전복하는 등 이론을 찾아낼 수 있다. 이러한 문학의 부정적 요인들은 중간지대에서 생성되는데, 그것은 병든 현실과 체제를 치유할 수 있는 긍정적 역할을 담당할 수도 있다.

---

8) 위의 책, p.52.

문학은 철학, 과학, 정치학, 경제학 등과 같은 거대 담론이기보다는 구체적 보편성 또는 일상적이고 세부적인 것들 속에서 중심 이데올로기에 의해 구성되는 억압적 현실 체제와 힘든 투쟁을 벌이는 미시정치학의 담론 양식이다. 작가들은 상상력을 통해 간접적으로 문명을 쇄신하고 사회적 변혁을 시도하고자 하는 문학지식인들이다. 그들은 공공영역은 물론 공공감정을 지닌 부정의 변증법자들이며 반동의 대화주의자들이다. 이들은 묵시론적 비전을 가지면서 간혹 이상향을 꿈꾸기도 하지만 그렇다고 해서 대책 없는 비현실주의자들은 아니다.

그렇다면, 합목적적이지도 실용적이지도 못한 무목적의 목적을 내포한 상상력의 문학에서 우리가 얻을 수 있는 것은 무엇인가? 문학은 설명을 바꿀 수 없고 환원이 거의 불가능한 복합적인 현실의 편린을 통해 일시적으로나마 그 전모를 밝힌다. 이러한 부정의 미학과 주변부의 정치학은 그저 퇴행적, 반동적, 허무주의적인 것이 아니라 오히려 어떤 새로운 현실의 통로를 찾아내려는 집요한 갈망과 욕구이다.

다섯째, 고전문학을 포함하는 한국 현대문학의 세계화이다. 이를 위해서는 훌륭한 작품을 엄격하게 선정하고 이에 대한 최적의 번역이 동시에 이루어지도록 해야 한다. 다양한 장르에 걸치되 소수의 작품을 번역하기보다는 소수의 장르에 걸치되 다수의 작품을 번역하는 것이 바람직한 이유는 좋은 작품을 소수 선정하여 최고의 번역으로 세계 각처에 다량 보급하여 세계인들의 문학적 취향을 한국화할 수 있기 때문이다. 번역만 잘 한다고 한국문학이 세계화되는 것은 아니며 한국문학 자체가 한반도 특성을 내면화하는 동시에 세계인들이 감동할 수 있는 보편성을 지닌 일반문학 또는 세계문학으로서의 자격을 갖추어야 한다. 이것이 민족문학 차원을 넘어서서 세계문학적 차원에 도달하는 최선의 지름길이다.

그러나 여기서 주지해야 할 사실은 1990년대부터 시작된 소위 한류(韓流)의 열풍 논의에서 한국문학이 제외되어 있다는 점이다. 한류(혹은 한풍)는 알려진 바와 같이 아시아에서 일어나고 있는 한국문화의 붐 현상이다. 한류는 아시아 국가들의 문화개방과 상호교류 속에 문화산업자본의 초국적 이동이라는 문화의 세계화현상과 무관하지 않다. 그렇다면, 한국문학이 이 열풍에서 왜 제외되고 있는가를 살펴볼 필요가 있다. 한국이 한자문화권에 속하나 그것이 모두 한글로 씌어져 있어 이와 같은 언어적 한계는 한국문학이 한류의 물살을 타지 못하게 되는 결정적인 이유이다. 그리고 한류현상을 일으키는 콘텐츠가 한국의 전통문화나 고급문화보다는 상업적 대중 연예물에 치우쳐 있기 때문에 이러한 상황에서 우리는 두 가지의 전략이 필요하다. 첫째, 한류가 질적으로 우수하고 풍부한 문화콘텐츠를 개발해야 하는 일이다. 그 중에서도 특히 한국문학의 질적 우수성을 확보하는 일이 시급하다. 둘째, 한국문학의 번역을 영어, 불어 등 서양어로만 추진하고 있는데, 이와 동시에 중국어, 일어 등 아시아어로도 이루어져야 한다는 점이다.

또한 한국문학의 세계화를 위해서 번역된 한국문학 작품들을 전세계 네티즌들이 볼 수 있게 인터넷 홈페이지를 통해 사이버 공간에 올릴 수 있도록 하는 고도의 영상매체와 연결된 한국문학의 새로운 경지 개발은 장기적인 안목에서 문자 문학의 생존을 위한 한 전략이 될 수 있다.

여섯째, 반세기 이상을 분단 상태로 나누어진 채로 존재해온 남한문학과 북한문학을 통합하는 통일문학을 이룩하는 문제가 절실하다. 이것은 한반도 문학의 궁극적인 정체성 수립을 위해 필수사항이다. 나아

가 남북한문학을 동아시아 문화권 안에서의 상관관계, 즉 비교문학적 시각에서 고찰해 볼 필요가 있다.[9]

　일곱째, 앞에서 논의한 것과 연관되는 내용으로서 국문학 연구에 관한 것인데, 구체적으로는 국문학 전공의 일부로서 미디어학[10]을 교과과정 안에 포함시킬 뿐만 아니라 교사직을 희망하는 학생들을 위해 이것을 이수과목으로 개설해 주어야 한다. 아울러 국문학에서 개설한 미디어학을 영문학, 독문학, 불문학을 비롯한 외국문학 분야에서도 전공의 일부로 선택하여 학제적 연구가 가능하도록 하는 것도 한 방법이다.

　결국 인문학의 한 분야로서 문학은 연구방법론, 연구대상, 연구주제 설정 등 학문적 시도가 다각도로 이루어지는 과정에서 학제적(學際的) 연구로 발전해 나가야 마땅하다. 독일에서 독문학의 경우는 그 대표적인 사례로서 문학, 텍스트학, 커뮤니케이션학, 미디어학 등과의 관계에서 이루어진 것이고 마침내 그 결과는 현재의 미디어문화학으로 압축

---

9) 이와 같은 측면에서 조동일의 『세계문학사의 전개』(지식산업사, 2002)는 저자가 머리말에서 서술한 바와 같이 세계사에 대한 거대한 전망을 가지고 저술했다는 측면에서 시사하는 바가 크다.

10) 미디어학은 미디어학과 신문방송학 및 커뮤니케이션학의 학문적 관계에서 생겨난 전공 분야인데, 그 실마리를 과거의 영화학Filmwissenchaft에서 찾기보다는 1970년대의 독어독문학에서 발전되어 나온 것으로 보는 편이 타당하다.(B. Heller/Mattias Kraus u. a.(Hrsg.): *Über Bilder Sprechen, Positionen und Perspektiven der Medienwissenschaft* Schriftreihe der Ges. für Film- und Fernsehwissenschaft (GFF), Marburg: Schüren Verlag 2000, pp.23~33 참조) 본래 Medium/Medien는 "매체" 또는 "미디어"로 번역되고 "Medien-Konzept"의 시기적인 변환과정에서의 그때그때 역사적으로 확장된 개념을 고려하여 생각할 필요가 있다. 그것이 순전히 도구·수단의 의미에서 사용되거나 적용될 때는 주로 매체[1]인 반면, 매체의 사적 발전에서의 시대/단계적인 구분 없이 전체적으로 총괄하는 상위개념으로 언급할 때는 '미디어'라는 단어를 사용한다. 왜냐하면, 미디어 개념이 역사적 매체 변화 맥락에서의 미디어 내용에 따라 서로 다르게 규정되어야 하기 때문이다.

되어 나타났다. 그리고 이것은 인문학의 다중패러다임적 위상 (multiparadigmatische Konstellation), 구체적으로는 해석적 전환 또는 문화이론적 전환 맥락에서의 주제 즉 해석, 구성, 문화의 시각을 내포한다.11)

　여덟째, 금세기 한국문학이 지향해야 할 궁극적인 목표는 생태학이다. 오늘날 생태의 위기를 실감하고 있는 절실한 상황에서 인간과 자연의 상생과 호혜의 균형적인 역동적 구조를 통한 녹색문학 내지 생태문학이 필요하다. 삼라만상주의12)는 추상적 개념이나 허황된 전략이 아니라 절실하고도 구체적인 생존전략이다. 여기에서는 한 종(種)이 절대 우세하여 다른 종을 일방적으로 지배, 억압, 착취하지 않는다. 그 결과 모든 것이 존재의 대연결망 속에서 자유, 평등, 창조를 위한 역동적 무질서와 혼돈 상태에 놓이고 종들간의 지배-피지배 구조가 없는 생물 종의 다양성이 유지된다. 생물 종의 다양성은 식민-피식민 간의 복합 문화주의의 윤리적 초석이다. 그러므로 금세기 생태학을 자원보존이나 자연보호, 지탱 가능한 사회건설의 수준으로만 묶지 말고 생태학적 상상력을 인간사회와 문화의 관계망들에 전면적으로 개입시켜 확산, 적용시켜야 한다.

　이렇게 생태학적 상상력을 한국문학에 원용하는 것은 인간이 일방적으로 자연을 소유하고 지배한다는 생각에서 벗어난다는 말13)인데,

---

11) Adreas Reckwitz/Holger Sievert(Hrsg.): *Interpretation Konstruktion Kultur. Ein* Paradigma -wechsel in den Sozialwissenschaften, Opladen/ Wiesbaden: Westdeutscher Verlag 1999, pp.9~16.

12) 삼라만상주의는 비인간세계를 대변하는 환경운동가로서 스나이더가 주장한 이론인데, 그는 현단계의 환경운동이 환경보호 차원뿐만 아니라 인간조건의 고통을 생태계의 전체적인 복잡성 안에서 파악하는 야생의 근본생태학의 문제로 전환되어야 함을 역설하고 있다.(정정호, 같은 책, p.331).

이렇게 되었을 때 이 세상은 모든 존재 상호간에 사랑하는 마음과 존중하고, 경외하는 마음으로 가득 차 평화로워질 것이다. 한 걸음 나아가 생자필멸(生者必滅)이라는 운명을 감수하는 것 즉 자연스럽게 찾아오는 죽음을 통하여 자신을 우주로 되돌림으로써 죽는 것이 죽는 것이 아닌, 유기체로서의 생의 순환논리를 수용하는 것이 가장 중요하다. 이러한 논리에 따르면 우주공동체 안에서는 어떤 서열화가 없고 오직 조화로운 관계만 있을 뿐이다. 그러므로 우주 속의 모든 존재는 수직적 관계가 아니고 수평적 관계, 균형을 유지하면서 상호 호혜적일 수 있어야 한다.

부버[14]는 상호성의 원리를 토대로 국가도 "사랑의 공동체"로 대체되어야 한다고 주장하면서 사랑의 공동체는 민중들이 자유롭게 넘쳐흐르는 감정으로 같이 살려고 할 때 이루어질 뿐만 아니라 "모든 인간이 하나의 역동적 상호관계의 큰 틀 안에 들어서는 일, 그리고 그들끼리 서로 살아있는 들어섬으로써 이루어진다"는 것이다. 부버는 이러한 원리를 문화의 영역에도 적용시켜 모든 위대한 문화는 그 중심이 끊임없이 새롭고 생동하는 관계에 놓여 있지 않는다면 마비되어버린다.

정정호[15]가 만남과 대화를 통한 상호성의 원칙에 따라 인간과 자연, 인간과 사물, 인간과 인간, 인간과 사회, 인간과 신과의 관계에 완전한 우호관계를 구축하는 작업은 우리 모두의 책임이라고 주장한 것도 부

---

13) 최동호는 그의 『하나의 도에 이르는 시학』(고려대출판부, 1997)과 『디지털문화와 생태시학』(문학동네, 2000)에서 생태시의 문제는 외부에 있는 것이 아니라 인간의 내부에 있음을 지적하고 앞으로의 쟁점 또한 이런 방향으로 전환되어야 한다고 보면서 새로운 세기에 시인이 존재하는 이유를 분명히 하기도 했다.

14) 마르틴 부버, 『나와 너』, 표제명 옮김, 문예출판사, 1998, p.61.

15) 정정호, 『세계화시대의 비판적 패다고지』, 생각의 나무, 2001, p.145 참고.

버와 같은 맥락에서 언급한 내용이다.

그렇다면, 우주구성원 사이에 빚어진 불균형과 부조화를 회복시킬수 있는 길은 무엇일까? 지금까지 우주공동체 안에서 무시되었거나 경시되어 온 모든 것들의 위상을 원래의 위치로 끌어올리고 가부장제적 사고로 인해 과도하게 군림해 온 남성성과 상대적으로 소외되었던 여성성 사이의 힘의 균형을 이루어야 한다. 환언하면, 인간과 인간, 인간과 자연, 인간과 신, 자연과 신 사이의 관계가 지배 혹은 피지배의 상태가 아니고 각각의 개체적 특성이 존중되고 발휘되어 우주공동체 정신에 따라 조화를 이루도록 힘써야 한다. 이러한 조화를 이루기 위해서는 거시적인 안목을 가지고 공간적인 확대와 시간의 영원성을 염두에 두어야 함은 두말할 나위가 없다.

이와 같은 진정한 우주공동체를 실현해 나가는 과정에서 문학인이 담당해야 할 몫은 매우 크다. 구중서가 "문학인은 하나의 지성인으로서 먼저 한 차례 오늘의 세계를 인식하고 그 위에서 모든 문제에 대응하고 창조의 작업을 해나가야 한다"16)라고 언급한 것은 이런 점에서 설득력이 있고 논의의 요점은 문학하는 삶의 깊이를 헤아리자는 뜻이다. 그러므로 "시는 본질적으로 겸허와 인내와 사랑과 구원을 배태했을 때 생명과 힘과 영원을 사람들에게, 또 사회에 육화시킨다"17)는 말이 가능하다.

---

16) 구중서, 「문학과 세계관의 문제」, 『한국문학의 현단계』, 창작과 비평사, 1982, p.248.
17) 같은 책, 같은 글, p.256.

4. 한국문학의 복합문화 수용의 필요성

글로벌화와 복합문화주의 시대에 각 문화간의 커뮤니케이션을 통한 공감과 이해를 성취하기 위해서는 무엇보다 예술과 문학을 이용하는 방법이 가장 효과적이다. 언어라는 장벽이 있기는 해도 문학의 교류를 통한 다른 문화의 수용과 변용은 문화의 충돌과 전쟁을 방지할 수 있는 최적의 방법이다. 국경을 초월하는 보편적인 문학은 서로 다른 문화들 간의 이질적인 역사, 철학, 종교, 언어, 관습의 벽을 한번에 무너뜨리지는 못한다 해도 조금씩 허무는 데 큰 도움을 줄 것이다.

특수성과 보편성이 교묘하게 배합되는 문학은 21세기 복합문화주의 시대를 이끌 새로운 문화윤리학을 제시해 줄 수도 있을 것이다. 순수한 단일민족 국가임을 자랑해왔던 한국도 이제 고도 전자매체, 정교한 통신설비와 다국적 기업의 상품이 밀려 들어와 세계화 시대에 동참하지 않을 수 없는 상황에 처해 있다. 따라서 전통적으로 복합문화적 성격을 띤 국가들보다 어떤 면에서 우리나라는 다양한 문화유입에 대한 대응전략이 미숙할 수도 있다.

우리는 세계화라는 명목 아래에 외국문화에 함몰되어 가는 우리 자신의 정체성 수립문제와 관련지어 복합문화주의에 대한 논리를 세워야 하며 우리 자신의 문화적 정체성을 잃지 않고 가능하면 얼마나 주체적으로 타자에 가까이 다가갈 수 있는가 하는 문제를 진지하게 고려해보아야 한다. 진정한 상호문화적 대화는 타문화에 대한 적대감은 물론 어떤 지배를 시도하지 않는 관용에서 나온다. 우리 문화 안에 자리하면서 야누스의 눈으로 나라 안팎을 동시에 바라보면서 여러 문물의 교류와 이동을 통해 자신을 변모시키고 영역을 확장시켜 나가는 것이 세계화 시대에 복합문화주의를 통해 이룩할 수 있는 우리의 적극적인 삶의 태도일 것이다.

자신의 문화 속에서만 자신의 문화정체성을 수립하고자 하는 것은 미시적이고 편견에 찬 식민지 콤플렉스이다. 문화의 정체성은 남을 통해서 이루어지며 그 혼합성은 이제 새로운 가치창조이다. 그러므로 우리도 다양하고 복합적인 양식 속에서 자체의 새로운 문화적 위상을 정립할 때에 이르렀다.

바야흐로 문화글로컬리즘[18]시대에 적합하게 글로컬리즘을 대체할 수 있는 21세기의 강력한 세력으로서 문화글로컬리즘은 세계문화시대에 있어서 자국문화를 보호하고 또 세계화할 수 있는 방안으로 활용되고 있다. 따라서 우리의 문화 주체성은 이제 "글로컬리제이션" (glocalization)의 모순과 갈등 속에 처해있다. 이런 문화 속에서만 문학은 탄력성 있는 경쟁력을 가질 수 있다. 다시 말해, 특수성을 가진 우리 문학의 보편화를 서둘러서 이룩하고 하루 빨리 국수주의의 편견을 씻어야 한다. 그리고 이질문화, 타자문화, 외래문화를 적절히 받아들이고 소화시켜 문화적으로 혼성적인 문화를 만들어야 한다. 우리는 모두 서로 섞이고 서로를 침투하고 서로에게 의존하며 혼합되어 있다. 역동적으로 우리의 문화를 혼성화시키는 것이 21세기 새로운 한국문학의 도전이며 책무이다.

이 과정에서 특히 강조되어야 할 사항은 비교에 대한 정확한 이해이

---

18) 이 용어는 글로벌리즘의 glo-balism과 로컬리즘의 lo-calism이 결합된 신조어이다. 문화글로벌리즘과는 달리 문화글로컬리즘은 수렴적이고 수용적이며 구심적인 힘, 다시 말하면 외국문화의 재생산과 탈국가화에 관계된다.(윤호병, 『문학의 파르마콘』, 국학자료원, 1998, p.439)

다. 전통적으로 동북아시아의 문학적 자장 속에 위치한 한국문학이 세계를 향한 미래지향적 비전을 가지기 위해서는 비교문학, 비교시학의 활성화가 필수적 과제이다. 글로벌화 속에서 능동적 비교학은 혁신적인 원근법과 생산적인 역사의식을 우리에게 심어줄 것이다. 그러므로 복합문화 시대에 역동적인 비교학은 세계문학에서 한국문학의 보편성을 위한 새로운 혼합의 문화윤리학이 될 것이다. 결국 혼합과 확산의 미학은 한국문학의 대화적 상상력에 지나지 아니할 것이다.

5. 나오는 말

이상의 논급을 통하여 새로운 세기 즉 문화글로컬리즘의 시대에 한국문학이 어떻게 그 위상을 제고할 수 있는가에 관하여 논의함으로써 필자는 다음과 같은 결론을 얻었다.

문화글로컬리즘 시대는 그 자체가 지닌 유연성과 편의성 및 국제성 때문에 우선 외국문학에 대한 배타적, 적대적인 태도는 금물이다. 그런 점에서 어떤 문화가 선진적이거나 후진적이거나를 가리지 않고 흔쾌히 수용하여 한국문학을 발전시킴과 아울러 그 영역을 확장시킬 필요가 있다. 특히 각 문화는 그 수준이나 정도의 차이를 떠나 차별성이 문제시 된다는 점을 인식해야 한다.

그러므로 과거의 고정관념을 과감히 타파하고 한국적인 것을 극복함과 동시에 세계적인 문화 혹은 미지의 문화를 수용하여 한국화할 수 있을 때 한국문학은 세계문학 안에서 당당히 그 위상을 정립할 수 있을 것이다. 그리고 이 과정에서 자국문화는 외국문화와의 교류에 의해서 그 정체성이 확인되고 비교학적인 관점에서 과거, 현재, 미래라는 통시적인 관점에서 우리 민족의 정신사적 축을 확인하고 발전시켜 나아갈 수 있을 것이다.

이러한 관점에서 모든 일이 성취되었을 때 비로소 한국문학은 세계 시민들이 공감하는 전세계적 보편성을 담보해낼 수 있을 것이다.

제2장

도남의 국문학 연구방법론

1. 도남의 문학연구와 생(生)

　　도남의 민족사관 이론체계의 기본적인 개념으로 등장하는 것은 生[1]
이다. 생의 개념은 쉴 새 없는 흐름이고 건설적이면서도 창조적인 것으
로 정의된다. 도남은 "생활은 부단히 움직이고 있어 무엇을 건설하고
있는 것"[2]으로 어제의 생활은 그 전의 생활이 아니고 과거의 우리 조

---

1) 도남의 생은 딜타이의 'Leben'과 유사한 개념이다. 즉 딜타이에게 있어서 "'Leben'
　은 유동, 변화하며 고정적이고 무변화한 존재(Sein)와 대치되는 것으로 보며, 역사
　적 사건보다 더 예리한 영원한 흐름으로 본다."(O. F. Bollnow, *W. Dilthey*, Eine
　Einführung in seine philosophie, W. Kohlhammer Verlag, Stuttgart, 1955, pp.33~35)이
　기 때문이다. 생과 'Leben'은 유기적 통일체로 존재함으로써 통일성, 역사성을 지
　니는 점에서 일치하고 어떤 특정한 적대자가 없는 투쟁개념 즉 현실과의 투쟁의
　의미를 지니고 있는 점에서 일치한다.
2) ≪도남잡지≫ pp.110~111.

상들은 하루 하루의 생활로 역사를 창조하였으니 우리도 우리 자신의 역사뿐만 아니라 동시에 민족의 역사를 창조하고 있는 것3)이라 했다.

그러므로 도남이 의미하는 生은 민족생활 그 자체이고 더 구체적으로 언급하면, "민족생활을 具有한 傳統있는 생활", 일상적으로 영위하는 "국민의 현실생활"4)이다. 즉 生은 정치, 경제, 문화 등의 여러 국면에 걸쳐 상호 유기적 관련을 맺으면서 역사적으로 발전해 가는 민족생활이며 동시에 세계적 생활의 일부, 세계의 일환으로서의 생활5)이다.

그런데 도남에 의하면 이러한 생활의 의미가 임란과 병란을 전후하여 바뀐다. 즉 임란, 병란 전에는 태평한민적(太平閒民的), 한유(閒遊)한, 단조(單調)한 생활이었으며 맹목적, 추종적 생활이었는데, 그 이후는 문제를 해결하는 생활이 되어야 함으로써 투쟁의 의미가 부각되면서 자각적, 자주적 생활의 의미를 띠게 된다. 이와 함께 生의 의미는 生, 현실, 학문이라는 삼자의 긴밀한 관계설정에 의하여 더욱 적극적인 뜻을 지니게 된다.

그런데 간과해선 안 될 사항은 生은 시간적으로 전개되는 통일체로서 그러한 기능 혹은 구조6)를 지녀 상호연관을 가진 통일체로 파악된다는 사실이다. 그에 의하면, 생이 상호연관을 지닌 유기적 통일체로 존재할 수 있는 것은 민족정신이라는 매개체가 있기 때문이다. 그리고 이 민족정신은 민족 역사 발전의 근본동인이요 민족의 생활 속에 속속들이 배어 있어 민족의 생은 하나의 유기체처럼 통일될 수 있고, 生의

---

3) 위의 책, p.94.

4) 『한국문학사』, p.297.

5) 『국문학개설』, p.28.

6) O. F. Bollnow, 같은 책, pp.142~143.

표현인 문학 역시 유기적 통일체로 존재하는 것이다. 그러므로 민족정신이라는 원인에 의해 통일체를 이룬다는 결과를 야기하기 때문에 자연과학에서 의미하는 인과법칙에 의한 관련이라 해도 과언이 아니다.

2. 문학의 유기체적 전체성

문학은 생의 표현으로서 생이 유기체적 전체성으로 존재하듯이 문학은 유기체적 전체성의 관점에서 연구되어야 한다는 것이 도남의 이론이며 이것은 도남의 문학연구방법론을 이해하는 데 매우 중요한 이론이다.

도남의 문학이론에 의하면 문학적 사상(事象)들은 동시대적으로는 하나의 유기적 통일체를 이루면서 역사적으로는 지속적인 발전을 하는 것이므로 모든 문학적 사상들이 한 생명체임을 숙지하고 그 생명을 살려 나가야 한다.7)

이러한 관점에서 볼 때 개개의 문학적 사상들이 모여 이룬 국문학작품, 각 장르들이 모여 이룬 국문학 전체, 국문학사는 하나의 생명체와 같은 것으로 공간적, 시간적으로 운동을 하며 이 운동의 추진력은 주로 내적 힘인 민족정신 혹은 극한정신이고, 때로는 외적 힘인 외국문예 유입, 정치적, 사회적 변혁 등이다. 그리고 개개의 문학적 사상, 국문학작품들은 부분으로 떼어서는 아무 의미가 없는 것이며, 전체와의 관련 하에서만 의미를 지니는 것이다.

도남의 업적이 지닌 특징을 요약하면 다음과 같다.

---

7) 『한국문학사』, 1955, p.2.

첫째, 문학적 사상들이 유기적 관련을 맺으면서 이루어진 개개의 국문학작품들, 예를 들면 「홍길동전」을 다루는 데8)서 이런 의도가 드러난다.

둘째, 장르간의 연관성 있는 발달을 중시하여 한글 이전의 국문학이 시가만 발달한 것은 고립적이고 기형적인 발달9)로 풀이했다.

셋째, 동시대적으로 하나의 유기체적 전체성을 이루는 면을 중시하여, 향가는 민족의식이 있었기 때문에 훌륭한 민족문학으로 발전된 것이고, 국민문학으로 군림함으로써 동시대적 전체성이 확보되었다는 것이다.

넷째, 외래문화에 의한 문학의 위축, 소생을 내포하며 동시에 계속적 변화를 통해 이뤄지는 역사적 연속성이 문학의 유기체적 전체성에 포함된다. 가령 사상적 변조는 생활을 확충시키고 새로운 의의를 부여하며 이에 따라 문학도 문학다운 형태를 갖추는 것이어서 이전의 사상은 이후의 사상의 기반이 되었다는 것이다. 역사적 연속성에는 고전문학과 현대문학의 연속성의 의미도 내포되어 있다.

다섯째, 국문학에 나타난 자연을 개별적인 것보다 전체적 조화에 의한 미로 파악하려는 데서도 드러난다. 그래서 우리 민족은 개별적인 자연의 미보다 종합된 대자연의 미에 더 미를 느꼈다고 했으며, 남구만의 시조, 유산가(遊山歌) 등을 설명하는 과정에서 이러한 의도는 더욱 뚜렷이 드러난다.10)

---

8) 위의 책, p.248, 여기서 『홍길동전』은 발전시대의 작품으로 전시대의 전기체 소설과 비슷하면서도 사회의 모순을 타파하고 사회현실이 반영되었다 하여 한국소설문학의 획기적인 작품이라는 점에 그 의의가 있는 것으로 풀이하고 있다.

9) 『국문학개설』, p.38.

10) 위의 책, p.402.

3. 문학과 철학 및 역사

도남이 관심을 가진 분야는 무엇보다도 철학과 역사였으므로 헤겔 등과 같은 역사철학자, 사상가들의 저서를 정독한 것은 당연한 일이다.[11]

도남이 주장한 문학과 철학의 관계를 먼저 살펴보면, "언어를 문학의 형식이라 한다면 철학은 문학의 내용"[12]이라 할 수 있고, 철학은 문학의 내용 전반에 걸쳐 피와 살이 되어 문학이 진정한 생활사가 되게 하는 것으로 여겼다. 이러한 사상의 확립 과정에서 그가 딜타이의 『정신과학에 있어서의 역사의 구조』[13]와 제등상(齊藤晌)의 『역사철학』[14]을 탐독했다는 사실이 매우 중요하다. 왜냐하면, 이와 같은 독서경험은 조윤제와 딜타이 사이의 영향관계를 입증할 만한 자료로서 충분한 가치를 지니기 때문이다.

딜타이는 인간이 살면 산다는 그 삶 자체가 철학이라 이를 묘사하면 그것이 곧 문예가 된다고 생각했다. 그는 당초 자아인식의 문제를 생철학의 중심과제로 최급하고 'Leben'의 표현을 다루게 된 것이다. 그에 의

---

11) 도남문고에 의거하여 연대순에 따라 몇 사람만을 대표적으로 열거하면 다음과 같다. 즉 1) Alfred North White Head, *Essays in Science and Philosophy*, 1948. 2) Kierkegaard, 심재언역, 『불안의 개념』, 1960. 3) Immanuel Kant, 사회과학연구회 역, 『인생론』, 1961, 기타 원문으로 된 논저 다수. 4) Arnold Toynbee, 중앙일보사 역, 『현대인의 지적 장황』, 1972. 기타 Steck, Karl Gerhard, Luther 등의 저서가 그에 속한다.

12) 『국문학개설』, 동국문화사, p.546.

13) W. Dilthey, 화준웅 역, *Der Aufbau der geschichtlichen Welt in den Geisteswissenschaften*』, 동경 : 부산방, 1941.

14) 제등상, 『역사철학』, 동경 : 고양서원, 1938.

하면, 'Leben'은 근본적으로 그 생성과정에서 나타난 표현에 의해서 간접적으로 파악할 수 있다고 하였으며[15] 'Leben'의 표현이라는 의미 속에는 문학이 포함되어 있다.

딜타이가 "철학, 형이상학은 'Leben'과 세계에 대한 총괄된 의식, 또는 신중한 것(Besonnenheit)"이라고 정의한 것을 보아도 모든 것을 관통하는 'Leben'의 한 기저를 표현한 문학과 긴밀한 관계에 놓이는 것이 철학이 아닐 수 없다.

보통 문학작품 속에 내포된 철학의 문제와 주장을 이해했을 경우 문학작품의 문학적 의미는 보다 잘 이해되고 평가될 수 있는 것이다. 이렇게 볼 때 우리는 도남이 철학에 관심을 가지고 문학연구를 한 자세나, 철학자로서 문학에 깊은 관심을 가지고 『체험과 수기』를 저술한 딜타이 사이에서 공통점을 확인할 수 있다.

도남은 문학은 역사라는 궤도를 타고 발전하므로 역사를 문학의 배경이 되고 방향을 지시하는 나침반으로 간주했다. 그러므로 그는 역사를 문학의 원리로 삼아 이를 무시하고는 문학은 발전할 수 없다[16]고 강조했다. 뿐만 아니라 역사는 "편편 고기록의 단순한 나열이 아니고 장차로는 새 것을 생성할 생명을 가진 것"[17]이라 하여 역사의 창조성에 대해서도 언급했다.

그리고 그는 역사의 큰 흐름 속에서 공간을 주름잡는 역사의 시간성에 대해서도 주목했는데, 이를 구체적으로 언급하면, 과거와 현재는 단순히 물리적으로 과거의 연속이기 때문만은 아니며, 과거와 현재의 우

---

15) O.F. Bollnow, 같은 책, p.22.

16) 『국문학개설』, p.548.

17) 『조선시가사강』, 동광당서점, 1937, 서문.

리 생명체는 완전한 하나의 통일체이므로 과거는 현재의 토대가 되고 현재는 다시 미래의 기반이 되는 것으로서 의미를 지닌다[18]는 것이다.

한편, 도남의 이와 같은 사상의 저변에는 헤겔의 요소가 적지 않음을 알 수 있는데, 그 증거로 그가 헤겔에 관심이 매우 깊었고 헤겔 저서를 일역을 통해서 섭렵한 사실[19]을 들 수 있기 때문이다.

그런데 문학과 역사의 관계를 생각해 보면, 문학은 역사적 사고에 의해, 역사는 문학적 상상력에 의해 서로 보충적이고 상호의존적 관계가 된다고 할 수 있다. 그러므로 문학과 역사는 다같이 뿌리를 두고 있는 인간의 生에 귀환하면서 끊임없이 서로 긴밀한 관계를 맺으면서 협력해나가는 것이기도 하다. 더욱이 오늘날 인문과학은 자연과학과는 달리 대부분 역사를 떠나서는 논의하기가 불가능하다는 사실을 염두에 둘 때 도남이 강조한 역사의 인식은 시사하는 바가 크다.

4. 문학연구의 실상

도남의 문학연구가 주로 시를 연구대상으로 설정하고 진행된 것은 주지해야 할 사항이다. 그런데 이것은 시를 중시하던 당대의 시대적 배경과 무관하지 않다.

---

18) 『한국문학사』, p.2.
19) 도남문고에 의하면 아래와 같은 독서경향이 엿보인다.
　　Hegel, 김종호 역, 『역사철학』, 사상계사 1963.
　　＿＿＿, 하야정통 역, 『역사철학서론』, 백양사, 1944.
　　제등상, 『역사철학』(민족사관의 기초적 예비개념), 동경 : 고양서원, 1938. 이 저서의 몇 군데에서 Hegel의 저서를 인용하고 있는데, 예컨대, *Die Verfassung Deutschlands*(p.101), *Vorlesungen über Philosophiie der Geschichte*(p.321)가 그것이다.

도남이 살던 시대는 대체로 시가에 크게 관심을 가졌던 경향이 컸고[20] 그 가운데 시조는 중세 이래 학자들의 상식이자 교양으로 여겨져 왔다. 또 당대의 국문학 연구자들은 민족문화의 우수성과 정체성을 입증하고자 하는 의도가 강해서 시가 특히 시조는 한국시가의 대표적 존재로서 집중적 연구대상이 되었다.

도남은 과거의 몇몇 시인들을 다음과 같은 측면에서 평가했다. 즉 윤선도는 참된 미를 자연에서 발견했다는 점에서, 이황과 이이는 유학자이고 한문을 사상 표현의 수단으로 삼았으나 시조를 통해 민족의식을 명확히 표현했다는 점에서 높이 평가받을 수 있는 인물로 꼽고 있다.

도남의 문학연구는 언제나 민족을 위한 애국심에서 실천된 것이었고 또한 생활과 직결된 것이었다.[21] 그럼에도 불구하고 그는 눈을 밖으로 돌려「국문학과 외국문학의 교섭」[22]이라는 글을 써서 독단론에 빠지기 쉬운 위험을 극복하였다.

도남은 국문학 연구의 한 방법으로 비교문학적 방법을 시도하였을 뿐 아니라 이 방면에 관한 저서를 탐독하기도 했다.[23] 그는 또한 국문학의 세계문학으로의 지향을 중시하여[24] 문학연구방법론에 관해서도 관심이 깊었다.

예컨대, 도남문고는, 문학연구 방법에 관한 것으로 영국, 미국, 불란

---

20) 『조선시가사강』에 이병도 박사가 붙인 서문 참조.

21) 심재완은 『도남조윤제박사고희기념논총』의 서문에서 "『한국문학사』는 선생님의 자기표현"이라고 하면서 도남의 학문은 생활 속에서 실천된 것임을 강조했다.

22) 『국문학개설』, pp.427~467.

23) 도남은 M. H. Posnett의 『비교문학*Comparative Literature, 1886*』을 인용하면서 『한국문학사』의 태동시대의 문학을 논했고, 도남문고에 보면 P. van Tieghem의 *La notien de littérature comparée*(태전소태랑 역, 1943)을 읽은 것으로 보인다.

24) 『한국문학사』, 탐구당, 1978, p. 466.

서, 독일, 중국, 일본, 러시아 등 세계 각국의 문학사 및 문학개론은 물론 기타 문학연구방법에 관계되는 참고서가 소장되어 있다.

5. 나오는 말

도남의 국문학 연구방법론에는 병법론적 측면에서 계승할 만한 부분과 비판, 수정, 보완되어야 할 사항이 동시에 존재한다. 필자는 이 점에 착안하여 논의를 전개한 결과 다음과 같은 결론을 얻었다.

무엇보다 도남은 문학연구방법이 지닌 문학사적 의미가 포괄적이고 거시적인 관점에서 국문학을 파악하여 주체성 있고 독자적인 국문학이론을 정립하는 데에 선구자 역할을 하였다. 그리고 그가 국문학을 철학, 역사와의 관련 아래 연구해야 함을 강조하고 국문학의 세계문학에의 지향을 중시하면서 민족융합의 원동력을 국문학에서 구하려던 노력이야말로 지대한 의의를 지닌다고 볼 수 있다.

그러나 민족의식이 국문학의 장르 발생, 한국문학의 체계화, 작품 평가기준을 설명하는 논리이지만 일관성이 결여되었다는 점이 그 한계점으로 이미 지적되어 왔다. 이와 관련하여 조동일이 제시한 <전체는 부분의 대립적 총체>라는 대안은 설득력 있는 이론이라 사료된다. 도남의 문학연구는 사실상 문학 외적 연구에 머물고 문학 내적 연구에 미치지 못함으로써 실증주의 한계를 벗어나지 못했다는 점도 사실이다. 환언하면, 그는 국문학작품을 고찰하는 과정에서 특히 비교문학적 관점에서 분석하면서도 작가의 내면성에 대해서는 무관심한 것으로 보인다. 더구나 그는 작가의 내면적 욕구 혹은 충동에 의하지 않고는 영향

을 미칠 수 없다는 사실과 문학작품의 동일한 모티브가 독자적인 방식
으로 시간적, 공간적으로 달리 나타날 수 있다는 사실을 간과하기도 했
다. 또한 작품 자체에 깊이 천착하여 구체적이면서 적극적인 작품 평가
를 해내지 못한 점도 그의 단점으로 지적된다.

그는 국문학의 특성을 <은근과 끈기>로 규정하였으나, 그 속에 정
체성, 숙명론과 같은 성격을 내포하고 있어 민족사관이라는 발전적 자
세와 어긋나는 점이 없지도 않다.

도남의 방법론이 지니는 큰 의의는 전체적 연관성과 역사성과 관련
하여 국문학을 논의했다는 점이며, 그의 한계점으로는 그가 역사주의
에 빠져 개인의 창조성이 결여되고 추상화된 관념론에 그친 감이 있을
뿐 아니라 문학의 내용면을 중시한 나머지 문학의 다른 면 즉 형식적,
수사학적 측면을 등한시했다는 점이다.

그런데 도남의 민족사관이 그 다음 세대에 의하여 계승되지 않고 실
증주의가 팽창함으로써 국문학이 이론적 빈곤성을 면치 못하다가 1970
년대에 접어들어 도남의 방법론이 새로운 비판을 거쳐 그 타당성이 정
당화되고 계승될 수 있으리라는 기대 아래 도남에 대한 재평가가 거론
되기 시작한 것은 바람직한 현상이다.

제3장

한국문학 연구와 미디어미학

1. 문제의 제기

오늘날 세계는 새로운 매체의 출현으로 많은 것들이 급변하고 있어 초고속 인터넷망으로 결속되는 이른바 글로벌시대가 열리면서 일상생활에서의 광고·홍보까지도 국제적 미디어들로 구성되는 디지털시대의 미디어문화가 형성, 전개되고 있다. 이처럼 모든 것이 미디어문화와의 맥락 안에서 이루어지는 만큼 문학텍스트는 수많은 미디어문화상품의 하나인 미디어 제공물로서 다른 미디어들과의 경쟁 속에서 그 위상을 정립해야만 하게 되었다.

이러한 상황에 대한 인식은 특히 문학이 곧 문화라는 생각이 지배하던 시기에는 뚜렷이 부각되지 않았었다. 그런데, 청각매체들 특히 화상(畵像, CD-Rom, DVD, Internet 등 뉴미디어가 출현함으로써 이 세상의 모든 것이 돌변하고 급박한 상황에 직면하게 된 셈이다. 오늘날 문화에 대한 이해는 거의 전적으로 영화, 라디오, 텔레비전, 컴퓨터 등 미디어를 통하여 각인되어 문학이 곧 문화라는 기존의 인식은 이미 진부한 것이 되었고 문학이 문화 형성의 주체가 되는 기능을 상실한 지도 이미 오래되었다. 실제로 우리는 컴퓨터의 화상(畵像)과 매체가 지배하고 화상우주(畵像宇宙)의 세계가 전개되는 오늘의 현실에서 이를 절감하고 있다.

따라서 이제까지 활자텍스트 문화 세계에서 주축이 되어 활개치고 있던 문학은 과연 무엇을 할 수 있는가를 심각하게 고민하지 않을 수 없게 되었다. 이에 관한 논의는 다양하게 전개될 수 있는데, 근본적으로 문학의 진정한 상품가치가 무엇인가를 자문하지 하지 않을 수 없다. 그것은 현실에 대한 비판의식과 리얼리티에 있음을 부인할 수 없으며 시대의 조류에 부응하는 것일 수밖에 없다. 그러므로 이제는 문학의 미디어미학에로의 전환은 불가피하게 되었으며 이것을 구체적으로 어떻게 실현하느냐 하는 것이 문제의 핵심이 되었다. 결국 문학연구나 대학에서의 문학 강의는 미디어미학쪽으로 방향 전환을 하지 않을 수 없게 되었다.

문학자들이나 인문학자들은 적극적으로 미디어학, 미디어문화학, 미디어미학 쪽으로 그 연구를 개진하지 않을 수 없는 불가피한 상황에 놓이게 되었다. 이렇게 함으로써 비로소 진지한 학문적 현실인식에 바탕을 둔 문학연구의 새로운 패러다임을 구상할 수 있다.[1]

---

1) 독일의 경우 30년 이래 <독어독문학과 미디어학의 관계>에 주목하고 독문학연구를 추진해 가는 과정에서 독문학은 문화적 변화에 바탕을 둔 독일미디어학으로 변모되었다.

따라서 본고에서 논의하고자 하는 것은 미디어미학과 문학의 관련성을 고찰하면서 과거 활자문화시대에 문학이론 전공 분야로서 진행되었던 문학이 무엇을 할 수 있는가, 즉 디지털시대 문학연구의 새로운 패러다임은 무엇이며 이와 함께 문학강의는 어떻게 이루어져야 바람직한 것인가에 대한 것이다.

활자텍스트와 전자텍스트가 병존하는 오늘의 상황에서 문학연구를 미디어미학쪽으로 급선회한다는 것은 사실 새로운 가능성의 일부에 지나지 않을 만큼 문학자의 과제는 무궁무진하다는 것을 뜻한다. 과연 다중매체시대에서 쓰기와 읽기와 이해는 어떻게 진행되어야 하는가는 두 말할 나위 없이 핵심과제로 부각되었다.

최혜실[2]은 한국의 문학교육은 하나의 답을 찾는 방식으로 이루어져 왔고 이 방식은 문학의 정전화[3]를 더욱 부추겼으며 문학은 그 본질을 상실하고 권위 있는 담론으로 무게를 더해 왔을 뿐 아니라 수많은 타자의 목소리는 억눌리거나 사라지게 되었다고 주장한다. 이러한 주장은 많은 사람들이 충분히 공감할 만큼 설득력이 있는 것이며 앞으로도 이와 같은 방향으로 진지한 논의가 점차 확대, 진행되어야 한다고 본다.

필자는 이러한 점에 착안하여 한국문학 연구방법을 미디어미학과의 맥락 아래 다음과 같은 시각에서 새로이 개진해 보고자 한다.

첫째, 새로운 문화 속에서 가능한 문학텍스트 연구방법은 무엇인가?

둘째, 미디어문화 시대에 대학에서 가능한 문학 강의 기법은 무엇인가?

---

2) 최혜실, 『디지털시대의 문화읽기』, 소명출판, 2001, p.49 참조.

3) 이광수, 염상섭, 박목월, 서정주 등은 우리나라 문학사에서 분명히 훌륭한 작가의 위상을 점하고 있다. 그런데 이들의 작품이 훌륭하게 읽히는 이유는 거의 정해져 있어서 그와 달리 읽히는 일은 드물었다.

위에서 언급한 사항들은 우리나라에서 해결되어야 할 새롭고 생소한 과제임에 틀림이 없다. 그러므로 본고의 전개과정에서 독일대학의 경우를 예로 들어 우리나라의 정황에 적합한 방법상의 문제를 제시해보고자 한다.

2. 문학연구와 미디어미학

1) 미디어미학

미디어미학(Medienästhetik)에서 등장하는 "미디어(Medien)"라는 용어는 미디어문화시대를 가장 첨예하게 드러내는 어휘일 뿐만 아니라 최대 관심 주제어이기도 하다. 이 개념은 일찍이 독일의 여러 학문 분야에서 광범위하게 쓰이고 있어 그 영역이 명확하게 구체화되지 않은 채, 애매모호하게 쓰이고 있다. 특히 이 용어는 통합개념으로 사용되고 있다는 점에서 그렇기는 하지만 "이 세상에 매체/미디어가 아닌 것이 무엇이 있겠는가"라는 히케티어(Hickethier) 교수[4]의 지적처럼 포괄적이고 방대한 시각에서 볼 때 어휘 자체가 명확성을 내포하기는 어렵다. 어떻든 "Medien"의 사전적 의미는 "커뮤니케이션 수단의 총체(Gesamtheit)"[5]이며 "기초-미디어(Basis-Medien)는 화상(Bild), 소리(Ton) 및 텍스트(Text)"이다.

---

4) 히케트히어 교수는 독문학과 미디어학의 학제적 작업에 크게 기여한 독문학자이다.
5) 'Medien'은 영어로는 'Media'로서 'Medium im Sinne eines Kommunikationsmittel' (*Brockhaus Enzyklopädie* 12, F. A. Brockhaus Wiesbaden, 1971, p.320)이다.

한편, 매체의 역사적 변화 과정을 살펴보면, 매체변화와 함께 하는 "화상컨셉트의 변화내용"으로 요약된다. 이것을 다시 시기에 따라 활자텍스트에서 전자텍스트에 이르는 매체 변화·전이과정에서 전개된 "텍스트 → 화상 → 미디어의 관계"를 중심으로 하여 단계별 변화시기 즉 활자텍스트 중심의 "언어와 문자의 위기(eine Krise von Sprache und Schrift)"와 "화상의 위기(eine Krise von Bild; eine Krise des Bilderuniversums)"로 요약된다.

그리고 이것을 좀더 구체적으로 세분하면, 1) 언어와 문자의 위기 단계, 2) 사진기술, 영화 등 당대의 새로운 매체들의 활용 시기, 3) 뉴미디어 Bildmedien, Tonmodoen und Laufbildinformation von CD-Rom, DVD, Internet, 디지털화, 컴퓨터 우주의 시기 등으로 요약할 수 있다.

그러므로 화상매체에 의한 미학으로서의 미디어미학의 전개과정도 매체기술 발전의 역사 속에서 시청각매체의 개념 및 미디어 개념 이해에 따라 다음과 같이 서술할 수 있다. 즉 1) 영화(영상매체) 미학, 2) TV 미학 및 비디오 미학, 3) 디지털(매체의) 미학이 그것이다.

한편, 활자문화 혹은 활자문학, 전자문화 혹은 활자문학의 구분에 따라 활자텍스트 미학과 전자텍스트 미학을 고려할 만하다.

이처럼 새로운 매체의 출현과 더불어 달라지는 화상개념에 대한 이해도 변화되며 이와 더불어 미디어미학의 지평이 확대됨과 동시에 그 연구방향도 달라진다. 이러한 점을 고려하면, 미디어미학의 핵심분야는 활자텍스트 문화의 문자성, 의미론과 상징으로부터 시각성 내지 컴퓨터망에 이르기까지 미디어의 역사적인 변천과 이행 과정을 분석하는 일이라고 할 수 있다.[6]

미디어미학의 시각에서 제기되는 문제는 근본적으로 기술적인 혁명

---

6) *Mediensäthetik*, Metzler Lexikon, 2000, p.333.

의 영향에 대한 통찰의 결과인데, 그것은 기술적인 것들의 영향 작용의 양상이 예전의 그것과 다르기 때문이다. 예컨대, 대중문화에서의 매스컴의 역할 또는 문화, 커뮤니케이션, 미디어의 불가분의 연관성과 그 상호작용을 생각해 보면 이러한 사실이 쉽게 이해된다. 멀티미디어 또는 뉴미디어들의 출현으로 인한 기술적(技術的)인 혁신은 구분된 별개의 어떤 특수한 영역이 아니라는 것이 과거 매체들의 영향과 다른 점이다. 이러한 영향이 사회의 모든 영역에 반영되어 변화를 주도한다.

이러한 새로운 영향력은 1990년대 멀티미디어로서 등장한 뉴미디어의 기능, "커뮤니케이션의 측면에서 공통적 특징인 디지털화, 영상화, 종합화, 상호작용화, 비동시화"의 기능에서 명확히 드러난다. "지금까지 별개 영역으로 존재하여 왔던 매체들이 하나의 정보망으로 통합되는 것을 의미하는 종합화"로서의 모든 매체를 하나의 매체로 통합할 수 있게 하는 뉴미디어의 영향력은 매우 큰데, 특히 "음성매체, 활자매체, 영상매체의 구별이 영상화"되는 "디지털화의 특징"에서 그러하다. "21세기 미디어의 총아로 불리는 멀티미디어는 모든 매체를 하나의 스크린에 통합하는 것"을 말하며, 이러한 현상은 "영상혁명"에 해당하는 것이다.[7]

무엇보다도 이러한 디지털화가 가능케 하는, 즉 모든 매체를 하나의 매체로 통합할 수 있게 하는 종합화는 수용자가 필요로 하는 퍼스널 컴퓨터 하나로 가능하다는 데에 그 획기적인 성과가 있다. 그러므로 디지털문화시대에서의 미디어미학적 시각은 뉴미디어의 기능으로서 화상이 사물을 어떻게 보여주는가에 대한 고찰이 그 핵심과제라 할 수 있다.

---

7) 최정호 외, 『매스미디어와 사회』, 나남출판, 1990/1998, pp.369~370.

2) 문학과 문학텍스트 및 미디어미학

현재 독일 학계에 대두한 미디어미학의 창시자 및 연구자들은 주로 독문학 전공의 문학자들이다. 1990년대 초기에 발단하여 태동단계에 있는 미디어문화학의 구심점이 되는 전형적인 학자는 문학자 슈미트(S. J. Schmidt 1940-)이고 초창기에 있는 미디어미학 이론분야에서 활발히 활동을 전개하고 있는 학자도 대부분 독문학자를 포함하는 인문학 분야 학자들이다.[8] 그리고 문학연구가 미디어미학으로 방향을 전환하는 문제는 인문학적 자산으로서 문학의 활용이라는 것과 상관성이 있는데, 이 분야의 주요 이론서들은 거의 모두가 문학자들이 집필하였다.

미디어미학은 미디어학과 신문방송학 및 커뮤니케이션학의 학문적 관계에서 파생한 전공 분야인데, 과거의 영화학에서 그 실마리를 찾기보다는 1970년대의 독어독문학에서 발전되어 나온 것으로 보는 편이 타당하다.[9]

본래 'Medium/Medien'는 "매체" 또는 "미디어"로 번역되고 매체개념(MedienKonzept)의 시기적인 변환과정에서의 그때그때 역사적으로 확장

---

8) 이 분야의 대표 저서로 간주되는 Medienästhetik의 저자 랄프 쉬넬(R. Schnell 1943 -)은 『독문학사 Geschichte der deutschsprachigen Literatur seit 1945』(Stuttgart-Weimar: Metzler 1995)를 쓴 독문학자이며 최근 독일 학계의 전기 미디어들의 미학 분야에서, 즉 "디지털미학"으로서 미디어미학이론의 전개과정에서 활발히 연구·저술작업을 펼치고 있는 볼츠(Norbert Bolz 1953-)도 인문학 전공자이며 현재 에센대학의 통신이론 교수이다.

9) H. B. Heller/Mattias Kraus u. a. (Hrsg.): *Über Bilder Sprechen, Positionen und Perspektiven der Medienwissenschaft* Schriftreihe der Ges. für Film- und Fernsehwissenschaft (GFF), Marburg: Schüren Verlag 2000, pp.23~33 참조.

된 개념을 고려하여 생각할 필요가 있다. 그것이 순전히 도구·수단의 의미에서 사용되거나 적용될 때는 주로 매체[10]인 반면, 매체의 사적 발전에서의 시대/단계적인 구분 없이 전체적으로 총괄하는 상위개념으로 언급할 때는 "미디어"라는 단어를 사용한다. 왜냐하면, 미디어 개념이 역사적 매체 변화 맥락에서의 미디어 내용에 따라 서로 다르게 규정되어야 하기 때문이다.

새로운 기술적 매체 등장에 따라서도 그렇지만 특히 "텍스트―화상―미디어" 관계에서의 화상개념(Bildkonzeption)이 고려되어야 한다. 그것은 오늘날의 미디어미학의 골자는 전체적인 매체 역사적 변화과정에서의 매체―변화와 함께 하는 "화상컨셉트의 변화내용"으로 압축되기 때문이다. 미디어미학은 주로 화상매체에 대한 고찰로 전개된 것이므로 역사적 매체 변화 범주에서의 이러한 개념 이해의 문제는 "Bilder"의 번역어 즉 "화상", "그림", "이미지" 또는 "상(像)" 등[11], "화상내용"의

---

10) 예컨대, "Textmedien, Bild/Bildmedien; Medium Literatur in den technischen Medien" 등에서 "medial"은 '매체적'으로 번역된다.

11) "Bild/Bilder"는 "화상, 그림, 이미지, *像*' 등으로 번역되고 이를 활자텍스트/전자텍스트로 구분할 경우에는 "활자 화상/전자 화상"으로 번역된다. 활자 문화에서의 "Bild"("Weltbild", "Ebenbild", "Gottesbild", "Denkbilder", "Gedichtsbild", "Bildgedicht" 등)와 전자 문화·문학에서의 "Bild"(Filmbild, Videobild, TV-Bilder, "Bildschirm", elektronsiche Bildmedien, technische Bilder, Bewegtbilder, enimation 등의 전자 화상들)의 두 차원이다. 이것은 "技術的 화상technische Bilder"이 생겨남으로 인하여 기존의 "화상" 개념이 변화된 데에 근거한다. 활자매체로서의 텍스트와 화상매체(Text- und Bild/Bildmedien)의 "Bild/Bilder" 개념 이해는 상호 구분된다. 활자매체와 화상매체의 "Bilder"에서 가장 뚜렷하게 드러나는 차이는 역시 (움직이지 않고 서있는 그림으로서) "Standbild"(停止畵像)와 "Bewegtbild"(動畵償)의 구분이다.(예: 증명사진과 인물화, 사진, 영화간판그림, 풍경화, 만화 등과 같은 고정된 그림과 영화 매체, 에니메이션 등의 고정되지 않은 그림unfixierte Gebilde). 그러므로 "Bild/Bilder"는 "활자 화상/전자 화상"의 차원과 "정지화상/동화상"(활자텍스트 문학, 영상예술 및 전자텍스트에서의 상이한 "Bilder"에 해당하는)으로 구분될

경우에도 그대로 해당한다. 새로운 기술적 매체 등장 이전과 이후의 시기적 단계에 사용되는 동일한 단어 "Medien/Bilder"는 매체 역사 발전의 맥락을 내포한다. 즉 활자매체와 전자매체를 구분하거나 최근의 뉴미디어, 디지털문화 속에서의 텍스트를 구분하는 문제, 상이한 "Bildkonzeption"에 대한 이해 등에 따라서 미디어미학─컨셉트의 구분도 다양해진다.

그러므로 문학과 미디어 및 미디어미학의 시각에서 "화상컨셉트"를 염두에 둘 때, 오늘날 미디어문화─사회에서 문학텍스트 연구는 기존의 방법론으로는 안 된다. 즉 미디어체계, 미디어예술과 미디어문화로 이루어진 사회에서 문학연구와 문학 강의는 과연 어떻게 이루어져야 하는가가 커다란 쟁점으로 부각된다.

이와 관련하여 제기되는 문제는 다음과 같다.

첫째, <텍스트─화상─미디어의 변화>와의 상관성 안에서 문학텍스트의 기능 및 역할은 어떻게 변화하는가?

둘째, 인문학의 자산으로서 문학에 관한 정보와 지식을 문학텍스트 분석 과정에서 어떻게 적절히 활용할 수 있는가?

셋째, 과연 미디어미학과 문학의 관계를 새로이 정립함으로써 위에서 논급한 두 문제를 어떻게 포괄적으로 해결할 수 있는가?

결과적으로 위의 모든 문제는 문학을 미디어미학의 시각에서 바라보는, 이른바 인식을 전환시킬 때 비로소 가능하다. 즉 모든 학문이 미디어화되고 있는 현재 상황에서 인문학의 새로운 가능성을 개진하지 않으면 불가능한데, 환언하면, 디지털문화 시대의 학문적 패러다임 전환이라는 맥락에서 문학연구의 구체적인 방안을 모색해야 한다는 말이다.

───────────────

수 있음을 암시한다.

이러한 시대적 요청 사항을 일찍이 간파하고 미디어미학이라는 새로운 학문을 생성, 발전시켜 나아가고 있는 대표적인 경우는 독일[12]이다. 그런데 우리나라에서는 아직 이 분야가 생소하고 초보적인 논의에 머물러 있는 상태이다. 따라서 우리의 정황에 맞게 우리 문학연구 방향을 우선 문화학의 관점에서 진행시켜야 할 것으로 생각된다.[13]

우리 문학연구의 향방을 모색하기 위하여 독일의 경우를 살펴보면, 독문학은 독일의 어문학으로서 대학의 한 전공학과임과 동시에 인문학의 한 학문적 방법론으로 진행되어야 한다는 것과 인터넷시대에 이루어져야 할 문학연구의 새로운 구상이라는 과제를 안고 있다. 이러한 과제는 비단 독일만이 아니라 우리의 경우에도 예외가 아니어서 인문학의 한 분야로서 국문학연구는 보다 새로운 방법론에 의거하여 진행되어야 한다.

예컨대, 독일 함부르크대학의 함부르크 모델은 미디어문화학과의 관련 아래 진행되어야 할 방향의 새로운 변화 모습을 가장 잘 드러내 주는 획기적인 모델이다. 이 모델은 독어독문학과 안에서 2000/2001년 겨울학기부터 미디어문화학 분야로 개설된 학과이다. 미디어문화학 분야로서 <독어독문학 Ⅱ>라는 함부르크 모델은 독어독문학과 내의 제도적인 편입이고 주로 독어독문학의 한 전공 분야인 현대독문학 분야 안에서 이루어진 것이다. 미디어학은 독일어와 독문학 전공과정의 한 부

---

12) 인식의 전환을 위하여 독일의 경우를 예로 들면, 문예학—문화학—미디어학—미디어문화학으로 논의가 진행되었으며 이를 좀더 세분하면 1) 문화학 쪽으로 진행되는 문학연구, 2) 미디어학 쪽으로 진행되는 문학연구, 3) 미디어문화학 쪽으로 진행되는 문학연구 4) 미디어미학 쪽으로 진행되는 문학연구로 집약된다.
13) 최혜실의 『디지털시대의 문화읽기』(소명출판, 2001)는 이와 직접 관련된 연구성과이다.

분임과 동시에 독일어 교사직을 위한 현대독문학의 한 지류로서의 독일어 전공 및 부전공분야이다. 학생들은 연극 중점영역, 미디어 중점영역, 연극과 미디어 중점영역으로 세분된 전공분야를 선택할 수 있고 미디어학은 영문학, 미국문학, 불문학 분야에서도 전공과정의 일부로 선택할 수 있다. 그러므로 독문학, 영·미문학, 불문학 등 어문학 분야의 미디어학적 학과들과의 연계성을 지닌 것이 그 특징인데, 기타 강의담당자들과 동작언어연구소의 협동연구도 여기에 속한다.

그리고 슬라브어문학과와 언어교육연구 등 다른 언어학 전공의 연구소들이나 대학과정들에 관계되는 참여자들도 이 계획에 포함되어 있다. 함부르크대학의 독어독문학과 안에서의 미디어문화 분야 개설은 독일 대학에서 오랫동안 꾸준히 시도해 온 독어독문학과 미디어학의 상관성 안에서 이루어진 문학의 변화를 통해 맺은 결실이다.[14]

우리나라에서도 가능하다면, 정책적으로 국어국문학과 전공의 일부로서 미디어학을 교과과정 안에 포함시킬 뿐만 아니라 교사직을 희망하는 학생들에게도 이수과목으로 개설해 줄 필요가 있다. 아울러 국문학에서 개설한 미디어학을 영문학, 독문학, 불문학을 비롯한 외국문학

---

14) 1990년대 초부터 시작된 미디어문화학 관련하여 독자적인 전공분야를 살리려는 시도는 함부르크대학 외에 할레Halle, 뤼네부르크Lüneburg, 뮌스터Münster, 지겐 Siegen 대학 등의 미디어학 관련연구소에서 이루어졌다. 현재 대부분의 독일 대학의 독문과는 미디어학과 연계되어 있으며 기존의 여러 커뮤니케이션학 중심 연구소도 미디어학 관련연구를 적극적으로 전개하고 있다. 예컨대, 라이프지히 대학의 Institut für Kommunikations-und Medienwissenschaft der Universität Leipzig, Institut für Kommunikationswissenschaft (Zeitungswissenschaft) Uni München, Institut für Publizistik- und Kommunikationswissenschaft an der Freien Universität in Berlin, Institut für Publizistik-und Kommunikationswissenschaft, Institut für Publizistik und Kommunikationswissenschaft der Georg-August-Universität Göttingen 및 Bamberg, Erfurt, G. H. Essen 대학의 Kommunikationswissenschaft 관련학부 등이 있다.

분야에서도 전공의 일부로 선택하여 학제적 연구가 가능하도록 하는 것도 한 방법이다.

결국 인문학의 한 분야로서 문학은 학문적 연구방법론, 연구대상, 연구주제 설정 등 학문적 시도가 다각도로 이루어지는 과정에서 학제적 연구로 발전해 나간다. 독문학의 경우는 그 대표적인 사례로서 문학, 텍스트학, 커뮤니케이션학, 미디어학 등과의 관계에서 이루어진 것이고 마침내 그 결과 현재의 미디어문화학으로 압축되어 나타난 것이다. 그리고 이것은 인문학의 다중패러다임적 위상, 구체적으로는 해석적 전환 또는 문화이론적 전환 맥락에서의 주제 즉 해석, 구성, 문화의 시각을 내포한다.[15]

3. 나오는 말

본고는 새로운 시대적 조류에 부응하는 한국문학 연구방법을 미디어미학과의 상관성 안에서 고구(考究)해 보려는 차원에서 논의를 전개한 결과 다음과 같은 결론을 얻었다.

우선, 디지털문화시대의 문학텍스트를 제대로 분석하려면 무엇보다도 미디어와 문학의 관계에 대한 명확한 이해 즉 화상매체에 대한 올바른 이해가 전제되어야 한다. 구체적으로는 역사적인 매체 발전과정 예컨대, 기술적 화상이나 전자적 미디어 등 뉴미디어 출현으로 인한 변화와 영향의 맥락에서 화상매체 보기에 관한 올바른 통찰이 필요하다.

---

15) Adreas Reckwitz/Holger Sievert(Hrsg.): *Interpretation Konstruktion Kultur*. Ein Paradigma
-wechsel in den Sozialwissenschaften, Opladen/Wiesbaden: Westdeutscher Verlag 1999,
pp.9~16, hier, p.10.

　매체의 역사적 발전 과정에서 야기된 문자의 위기는 화상의 위기와 맞물려 문학텍스트의 기능과 역할이 변화되었기 때문에 비롯되었다. 따라서 문학텍스트 분석은 문화, 커뮤니케이션, 미디어의 연관성과 그 상호작용을 핵심으로 하는 화상컨셉트의 관점에 따라 이루어져야 한다는 데에 이론의 여지가 없다.

　이러한 관점에서 앞으로의 한국문학 연구에서 규명해야 할 기본 목표는 대체로 다음과 같이 요약된다.

　첫째, 활자텍스트 문학에 미칠 새로운 미디어의 영향관계

　둘째, 문학텍스트 연구와 변화된 화상컨셉트에 대한 이해의 상관관계

　셋째, 문학의 다양한 변모양태와 기능 변화가 갖는 문화사적 의미

　문학과 미디어의 맥락관계 규명은 활자텍스트와 디지털텍스트, 하이퍼텍스트 등이 병존하는 현 상황에서 우선 문학의 변화된 새로운 기능과 그 역할에 대한 인식을 위해서 필수적인 것이다.

　이러한 문학의 기능 변화에 대한 고찰은 다음과 같은 내용을 포함해야 한다.

　첫째, 문학의 본질은 문화사적으로 획기적이고 결정적 영향을 미친 뉴미디어의 영향 아래에서 어떤 방식으로 변화되는가?

　둘째, 비디오텍스트, 텔레비전텍스트, 비디오예술, 비디오클립, 상호행위적 문학 등, 오늘날의 미디어예술과 더불어 전개되는 다양한 변화는 문화사적으로 무엇을 시사하는가?

　문학자들은 무엇보다도 매체의 역사적 발전, 변화라는 맥락 안에서 문학과 미디어의 관계를 바르게 인식해야 한다. 그렇게 했을 때 비로소 뉴미디어의 등장으로 급변하는 현실의 변화 추세에 적극적으로 대처할 수 있다. 이러한 학문적 인식의 바탕 위에서 문학텍스트를 분석하는 넓

은 안목을 키울 수 있고 화상매체에 대하여 올바르게 이해할 수 있다. 이 말은 기술적 화상이라는 뉴미디어에 대한 깊이 있는 이해를 뜻하는 한편, 미디어미학의 지식이 필요함을 가리킨다. 아울러 활자텍스트 문화시대의 문학자들은 컴퓨터 문화세계에서의 화상보기능력을 갖추어야 한다는 의미도 된다.

여기서 화상매체에 대한 올바른 이해가 필요하다는 말은 무엇을 뜻하며 지금까지의 문학과 오늘날의 미디어미학의 맥락으로 볼 때는 무엇을 의미하는가? 이에 대한 해답은 활자텍스트와 전자텍스트가 병존하는 오늘의 한국문화와 사회 상황에서 문학과 미디어미학의 새로운 관계가 성립되어야 함을 의미한다. 다시 말하면, 문학자가 새로운 개념의 미디어화상을 올바르게 인식할 때 우리가 지닌 화상매체에 대한 기존의 이해가 안고 있는 문제점을 해결하고 극복할 수 있다는 뜻이 된다.[16] 사실상 그것은 화상매체 보기에 대한 새로운 학습인 셈이다.

이와 같은 상황을 종합해 볼 때 한국문학의 연구시각은 미디어미학으로 전환되어야 한다. 그것은 곧 화상우주 세계에서 활자텍스트의 문학이 어떻게 연구되어야 할 것인가에 대한 물음이다. 다시 말하면, 과

---

16) 이러한 맥락에서 다음의 주제를 고찰할 필요가 있다. 예컨대, 텍스트-화상-미디어의 연관 아래 부각되는 "화상/이미지", "문학텍스트에서의 화상보기/읽기", "텍스트매체와 화상매체간의 차이", "시청각매체들간의 차이" 즉 "Bilder매체의 특성", 텍스트상호성, 매체상호성, 하이퍼매체성 등의 예술적/미학적 개념들의 기본 바탕인 "das Fiktive-das Imaginäre-das Virtuelle 테마", "상호매체성에 대한 이해", "텍스트상호성, 매체상호성, 하이퍼매체성 Intertextualität, Intermedialität, Hypermedialität, 그리고 이들 맥락에서의 문학텍스트", "텍스트상호성과 성찰적 주체성reflexive Subjektivität의 문제" 등의 테마들이 천착/관찰되어야 하고 '자기 것으로 소화(자기이해화, sich aneignen)되어야 한다는 것이다. 위에서 언급한 관찰주제와 실천 방법에 관한 주제들은 사실상 모두가 '미디어미학적' 문제들에 해당한다. 요약하면, "화상매체 보기에 대한 '새로운' 학습(Bildersehen의 Erlernen)"이다.

거의 문학적 정보지식들을 이와 같은 화상보기학습에 어떻게 적용할 수 있는가가 문제된다. 이 문제는 화상매체에 대한 기존의 전통적 이해의 선입관에서 벗어나 인식을 전환했을 때 해결되는 문제이다. 이는 곧 화상매체에 대한 문학이해 중심이라는 전통적인 문학의 선입관에서 벗어나야 한다는 뜻이다.

아울러 화상보기학습을 위한 문학적 지식·시각의 활용에 있어서 절제 있는 자세가 요구된다. 화상매체를 폄하해서는 안 되고 화상매체에 대한 고정관념에서 벗어나 문제 의식을 가지고 새롭게 한 다음 화상매체보기학습에 임해야 한다. 플루서(Vilem Flusser)의 『코무니콜로기』[17]에서 언급된 바와 같이 "기술적 형상들은 마치 그들이 전통적·미적 화상/마술적 그림인 것처럼 기능하며, 따라서 우리는 이들을 읽는 방법을 배울 필요가 없다고 생각하는 기존의 일반적인 이해"가 내포하는 화상에 대한 오해나 무지가 문제가 된다. 환언하면, 사람들은 대부분 기존의 읽는 방법에 따라 이것을 전통적인 그림으로 간주하게 되는 모순을 저지르게 되는 것이 문제이다. 화상매체에 대한 선입견에서 벗어나야 하는 것은 곧 우리가 화상을 평면적인 이해차원에 머물러서는 안 될 뿐 아니라 이 평면적 이해의 위험을 막아야 한다는 것이다.

그러므로 전통적인 방법에 토대를 두고 한국문학을 연구하는 이들이 유념해야 할 일은 무엇보다도 새로운 매체로서 화상에 대한 올바른 이해뿐만 아니라, 미디어미학의 핵심과제인 화상매체 보기를 새롭게 이해하려는 노력이 수반되어야 한다는 사실이다.

범박하게 말해서, 한국문학자들은 활자텍스트와 전자텍스트가 병존하는 현 상황에서 가능한 한 활자텍스트의 미학적 선입견에서 벗어나

---

17) 풀루서, 김성재 역, 『코무니콜로기(Kommunikologie)』, 커뮤니케이션북스, 2001. p.161.

는 자세를 견지해야만 한다. 가령 문학강의를 활자텍스트 문화의 문학 지식에 한정해서는 안 되고 문학작품을 향유하는 기존의 방법, 태도의 문제, 습관적으로 길들여진 수용자의 감지문제는 물론 매체변화로 인한 다양한 감지 형식의 변화, 수용자들의 세대간의 차이 등을 고려해야 한다.

요즘의 젊은 세대들이 인문학 지식 없이 컴퓨터게임이나 뮤직비디오, 디지털카메라 작업에 몰입할 수 있듯이 자연스럽게 화상의 우주 속으로 들어가 그 실체를 수용할 수 있는 자세로 미디어미학의 시각에서 문학에 접근할 수 있어야 한다.

우리 한국문학자들과 한국어문학자들에게 공통으로 요구되는 미디어미학으로의 방향 전환은 곧 컴퓨터의 확산과 더불어 구텐베르크 시대가 막을 내렸다는 것과 문학의 종말에 대한 인식이다.

그러므로 지금까지의 논의에서 언급된 바를 다시 일목요연하게 정리하면 다음과 같다.

첫째, 문학도 미디어문화 속에서 미디어의 하나일 수밖에 없다.

둘째, 기존의 지배적이던 문학이 문화의 우위라는 고정관념을 버려야 한다.

셋째, 문학텍스트 분석은 기존의 방식과 전혀 다르게 이루어질 수밖에 없다.

넷째, 미디어미학과 문학의 새로운 관계 정립이 필요하다.

다섯째, 문학은 미디어미학으로 전환해야 한다.

위와 같은 다섯 가지 관점에서 인식의 전환이 이루어졌을 때 한국문학 연구방법론이 새로이 개진될 수 있을 것이다. 그렇다고 해서 한국문학자들은 전통적인 미학의 자산을 버리거나 전통적인 문학을 포기해서는 안 되지만 지금까지 성행해오던 활자·문자 문화가 사라지고 그 기능 상실에 대한 날카로운 통찰에 근거한 새로운 학문적 인식은 꼭 필요하다. 아울러 그것은 문학을 미디어미학 쪽으로 전환해야 함을 새로이 환기시킴과 동시에 이를 촉구하는 것이기도 하다. 따라서 활자·문자 문화의 종말에 대한 날카로운 통찰을 통해서 새로운 시각으로 문학텍스트를 분석하고 문학을 구상할 수 있어야 한다. 문학이 미디어미학으로 전환될 때, 디지털문화 속에서 이루어져야 할 문학텍스트 연구의 새로운 형식과 가능성이 실현될 것이다. 그리고 구체적으로 화상보기학습을 통해서 미디어미학은 한국문학 연구에 크게 기여하는 한편, 화상매체에 대한 단순성에서 벗어나 미디어와 문학에 대한 폭넓은 이해를 더욱 가능하게 할 것이다.

이렇게 되었을 때 전통적인 문학 연구대상과 방법론, 문제제기의 지평이 열리고 이와 함께 활자텍스트 문학의 문자성에서부터 시각성으로 넓혀지고 다시 텍스트에서 화상에 이르게 되며 종이에서 화상화면(모니터)으로, 의미론과 상징으로부터 컴퓨터와의 네트로 확장될 것이다.

이와 같이 새로운 세계관을 통하여 우리는 현실을 재인식하게 되고 패러다임의 전환, 새로운 시각의 문학창작과 문학연구가 가능해 질 것이다. 따라서 미디어미학과 한국문학의 새로운 관계는 활자텍스트 문화시대의 전통적 고전·현대 미학적 문학이해의 종말을 뜻하며 동시에 그것의 새로운 구체화를 역설적으로 시사한다.

미디어미학의 시각에서 예상되는 한국문학 연구과제는 1) 미디어의 출현 등 매체 변화로 인한 텍스트의 개념 변화에 대한 연구, 2) 상호행위성 예술로서의 문학텍스트에 관한 연구, 3) 매체상호성의 미학이론의 관점에서 문학텍스트에 관한 고찰, 4) 조형예술과 문학 상호간의 매체

상호성 연구, 5) 화상매체와 텍스트매체의 비교연구, 6) 문학텍스트에서의 화상에 관한 연구, 7) 시 텍스트와 영상예술에서의 움직임과 같은 상징적 형태로서 움직임에 관한 고찰, 8) 미디어문화 속에서의 미디어 예술과 문학텍스트의 위상 제고, 9) 미디어문화 시대에서의 수용미학 등이다.

이 논문의 서두에서 언급한 바와 같이 새로이 대두된 미디어미학을 어떻게 우리 한국문학연구에 적용하느냐 하는 방법론의 문제는 지속적으로 논의되어야 할 과제이며 이 논의는 물론 텍스트와의 상관성 안에서 이루어져야 함은 재론의 여지가 없다.

제 2 부

제4장

김춘수의 시적 정서와 기독교적 심상

1. 문제의 제기

라이너 마리아 릴케와 T. S. 엘리엇에 경도되었던 시인 김춘수는 현실과 무관하게 관념을 추구했고[1] 다시 관념에서 벗어나 무의미시를 시도했다. 그 결과 그는 시니피에의 세계보다는 시니피앙 세계를 끊임없

---

[1] 김춘수가 초기시에서 관념시를 추구하게 된 것은 릴케를 만나면서부터였으며, 이것은 그가 「두 번의 만남과 한 번의 헤어짐」(≪현대시학≫, 1976.1)에서 언급한 데서 확인된다. 즉 그는 18세 되던 1940년 동경의 어느 한 고서점에서 구입한 일본어 번역본으로 릴케시집 『사랑은 어떻게』를 접하면서 릴케를 만나게 되었다. 이 시는 그에게 하나의 계시처럼 다가갔고 이를 계기로 하여 시의 존재를 알게 되었다는 것이다. 릴케를 다시 접하게 된 것은 1946년 「말테의 수기」를 읽으면서부터였으며 새로운 감동을 받아 시 창작을 하게 되었다. 그러던 중 자신은 릴케와 기질적으로 다르고 릴케의 후기시가 납득이 잘 안 된다는 생각 때문에 1962년경 릴케와 결별하였다가 자신의 시 「그리움이 언제 어떻게 나에게로 왔던가」(≪현대시학≫, 2003.3)에서 다시 릴케를 만나게 되었다는 것이다.

이 모색했다. 그래서 그의 시세계는 독자들에게 낯설고 생경한 것으로 혹은 실험적으로 느껴지게 하기도 했으나, 그는 서정주와 함께 한국시 문학사의 양대 산맥을 이루었으며 모더니즘 계열의 시로써 한국시단에 활력소를 제공하고 후배 시인들에게 지대한 영향력을 끼쳤다.

김춘수의 시세계를 논할 때 일반적으로 다음과 같이 크게 세 가지로 분류하는 경향이 강하다. 첫째, 릴케와의 조응 아래 초기시를 특징짓는 <관념시>, 둘째, 『처용단장』을 기점으로 특징지어지는 <무의미시>, 셋째, 관념시와 무의미시 실천 이후, 언어의 시니피앙과 시니피에의 관계에서 시니피앙에 역점을 두어 언어의 명명행위를 극단으로까지 추구한 결과에서 나온 "떠도는 시니피앙"의 세계이다.[2)]

그런데, 이와 같은 특징 외에 김춘수를 논할 때 반드시 주목해야 하는 것은 무엇보다도 그가 시에서 끊임없이 추구한 기독교적 심상이다. 그의 기독교에 대한 깊은 관심은 성경에 대한 풍부한 지식과 독해를 통한 것임을 시 창작 속에서 확인할 수 있다. 그렇다고 그가 기독교도임을 천명한 일은 한 번도 없으며 실제로 기독교 신자도 아니다. 그런데, 그가 종교인이고 아니고는 작품을 창작하거나 이해하는 데 필수적인 요건은 아니다.

한편, 간과해서 안 될 사항은 이와 같은 그의 종교적 관심이 어떤 도그마에 빠진다든가 혹은 주제에 집요하게 집착한다든가 하는 것과는 무관하게 그가 철저히 추구해온 작품 자체의 미학성과 객관성을 유지하고 있다는 점이다. 즉 그는 많은 시작품 속에서 성경을 인유하거나 소재를 채택할 때 철저히 객관적 입장을 취하고 있다.

시어의 의미를 살린 순수 서정의 시에서 출발한 그가 무의미시에 이

---

2) 윤호병, 「김춘수의 시세계」, 『현대시의 아가니페』, 푸른사상, 2005, p.19.

르는 과정에서 집요하게 추구한 시정신은 아무래도 절대적 세계, 순수
의 세계이며 그 끝은 비애 혹은 슬픔의 정조에 맞닿아 있음을 알게 된
다.[3] 그리고 이러한 시적 정조는 궁극적으로 기독교적 심상을 통하여
시적으로 형상화되었다.

김춘수는 기독교 정신을 바탕으로 성경의 상황을 이미지 서술만을
통하여 객관적으로 형상화하고자 하였다. 그래서 시창작 과정에서 그
의 독특한 시적 기법 즉 성서의 인물, 지명, 식물 이미지 등 성경에 등
장하는 사물들을 객관적 상관물로 자유롭게 활용하였다.

본 논문의 연구목적은 김춘수 시의 배경을 이루는 다양한 요소 가운
데 특히 기독교 정신이 반영된 시편들[4]을 구체적으로 살펴봄으로써 시
적 원천을 규명하고자 하는 데에 있다. 아울러 필자는 본론의 전개과정
에서 논지의 집약을 위해 필요한 문학과 종교의 상관성에 주목할 뿐
아니라 작품 자체에 깊이 천착함으로써 김춘수 시의 미학성과 객관성
을 도출해내고자 한다.

---

3) 김춘수의 전기 시세계를 "그의 독특한 개인적 체험과 함께 인생과 세계에 대한
   근원적 슬픔에서 비롯된 울음과 눈물의 미학이 이뤄낸 비애미가 그 본질"(신규
   호, 『한국 현대시와 종교』, 국학자료원, 2003, p.173)로 본 것도 같은 맥락에서 언
   급한 것이다.
4) 이 논문의 연구대상은 다음과 같다. 즉 시집 『구름과 장미』(1947)에 수록된 「예배
   당」, 「막달라 · 마리아」, 『타령조 · 기타』(1969)에 수록된 「나의 하나님」, 『처용』
   (1974)에 수록된 「눈물」, 『남천』(1977)에 수록되어 있는 「예수를 위한 여섯 편의
   소묘」라는 제목 아래 쓰여진 「마약」, 「아만드꽃」, 「요보라의 쑥」, 「세째번 마리
   아」, 「가나에서의 혼인」, 「겟세마마네에서」 등 6편과 『비에 젖은 달』(1980)에 수
   록된 「둘째번 마리아」, 「나자로여」, 『라틴 점묘 · 기타』(1987)에 수록된 「마드리
   드의 어린 창부」 등이다.

2. 김춘수의 시적 정서와 기독교적 심상

1) 낯익고 친숙한 존재로서의 하나님

하나님이 기독교를 표상하는 시어임은 주지하는 바와 같다. 김춘수
의 시에 반영된 기독교 정신은 이와 같은 성서적 인물을 인유하는 독
특한 기법을 통하여 전달된다.

> 사랑하는 나의 하나님, 당신은
> 늙은 비애다.
> 푸줏간에 걸린 커다란 살점이다.
> 시인 릴케가 만난
> 슬라브 여자의 마음속에 갈앉은
> 놋쇠 항아리다.
> 손바닥에 못을 박아 죽일 수도 없고 죽지도 않는
> 살아하는 나의 하나님, 당신은 또
> 대낮에도 옷을 벗는 어리디어린
> 순결이다.
> 삼월에
> 젊은 느릅나무 잎새에서 이는
> 연둣빛 바람이다.

— 김춘수, 「나의 하나님」 전문

이 시의 4행에서 서슴없이 밝힌 하나님은 "시인 릴케가 만난/슬라브
여자의 마음속에 갈앉은/놋쇠 항아리다."라는 표현에서 김춘수가 릴케

의 사상을 수용하고 있음을 보여준다. 릴케는 두 번의 러시아여행을 통하여 러시아인들의 신앙심에 감동을 받았고 이 정서적 감동을 시로 형상화하기에 이르렀다. 그가 파악한 신은 "높이 군림하는 초월적인 신이 아니고 각자 앞에 있는 개개의 사물 속에 내재하는, 그리하여 함께 생성, 유전하는 신"[5]이었다. 위의 시에서 하나님은 절대신으로 군림하는 신이 아니고 우리들 주변에 보통 존재하는 신이다. 이것은 이 시에서 하나님이 "낡은 비애, 놋쇠 항아리, 순결, 연둣빛 바람"으로 비유되고 있는 점에서 확인된다. 그러므로, 하나님은 외경(畏敬)으로서의 존재가 아니고 보통 사람과 같은 존재로서 신과 인간 사이의 간극이 소멸되어 낯익고 친숙한 존재로 전환된다.

한편, 위에서 본 바와 같이 김춘수의 시와 릴케 시 사이의 공통점은 절대신으로부터 버림받은 존재로서의 인간이기보다는 그러한 신을 자신의 주변에 가까이 두고 싶은 욕망과 두려움의 욕망에서 찾아볼 수 있음[6]을 간과할 수 없다.

---

5) 신과 종교에 관한 릴케의 사상은 톨스토이의 영향이 컸으며 자신의 내부적인 고독감과 지성인의 고민이 순박한 러시아적 신앙과 신에 대한 친밀감으로 변전될 수 있었다. 순박과 겸허, 그것이 러시아인들의 특색이었으며 그로 인하여 오히려 무례할 만큼 인간과 신과의 거리가 단축되는 것이다.(박찬기, 『독일문학사』, 일지사, 1980, p.458)

6) 릴케가 그의 「두이노의 연가」의 "첫 번째 연가"에서 절대신에 대한 외경심과 그러한 외경심을 자신의 것으로 전환시키고자 했듯이 김춘수 역시 절대신에 대한 외경심과 의구심과 자신의 개인적인 인고의 체험을 기저로 하여 『처용단장』을 창작하였다. 이것은 「장편 연작시 「처용단장」 시말서」에서 분명히 확인되는 바, 이 시의 집필동기의 하나가 바로 '폭력·이데올로기·역사'이다. 처용은 역사에 희생된 개인이고 역신은 역사이며 이 때의 역사는 역사의 악한 의지, 즉 악을 대변하는 것으로 설명한다.

2) 예수의 죽음과 그 존재의 본질 추구

김춘수는 시창작 과정에서 예수라는 인물에 대해 끊임없이 관심을 두었는데, 이것은 「눈물」과 「예수를 위한 여섯 편의 소묘」[7]에서 확인된다. 그가 예수에 대해 관심[8]을 가지게 된 것은 예수라는 인물이 단순히 역사적인 인물에 그치지 않고 이념이고 종교이고 사상이니 만큼 자연스러운 일이며 그의 서구적 취향과도 무관하지 않으며[9] 막연하고 추상적인 것이 아닌, 구체적인 성경 지식을 바탕으로 한 것이다.

> 남자와 여자의
> 아랫도리가 젖어 있다.
> 밤에 보는 오갈피나무,
> 오갈피나무의 아랫도리가 젖어 있다.
> 맨발로 바다를 밟고 간 사람은
> 새가 되었다고 한다.
> 발바닥만 젖어 있었다고 한다.

— 「눈물」 전문

---

7) 김춘수가 예수에 대해 얼마나 관심을 표명하고 있는지는 다음의 술회에서 드러난다. 즉 "「예수를 위한 여섯 편의 소묘」는 최근작이다. 앞으로도 예수를 소재로 한 시가 쓰여질 듯하다. 예수에 대한 매력은 날이 갈수록 더해 간다. 그러나 예수는 나에게 자꾸 주제를 강요하고 있어 거북한 때가 없지도 않다."(「후기」, 『김춘수전집』1, 문장, 1984, p.309)고 그는 언급하였다.

8) 김춘수는 「예수에게는 친구가 없었다.」(『김춘수전집』3, 문장, 1983, pp.167~169)에서도 성서적 지식을 근간으로 예수라는 인물을 조명해 보면서 속세적인 인간과 비교하며 진정한 벗은 어떤 사람인가를 서술하고 있다.

9) 김춘수가 그의 첫시집 『구름과 장미』의 표제에 대하여 매우 "상징적인 뜻"이 있다고 하면서 "구름은 매우 낯익은 말이지만 장미는 낯선 말인 이른바 박래어로서 구름이 자연스럽게 감각으로 다가왔다면 장미는 관념으로 왔다."(김춘수, 「의미에서 무의미까지」, 『김춘수전집』2, 문장, 1986, p.381 참조)고 술회한 바 있듯이, 김춘수는 전통적인 것과 서구적인 것을 동시에 추구하였다.

이 시의 구조를 이미지 형성에 따라 나누어 보면, 전반부는 1행부터 4행까지, 후반부는 5행부터 끝행까지이다. 시의 문맥상 "남자와 여자"와 "오갈피나무"는 "아랫도리가 젖어 있다."라는 공통점이 있어서 섹스 이미지와 연결시켜 풀이할 수도 있다.

그러나 김춘수 자신[10]은 "이것은 하나의 트릭이다."라고 하면서 "정석적인 순서"와 "진실을 위한 뜻이 없는 허구"가 동시에 존재함을 강조하였다. 그는 허구란 실제로는 그것을 만드는 사람의 관념의 틀에 지나지 않는다고 보고 관념이 필요하지 않을 때 허구는 당연히 자취를 감추어야 한다고 설명한다. 그리고 그는 "관념은 없다"고 단호히 주장하면서 이미지의 서술성, 순수이미지, 절대이미지를 강조하면서 동시에 관념의 배제, 설명의 배제를 강조한다. 특히 시인 자신이 "예수를 염두에 두고 있었다."고 밝힌 점으로 보아 후반부 3행은 예수에 관련된다.

그리고 "바다"와 "맨발"의 관계는 "예수께서 물 위를 걸어오시는 것을 본 제자들은 겁에 질려 엉겁결에 "유령이다." 하며 소리를 질렀다"[11]에 관계되고 "발바닥"과 "아랫도리"는 우리들의 눈에 보이지 않는 부분 즉 은밀하게 감추어진 부분과 관계된다. 이 시에서 이 둘의 관계는 "물", 궁극적으로는 "눈물"의 개입으로 인해서 하나의 무드를 형성하게 된다.[12] 이 무드는 비애 혹은 절망의 정서인데, 그의 시에 드러나는 기독교적 심상의 특징의 일부이기도 하다.

---

10) 김춘수, 「대상의 붕괴」, ≪심상≫, 1975. 6.

11) 「마태복음」 14 : 26.

12) 윤호병, 같은 책, pp.32~33 참조.

예수는 눈으로 조용히 물리쳤다.
──하나님 나의 하나님,
유월절 속죄양의 죽음을 나에게 주소서.
낙타 발에 밟힌
땅벌레의 죽음을 나에게 주소서
살을 찢고
뼈를 부수게 하소서.
애꾸눈이와 절름발이의 눈물을
눈과 코가 문드러진 여자의 눈물을
나에게 주소서.
하나님 나의 하나님,
내 피를 눈감기지 마시고 잠재우지 마소서.
내 피를 그들 곁에 있게 하소서.
언제까지나 그렇게 하소서.

— 「마약」 전문

이 시는 김춘수 시에 표현된 릴케적 요소를 강하게 보여주는 경우이다. 릴케는 실존주의 이론의 금과옥조인 "사물 그 자체!"라는 외침을 일찍이 몸으로 실천한 시인인데, 그 거침없는 편린들이 이른바 사물시를 포함해서 비가(悲歌) 전편에 편재해 있다. "사물 그 자체로!"는 무엇보다 사물의 의미는 사물의 입장에서 읽혀져야 한다는 것이다. 다시 말하면, 사물의 의미가 인간의 공리적·세속적 관계로 파악되어서는 안 되고 사물은 그 자체가 의미를 갖는다는 인식과 같은 뿌리를 가지고 있다.[13] 이런 의미에서 김춘수는 위의 시에서 "예수"라는 인물을 철저히

---

13) 릴케의 이와 같은 시적 실천은 아래에 인용하는 「가을날」에서 분명히 확인된다. "주여, 시간이 되었습니다. 여름은 아주 위대했습니다./당신의 그림자를 해시계 위에 던지고,/평원에는 바람을 불어 줍소서."(김주연, 「독일시인론」, 열화당, 1983, p.205에서 재인용)

한 사물로 인식하고 그 본질을 제대로 파악하고자 하였음을 보여준다.

한편, 그는 성경에 전하는 예수의 자전적 편력에 바탕을 두되 그의 상상력에 의한 이미지 창출을 통하여 시적 감동을 유발하였다. 예수 생애의 정점은 십자가에 못 박혀 죽음을 당한 것이고 그 죽음은 "속죄양의 죽음, 낙타 발에 밟힌 땅벌레의 죽음" 즉 가장 힘없고 약한 자의 죽음까지 대신하고자 한 것이며, "살을 찢고/뼈를 부수"는 아픔을 주는 처절한 것이고 "애꾸눈이와 절름발이의 눈물"과 "눈과 코가 문드러진 여자의 눈물"을 수반하는 죽음이다. 이러한 죽음을 예수가 당한 것은 속죄의 제물로서 가장 큰 값을 지불하는 것이 된다는 뜻이다. 그리고 그러한 죽음은 인간의 구원이라는 가장 값진 포상을 얻을 수 있는 것이다.

특히 이 시에서 "피"는 "십자가에 달려 피 흘리시는 메시아"를 상징하는 것으로서 작품의 핵심적 이미지이다. 이것은 간절한 기도의 형태로 나타나고 있는데, 죽음을 달라는 기도이며 유월절[14]에 양의 죽음을 자신에게 허락할 것을 간절히 청하는 기도이기도 하다. 그런데, 이 시의 부제 내용은 예수의 고통을 덜어주기 위하여 마약을 주었다는 것인데, 성경에서는 '마약' 대신 '신 포도주'[15]를 준 것으로 되어 있다. 이것은 이 시의 첫 행 "예수는 눈으로 조용히 물리쳤다."와 관련된다. 김춘수는 예수가 마약을 물리침으로써 십자가에 매달려 끔찍하게 겪어야 할 고통을 감내하고 이 극한의 고통을 통하여 세상을 구원할 수 있다고 믿는다는 의미를 부여하고 싶었던 것이다. 이 귀절에서 시인의 상상력이 가미된 것을 확인할 수 있다. 이런 점에서 김춘수는 철저히 성경

---

14) 유월절은 BC 13세기 이스라엘 사람들의 조상이 이집트에서 탈출한 것을 기념하는 절기이며 유대인의 3대 축제일의 하나이다.
15) 「마태복음」 27 : 48, 「마가복음」 16 : 36, 「누가복음」 23 : 36, 「요한복음」 19 : 28.

적 지식에 바탕을 두어 시 창작에 전념하는 한편, 주제적 특성에 따라
서 성경의 내용과는 달리 인유하였음을 확인할 수 있다.

예수가 숨이 끊어질 때
골고다 언덕에는 한 동안
천둥이 치고, 느티나무 큰 가지가
부러지고 있었다.
예루살렘이 잠이 들었을 때
그날 밤
올리브숲을 건너 겟세마네 저쪽
언덕 위
새벽까지 밤무지개가 솟아 있었다.
다음날 해질 무렵
생전에 예수가 사랑하고 그렇게도 걷기를 좋아하던
갈릴리호숫가
아만드꽃들이 서쪽을 보여
시들고 있었다.

— 「아만드꽃」 전문

이 시의 내용은 크게 세 부분, 즉 첫 행부터 4행, 5행부터 9행, 10행
부터 14행까지 나누어 볼 수 있다. 첫 부분에서 예수의 숨이 끊어질 때
골고다 언덕에 천둥이 친 사실은 성경에 기초한 것이고 느티나무 큰
가지가 부러지고 있었다는 현재진행형의 묘사는 시인의 상상력이 가미
되어 그 상황과 분위기를 더욱 실감나게 재연하고 있는 부분이다. 둘째
부분에서 가장 핵심적 주제가 되는 시어는 밤무지개가 새벽까지 솟아
있었다는 사실인데, 이는 예수의 죽음이 얼마나 값진 것인가를 상징하
는 시적 언술이다. 왜냐하면, 무지개는 태양이 빛나는 낮에 생기는 것

이지 밤에 생기는 것은 아니며 시인의 독특한 상상력에 의한 결과이기 때문이다.

끝부분의 아만드꽃이 시들고 있었다는 것은 또한 예수의 죽음을 애도하는 것임을 암시하고 있다. 그러나 전지전능한 하느님의 아들 예수가 가장 하찮은 죽음을 당하고 가장 쓸쓸하고 조용한 애도를 받고 있다는 내용 에서는 역설이 발견된다. 환언하면, 이렇게 표현된 예수의 죽음이 가장 위대한 죽음이며 가장 엄숙하고 큰 애도의 분위기가 감싸고 있음을 보여주는데, 이것은 전적으로 시인 김춘수의 시적 상상력에 기인한 것이다.

> 너무 달아서 흰빛이 된
> 해가 지고, 이따금 생각난 듯
> 골고다 언덕에는 굵은 빗방울이
> 잿빛이 된 사토(砂土)를 적시고 있었다.
> 예수는 죽어서 밤에
> 한 사내를 찾아가고 있었다.
> 예루살렘 쑥을 파는 사내
> 요보라를 그가 잠든
> 겟세마네 뒤쪽
> 올리브숲 속으로, 못 박혔던 발을 절며
> 찾아가고 있었다.
> ——안심하라고
> 쑥은 없어지지 않는다고
> 안심하라고.

— 「요보라의 쑥」 전문

이 시는 "가난하고 목마른 자"를 옹호하는 예수[16]의 사상이 집약적

으로 드러나는 시이다. 기독교를 사랑의 종교로 인식하는 이유는 바로
이와 같이 비천한 자, 가진 것이 없는 약자에게 최대의 관심과 사랑을 강
조하고 실천하고자 하기 때문이다. 예수가 생각하는 비천한 사람은 「산
상수훈」의 팔복의 "성령이 가난한 자", "의에 주리고 목마른 자"이다.
단순히 "가난한 자"가 아니라 "심령이 가난한 자"이고 "주리고 목마른
자"가 아니라 "의에 주리고 목마른 자"라는 것이다. 그러나 결국엔 "가
난하고 목마른 자들아, 다 내게로 오라"고 하면서 모든 이들을 품어 안
는다는 데에 예수의 사랑과 관심의 뜻이 있다. 이 시의 "쑥을 파는 사
내"는 바로 그러한 사람을 대변한다.

　"너무 달아서 흰빛이" 될 정도의 강렬한 해가 진 시간적 배경과 굵
은 빗방울이 적시고 있는 "잿빛이 된 砂土" 즉 골고다언덕을 공간적 배
경으로 하는 이 시의 분위기는 삭막하고 죽음처럼 광막한 정적이 감돌
뿐이다. 죽은 예수가 "못 박혔던 발을 절며" 찾아가는 대상은 "예루살
렘에서 제일 가난한 사내"이며 찾아가는 시간은 모든 사람이 다 잠든
밤이다. 이 가난한 사내는 "유월절에 쑥을 파는 사내"이다. 이 대목에
서 시인은 예수가 부활하여 박애정신을 실천하고 있음을 확실히 보여
준다. 그 사내에게 "…안심하여라", "쑥은 없어지지 않는다고/안심하라
고" 한 것은 곧 예수의 죽음으로 인하여 천지가 뒤바뀌어 그의 생업으
로서 쑥 파는 일을 못하게 되는 일은 없을 것임을 약속하고 일러주는
것이다. 그러나 시를 세인의 눈으로 보면, 이러한 하찮은 일에 관심을
쏟는 것이 부질없는 일일 터이나, 이렇듯이 가난한 사람을 돌보는 일을

---

16) 예수가 세상에 온 것은 부자를 위해서가 아니라 죄인과 가난한 사람들을 위해
　　서임을 선포하고 있다.(「누가복음」 4 : 18, 7 : 22) 그리고 부자와 가난한 사람에
　　대한 예수의 생각은 '부자와 나자로'(「누가복음」16 : 19~31)에서 확인된다.

최우위(最優位)에 둔 예수의 면모가 분명히 드러난다.

결국 이 시는 김춘수의 예수에 대한 인물 해석이 정확히 드러나는 작품이다. 즉 시의 문맥에 따르면, 예수는 가난한 자의 구원을 누구보다 먼저 약속하고 가난한 자의 축복과 승리를 꿈꾸는 인물이다.

> 가을이 짙어 가고 있었다.
> 천막절이 내일 모레로 다가오고 있었다.
> 나귀를 탄 사람들이
> 예루살렘 쪽으로 가고 있었다.
> 석양을 받은 키 큰 유카리나무들이 길가에
> 드문드문 빛나고 있었다.
> 예수가 하는 말에 귀기울이는
> 마리아의 볼에 우물이 지고
> 웃을 때 고은 잇바디가
> 상아빛으로 빛나고 있었다.
> 베타니아 마을
> 말타네 집 헛간방에서
> 오랜만에 참으로 오랜만에 잇바디를 드러내고
> 예수도 한 번 웃어 보였다.
>
> ― 「세째번 마리아」 전문

이 시에 나오는 마리아는 예수의 친구 나자로의 누이동생인 베다니아의 마리아[17]인데, 언니 마르다와는 대조적인 성격을 지니고 있다. 이 시는 "마리아의 몫"을 옹호하는 예수의 입장을 김춘수 시인 나름대로

---

17) 마리아라는 이름의 여자는 신약성서에 여섯 명이 나오는데, 예수의 어머니, 막달라 마리아, 베다니의 마리아, 마가 요한의 어머니, 야고보와 요셉의 어머니 마리아, 바울의 동역자인 마리아(「로마서」 16 : 6)다.

해석하여 시적으로 형상화한 작품이다. 즉 그는 여기에서 "평등보다 자유가 우선하고 도덕보다도 놀이가 우선한다."고 보는 것이 예수의 입장임을 분명히 했다. 이를 성서[18]에 의거하여 보면, 예수가 마르다의 집을 방문했을 때 언니 마르다는 분주히 손님 접대준비를 하고 있는데, 동생인 마리아는 예수의 발 아래 앉아서 예수의 이야기를 듣기에 열중한다. 마르다는 예수에게 동생을 꾸중해 달라고 불평하는데 예수는 "마르다야, 네가 많은 일로 염려하고 근심하나, 몇 가지만 하든지 혹 한 가지만이라도 족하니라. 마리아는 이 좋은 편을 택하였으니 빼앗기지 아니하리라 하시니라."[19]고 마리아를 칭찬하고 옹호한다. 위의 시에서 "말타네 집 헛간방에서/오랜만에 참으로 오랜만에 잇바디를 드러내고/예수도 한 번 웃어 보였다."는 구절은 바로 위와 같은 맥락에서 풀이된다.

이 시에 나오는 유카리나무[20]는 「세째번 마리아」, 「가나에서의 혼인」 등의 시편에서 쓰이고 있어 김춘수의 시세계를 함축적으로 보여주는 식물적 비유이다. "석양을 맞은 키 큰 유카리나무들이 길가에/드문드문 빛나고 있었다."는 시의 문맥상 유카리나무의 이중성 즉 치료와 해방 가운데 치료의 개념으로서 상서로운 의미로 쓰

---

18) 「누가복음」 10 : 38-42, 「요한복음」 11, 12 참조

19) 「누가복음」 10 : 41~42

20) 유카리나무는 호주가 원산지인데, 식민지의 부산물로 유럽에 건너오게 된 나무이며 자신의 의지와는 무관하게 흩어져 살아가야만 하는 일종의 "디아스포라(Diaspora)"에 관계된다. 호주 원주민들 사이에서 "키노(Kino)"라고 불리는 이 나무의 속명은 "유카립투스(eucalyptus)"이며 "eu"는 "완벽하다"는 뜻을, "calypto"는 "수풀로 뒤덮인 것"을 의미한다. 심한 상처를 치료하는 데 사용되었던 이 나무는 "시드니 페퍼민트"라는 질병치료제의 원료를 제공하지만 다른 식물의 성장을 방해하기도 한다.(윤호병, 『현대시의 아가니페』, 푸른사상, 2005, pp.9~40 참조)

이고 있음을 알 수 있다.

유카리나무 사이 사이
삼월의 빨간 들꽃이 피고
남풍은 어느새 밀을 다 자라게 하고
포도알을 살찌게 하고 있었다.
해질 무렵 헬몬산
감람나무 숲에서 바람이 일면
가나마을은 한동안
해발 오백 미터 높이에서
기쁜 듯 즐거운 듯 몸을 흔들곤 하였다.
승교(乘轎)에서 내린 신부의 이름은 마리아
열 여섯 살,
예수는 그날 가나마을을 위하여
땀 흘리며
한 섬 여덟 말의 물을
잘 삭은 포도주로 바꿔주고 있었다.

— 「가나에서의 혼인」 전문

이 시는 성경의 "카나의 혼인 잔치"[21]에 그 원천을 두고 있다. '카나

---

21) 김춘수는 가나로 표기하였으나, 새로운 번역에서는 카나로 표기되어 있으며
"카나의 혼인 잔치"를 성경에서 그대로 인용하면 다음과 같다.
"사흘째 되던 날, 갈릴래아 카나에서 혼인 잔치가 있었는데, 예수님의 어머니도
거기에 계셨다. 예수님도 제자들과 함께 그 혼인 잔치에 초대를 받으셨다. 그런
데 포도주가 떨어지자 예수님의 어머니가 예수님께 "포도주가 없구나." 하였다.
예수님께서 어머니에게 말씀하셨다. "여인이시여, 저에게 무엇을 바라십니까?
아직 저의 때가 오지 않았습니다." 그분의 어머니는 일꾼들에게 "무엇이든지 그
가 시키는 대로 하여라."고 말하였다. 거기에는 유다인들의 정결례에 쓰는 돌로
된 물독 여섯 개가 놓여 있었는데, 모두 두세 동이들이었다. 예수님께서 일꾼들
에게 "물독에 물을 채우라."하고 말씀하셨다. 그들이 물독에 다 가득 채우자,
"이제는 그것을 퍼서 과방장에게 날라다 주어라." 하셨다. 그들은 곧 그것을 날

의 혼인 잔치'에서 포도주가 떨어지고 말았는데, 예수가 나타나 물로 포도주를 만드는 기적을 보여 주고, 혼인 잔치는 그 포도주로 인하여 더욱 기쁘고 즐겁게 이어졌다는 내용의 성경 구절이다. 포도주는 죄의 사함과 생명을 뜻하며 사람들을 기쁘게 하는 것이다.

여기에서 시인은 카나에서의 혼인 잔치 그 자체를 "유카리나무[22], 빨간 들꽃, 남풍, 포도알, 가나마을, 잘 삭은 포도주" 등의 서술적 이미지를 통하여 객관적으로 서술하고자 하였다. 1행, 2행의 "유카리나무 사이 사이/3월의 빨간 들꽃이 피고", 3행의 "남풍은 밀을 자라게 하고", 9행의 "기쁜 듯 즐거운 듯 몸을 흔들곤" 하였으며, 15행 "잘 삭은 포도주로 바꿔주고 있었다."와 같은 표현들은 그와 같은 시적 분위기를 형성하는 데에 한몫을 하고 있다. 이것은 김춘수 자신의 고백[23]처럼 60년대로 접어들면서 시는 관념으로 굳어지기 전에 어떤 상태가 아닐까 하는 시에 대한 새로운 인식을 하게 되면서 얻게 된 기법이다.

이 시에서 주목되는 것은 혼인잔치인데, 이외에도 성서에 잔치는 자주 언급되고 있다. 그것은 중동사람들이 잔치를 통해서 손님을 접대하는 일을 덕목으로 삼는 분위기였기 때문에 예수도 잔치에 자주 참여했기 때문일 것이다. 그리고 그러한 연유로 예수는 "보라, 저자는 먹보요

라 갔다. 과방장은 포도주가 된 물을 맛보고 그것이 어디에서 났는지 알아보지 못하였지만, 물을 퍼온 일꾼들은 알고 있었다. 그래서 과방장이 신랑을 불러 그에게 말하였다. "누구든지 먼저 좋은 포도주를 내놓고 손님들이 취하면 그보다 못한 것을 내놓는데, 지금까지 좋은 포도주를 남겨두셨군요." 이렇게 예수님께서는 처음으로 갈릴래아 카나에서 표징을 일으키어 당신의 영광을 드러내셨다. 그리하여 제자들은 예수님을 믿게 되었다.(「요한복음」2 : 1-11, 『성경』, 한국천주교중앙협의회, 2005, pp.156~157)

22) 주석 21) 내용 참조
23) 김춘수, 「나의 문학 실험」, <중앙일보> 1996. 3. 23.

술꾼이며 세리와 죄인들의 친구"24)라는 비난을 면치 못했다. 그럼에도 불구하고 예수가 갈릴리 카나의 혼인잔치에 함께하고 그들을 축하해 주기 위하여 물로 포도주를 만든 것에 김춘수가 주목하는 것은 잔치를 한층 더 높은 축제의 기쁨으로 승화시키고자 하는 예수의 휴머니티 정신이다.

> 꽃과 메뚜기만 먹던 스승,
> 허리에만 짐승 가죽을 두르고
> 요단강을 건너간 스승,
> 라비여,
> 이제는 나의 때가 옵니다.
> 내일이면 사람들은 나를 침뱉고
> 발로 차고 돌을 던집니다.
> 사람들은 내 손바닥에 못을 박고
> 내 옆구리를 창으로 찌릅니다.
> 라비여,
> 내일이면 나의 때가 옵니다.
> 베드로가 닭 울기 전 세 번이나
> 나를 모른다고 합니다.
> 볕에 굽히고 비에 젖어
> 잿빛이 된 어깨를 하고
> 요단강을 건너간 스승
> 라비여.

— 「갯세마네에서」 전문

이 시에서 가장 주목되는 부분은 "라비여"가 2회 반복되고 있다는 점이다. 이 자리는 성서대로라면 "하느님이시여"가 놓일 자리이다. 이

___
24) 「마태복음」11: 19

것은 무엇을 의미하는가? 김춘수는 기독교에 깊은 관심을 표명하고 있으나 그 자신은 기독교 신자가 아니므로 하느님의 존재를 신앙적으로 믿는 것은 아니다. 그러므로 그의 시적 상상력이 발휘되어 나타난 것이 바로 이 부분이며 여기에 그의 시적 진실이 있으며 그의 예수관이 선명히 드러났다고 할 수 있다. 이 시의 문맥에 따르면, 라비는 세례 요한을 가리키며 이는 "꿀과 메뚜기만 먹던 스승/허리에만 짐승 가죽을 두르고/요단강을 건너간 스승"으로 비유한 데서 확인된다. 세례 요한으로부터 세례를 받은 예수는 세례 요한을 가리켜 "선지자보다 나은 자"[25], "켜서 비치는 등불"[26]로 지칭하고 공경하여 "내가 진실로 너희에게 말하노니 여자가 낳은 자 중에 세례 요한보다 큰 이가 일어남이 없도다."[27]고 하였다. 라비로서 상징되는 세례 요한은 금욕과 절제의 삶을 살았던 사람인데, 당시 정치적으로 몰려 마침내 처형되었다.

이 시의 핵심은 "라비여/이제는 나의 때가 옵니다."이다. 이 구절은 복음서에는 나와 있지 않은, 전적으로 시인의 상상력에 의한 표현이다. 다만 카나의 혼인잔치에서 "예수께서 가라사대 여자여 나와 무슨 상관이 있나이까? 내 때가 아직 이르지 못하였나이다."[28]라고 한 점을 참고로 할 필요가 있다. 갯세마네에서 체포되기 직전의 예수의 심정은 매우 착잡했을 터인 바, 아무 것도 모르는 제자들은 모두 잠이 들었고 홀로 쓸쓸히 눈을 뜨고 앉은 채 고통을 면해 달라고 기도하다가 하느님의 뜻에 맡기겠다는 데서 예수의 인간적인 면모가 드러난다. 이와 같은 간절한 기도는 사람의 아들로서 예수의 고독한 실존의 절규이다, 그러므

---

25) 「마태복음」 11 : 9, 「누가복음」 7 : 26.
26) 「요한복음」 5 : 35
27) 「요한복음」 11 : 11
28) 「요한복음」 2 : 4.

로, "나의 때"는 십자가의 모욕과 죽음의 때를 의미한다. 그리고 예수
는 바로 그 십자가의 죽음을 통하여 오히려 세상의 고난을 이기고 자
신이 짊어진 모든 임무를 완성한 것이었다.

3. 인류 구원의 원점으로서의 예루살렘

예루살렘은 이스라엘 민족이 오랜 세기에 걸쳐 그들의 의지와는 무
관하게 흩어져 살아야 했던 일종의 "디아스포라"를 끝내고 정착하게
된 곳, 모든 인류 구원의 원점에 해당하는 곳이다. 그러면서 아직도 또
다른 분쟁을 야기할 뿐인 곳이 또한 예루살렘이기도 하다.

「마드리드의 어린 창부」에서 시인은 자신이 혐오하고 거부한 폭력
이데올로기 역사가 아직 끝나지 않았음을 시사하고 있다.

마드리드에는 꽃이 없다.
다니엘 벨은
이데올로기는 이제 끝났다고 했지만
유카리나무에 피는
하늘빛 꽃은 바다 건너
예루살렘에 가야 있다.
마드리드의 밤은
어둡고 낯설고
겨울이라 그런지 조금은
모서리가 하얗게 배래지고 있다.
그네가 내미는 손이
작고 차갑다.

— 「마드리드의 어린 창부」 전문

이 시는 크게 "마드리드"로 표상되는 라틴문화권에 대한 시인의 관심[29]과 "예루살렘"으로 표상되는 기독교 정신이 반영된 점에서 김춘수 시 중에서 주목할 만한 작품이다. 이 시에서 쓰인 "이데올로기, 예루살렘, 마드리드"는 매우 중요한 시어이다. 왜냐하면, 이 시어들은 김춘수의 시세계를 종합하고 있기 때문이다. 구체적으로 언급하면, 김춘수는 그의 "폭력·이데올로기·역사"에 대한 삼각관계 도식 및 지배와 피지배의 소멸을 "이데올로기는 이제 끝났다."라는 다니엘 벨의 말을 인용하여 강조하고 있고 "예루살렘"을 통하여 기독교 정신을 암시하고 있기 때문이다. 그가 자신은 정작 신자가 아니면서 그의 시에 끊임없이 기독교 정신이 분출하는 것은 기독교 정신의 핵심이 궁극적으로 이데올로기의 소멸, 지배와 피지배에서 벗어난 평화 정신과 관련되기 때문이다.

그러므로 이 시에서 시인이 강조하는 점은 어둡고 낯선 마드리드의 밤과 어둠에서 벗어나야 한다는 것이고 인류 구원의 메카 예루살렘에 가야 한다는 것이다. 즉 "예루살렘에 피는 하늘 빛 유카리나무[30]의 꽃"은 이 시의 핵심적 귀절이다. 치료와 훼방의 이중성을 지닌 유카리나무의 꽃이 예루살렘으로 가야 하는 이유는 이 꽃이 분쟁의 중재와 해결, 지배와 피지배의 완전 해소의 역할을 할 수 있다고 믿기 때문일 것이

---

29) 김춘수의 라틴문화권에 대한 지대한 관심은 그의 시세계를 논할 때 매우 중요한 비중을 차지하고 있다. 예컨대, 『라틴 점묘·기타』에서 스페인에 관련되는 시편이 열아홉 편이나 되고 이 시집의 서문에서 "오래 전부터 라틴문화권을 동경해 왔다."고 밝히고 있으며, 고야, 피카소, 달리, 미로, 우나무노, 오르테가 이 세트 등의 화가와 철학자를 배출한 스페인에 대해서 그가 남다른 애정을 가진 것을 보면, 이것이 확인된다. 그러나 이 부분에 대한 것은 본고의 논지에서 벗어나므로 본고에서 논외로 하고 다음 과제로 미루고자 한다.

다. "작고 차가운 그네의 손", 즉 마드리드의 어린 창부의 손은 거대 식민지국을 형성했던 과거의 영광, 일백 미터 넘는 거목으로서의 유카리나무와도 같았던 영광과 침잠, "작고 차가운 손"으로 대표되는 침잠을 반영한다.

4. 나오는 말

이 글은 김춘수의 시적 정서와 기독교적 심상에 관하여 구체적으로 살펴보는 데에 목표를 두고 논의를 전개한 결과 필자는 다음과 같은 결론을 얻었다.

김춘수는 기독교적인 사상에서 시의 소재를 적극적으로 채택하였는데, 그것은 어디까지나 철저히 관념을 배제하는 입장에서 이미지의 서술성, 순수이미지, 절대이미지 추구에 토대를 두고 있다. 즉 본고에서 연구대상으로 삼은 작품들은 그가 추구하는 객관성, 미학성 확보의 경지에 도달하고 있음을 명백히 제시한다. 김춘수는 성경의 상황을 이미지 서술만을 통하여 객관적으로 형상화하고자 했다. 그러나 성경이 암시하는 내용 혹은 의미를 완전히 배제할 수 있었는지는 여전히 의문으로 남는다.

한편, 김춘수 자신은 기독교 신자가 아니면서 그의 시에 끊임없이 기독교 정신이 분출하는 것은 기독교 정신이 궁극적으로 추구하는 것이 이데올로기의 소멸, 지배와 피지배의 완전해소를 통해서 구현되며 평화의 세계이기 때문이다. 그가 이러한 세계를 지향한 것은 그의 개인적 체험, 즉 일제치하에서 겪었던 불미스러운 고문에 바탕을 둔 것이기도 하다. 그는 평소에도 스스로 자신은 역사주의자가 아니고 "역사에 대해서는 늘 절망적, 허무적 입장을 지켜왔다. 그래서 나는 반동으로 신화주의자가 됐는지도 모른다."[31]고 언급해온 터이다.

이처럼 역사에 회의를 느낀 김춘수는 누군가가 "역사에 말뚝을 박아야"[32] 했고 예수가 바로 그 임무를 해냈다고 주장했다. 그가 「예수를 위한 소묘」 등 전적으로 예수라는 인물에 관심을 집중하고 있음은 위에서 언급한 사실에서 이해된다.

한편, 그의 시창작의 비밀을 분석하는 데 있어서 무엇보다 중요한 것은 하나님, 예수 등의 성서적 인물과 예루살렘, 골고다언덕, 겟세마네, 가나, 베타니아 마을 등의 공간적 이미지와 유카리나무, 요보라쑥, 아만드꽃, 올리브숲 등의 식물적 이미지를 인유한 것이다. 그리고 그가 활용한 인유는 그의 정확한 성서적 지식에 놀라운 시적 상상력이 결합된 결과이다. 그리고 이러한 인유는 인류구원의 원대한 이상과 기독교 정신을 표상하고 있는 것들이다.

무엇보다도 그가 최대의 관심을 둔 예수에 대해서는 예수의 신성보다는 인성에 초점을 맞추고 하나님을 보통 인간으로서 낯익고 친숙한 존재로 인식한 점 등은 그의 시세계에서만 발견되는 독특한 현상이다.

---

31) 김춘수, 『꽃과 여우』, 민음사, 1997. p.216.
32) 김춘수, 앞의 책, p.172

제5장

정현종의 생태시

1. 문제의 제기

우리나라에서 70년대 중반 산업공해와 자연재해가 문제점으로 논의
되기[1] 시작한 이래, 80년대에 들어서서 환경문제가 첨예한 관심사로
부각되면서 몇몇 시인들이 생태시에 큰 관심을 보였다.[2]

---

[1] 이 시기에 발표된 성찬경의 「공해시대와 시인」(1974), 김용성의 「사해 위에서」
(1976), 김원일의 「도요새에 관한 명상」(1979) 등은 새롭게 주목된 작품들이다.

[2] 1990년대에 김지하의 「생명과 환경」(1990), 김용민의 「생태학―환경운동―환경·
생태시」(1991), 김성곤의 「문학생태학을 위하여」(≪외국문학≫ 25호, 1990) 등이
발표되면서 더욱 중요한 사회·문화적 쟁점으로 부각된 이후 김욱동의 『문학생
태학을 위하여』(1998), 김종철의 『시적 인간과 생태적 인간』(1999), 박이문의 『문
명의 미래와 생태학적 세계관』(1998), 송용구의 『에코토피아를 위한 생명시학』
(2000), 최동호의 『하나의 도에 이르는 시학』(1997)과 『디지털문화와 생태시학』
(2000) 등 다수의 논저들이 잇달아 나왔다. 송용구(『현대시와 생태주의』, 새미,
2002, pp.182~191))의 조사에 의하면, 생태시 및 생태주의 관련 저서가 65권, 논

독일에서는 이미 50년대부터 루드비히 피엔홀트와 페레나 렌취를 비롯한 다수의 시인들이 생태계 파괴와 환경오염의 심각성을 고발하는 생태시를 써서 관심을 불러일으킨 이후 생태시는 하나의 장르로서 위상을 확고히 굳히고 있다. 미국에서도 게리 스나이더[3]와 로런스 펄링게티를 중심으로 한 다수의 시인들이 생태시를 창작하면서 이 분야에 주목할 만한 성과를 거두었다.

생태문학 논의에서 특히 시의 몫은 매우 큰데, 그 이유는 시가 응축된 언어와 이미지 및 상징 등을 활용하여 다른 어떤 장르보다 효과적으로 생태의식을 일깨워주기 때문이다. 그리고 시인이 삼라만상에 작용하는 우주의 오묘한 섭리를 파악하려는 작업과 생태학에서 우주 만물의 생태를 모색하는 작업 사이에 일치하는 부분이 많은 점도 그 원인이 될 것이다.

생태문학은 본래 생물학의 한 분야인 생태학에서 파생된 것으로서 생태계라는 개념과 밀접하게 연관되어 있다. 그런데, 이것은 이제 환경철학 혹은 생태철학과 보다 밀접한 관계를 형성한다. 김용민[4]은 "오늘

문은 111편에 달한다. 그리고 창작된 생태시의 예로서 낙동강을 소재로 한 작품들만도 다수인데, 예컨대, 임수생의 「죽어가는 낙동강」은 낙동강의 오염 실태를 신랄하게 파헤친 작품이다.

3) 자연과의 합일을 통해 생명을 노래하는 시인으로서 잘 알려진 게리 스나이더(Gary Snyder 1930~)는 미국 샌프란시스코 태생으로 오리건대에서 문학과 인류학을 전공하였으며, 현재 캘리포니아주립대 교수로 재직중이다. 첫시집 『잡석(Riprap)』(1954)을 냈고, 1960년대 일본에서 생활하며 선불교에 심취하게 되었고 그 이후 자연에 깊은 관심을 갖게 되었다. 그가 생태문학을 하게 된 것은 1945년 8월 6일 히로시마에, 8월 9일에 나가사키에 떨어진 원자탄의 참상을 목도한 경험 때문이었다고 한다. 시집 『거북섬(Turtle Island)』(1974)으로 퓰리처상을, 『끝없는 산과 강(Moutains and Rivers Without End)』으로 볼링겐상을, 『도끼자루(Axe Handlax)』로 아메리칸 북어워드상을, 『무성(No Nature)』(1992)으로 전미도서상 후보에 올랐다.(≪문학사상≫, 문학사상사, 2005. 6월호, pp.28~29 참조)

날 생태문학의 중요한 과제중의 하나인 자연과 인간 사이의 새로운 관계정립을 모색하는 일과 생태사회의 근본체계를 제시하는 일에 있어서 이전의 생태문학에서 많은 시사점을 얻을 수 있을 것"이라고 주장하고 생태문학에 깊이 관여할 필요성을 역설하였다. 따라서 생태문제를 소재의 차원에서 다룬 작품을 찾아내어 작품의 의미와 가치를 규명하는 작업은 지극히 필요하고 당연한 일이다.

생태론은 자연으로의 회귀나 모든 생명체의 조화에 관한 이론이고, 환경론은 현재의 환경 위기를 파악하고 그 극복 방안을 강구하는 학문이며, 녹색사회론은 유토피아를 적극적으로 지향하고 그 구현을 구체화하는 이론이다. 환경담론, 생태학, 녹색사회론은 발전, 문명, 성장, 근대화 등을 내세우고 다양한 이론에 관한 비판과 성찰을 통해 주류를 이룬다. 존 베어리[5]의 분류에 따르면, 주류사회이론에는 보수주의, 신고전경제학, 사회생물학, 사회진화론이 포함되고, 비판적 사회이론에는 마르크시즘, 페미니즘, 생태주의, 녹색사회론, 포스트모더니즘이 포함된다.

생태학, 환경담론, 녹색사상 등이 논의되는 것은 그 자체가 우리의 문학을 새로운 시각으로 보게 하는 계기가 된 것임에는 틀림이 없으며 미래의 이상향은 생태학(Ecology)[6]의 이른바 에코토피아(Ecotopia)[7]의 세

---

4) 김용민, 『생태문학』, 책세상, 2003. p.129.

5) John Barry, *Environment and Social Theory*, Routredge, 1999, p.10.

6) 'ecology'의 사전적 정의는 "The branch of biology that deals with organismus relations to one another and to the physical environment in which they live, (the study of) such relations in which they pertain to a particular species."(Lesley Brown(edt.), *The New Shorter Oxford English Dichtionary*, vol. 1, Clarendon Press, Oxford, 1993, p.781)인데, 이 개념은 1866년 독일의 동물학자 에른스트 헤켈Ernst Haeckel이 처음 사용했다. "집" 또는 "살기 위한 공간"을 의미하는 그리스어 "Oiskos"와 "연구"라는 의미의

계이다. 에코토피아의 세계는 인간과 자연이 조화를 이루어 상호호혜적인 관계를 유지하면서 보호하고 혜택을 주는 세계이다.

정현종은 한국 현대시인 가운데 유례가 없을 만큼 생태주의에 깊은 관심을 보여준 시인에 속한다. 그는 문단에 등단한 이래 꾸준히 자연의 소중함을 일깨워주는 작품을 창작해 온 바, 흙 한 줌, 풀 한 포기, 꽃 한 송이조차 예사롭지 않은 시선으로 관찰한다. 이런 점에서 그는 자연을 향하여 시적 상상력을 열어두고 있는 시인이다. 그의 뛰어난 자연친화력에 주목하여 그를 가리켜 김욱동[8]은 "가장 대표적인 한국의 생태시인"으로 평가했고, 박철희[9]는 "모순의 현장을 헤아리면서 보이지 않은 물리적 위력 앞에 대항하는 인간 존재의 기본양태, 이른바 사회 양심으로서 지식인의 자의식까지 암시하고" 있는 시인으로 보았다. 이들의 평가는 정당하며 그의 시정신[10]은 생태주의적 이론에서 유래되었다. 이러한 맥락에서 본고는 『정현종 전집』1, 2[11]을 기초자료로 선정하고 그중에서 생태시에 초점을 맞추어 이를 면밀하게 분석해 보고자 한다.

"Logos"를 결합해 만든 이 개념의 본래의 뜻에 맞게 헤겔은 생태학을 자연의 여러 관계를 다루는 학문으로 정의하고 있다.(김용민, 같은 책, 2003, p.24)

7) 'ecotopia'의 사전적 의미는 "an ecologically ideal region or form of society"(Lesley Brown(edt.), *The New Shorter Oxford*, Clarendon Press, Oxford, 1993, p.781)이다.

8) 김욱동, 『시인은 숲을 지킨다』, 범우사, 2001, p.58.

9) 박철희, 『서정과 인식』, 이우출판사, 1982, p.210.

10) 이와 관련하여 김종철(『시적 인간과 생태적 인간』, 삼인, 1999, p.111)이 "시적인 생각, 시적인 감수성은 근본적으로 생태적인 사고, 생태적인 감수성과 분리하여 생각할 수 없는 것"이라고 언급한 것은 매우 시사적이다.

11) 정현종, 『정현종 전집』1, 2, 문학과지성사, 1999. 이하 본문의 작품 인용 출처를 밝히는 경우 편의상 전집으로 표기함.

2. 정현종의 생태시 분석

1) 자연 생명의 소중함에 대한 인식

현재까지 인간과 자연 사이에 빚어진 불균형과 부조화를 회복할 수 있는 길은 그 동안 경시되어 생태계의 파괴상을 관찰하고 이를 본래의 완벽한 상태로 회복시킴으로써 인간과 자연 사이의 관계가 지배 혹은 피지배의 상태가 아니고 각각의 개체적 특성이 존중되고 발휘되어 조화를 이루도록 힘써야 하는 데 있다. 따라서 진정한 우주공동체를 실현해 나가는 과정에서 문학인이 담당해야 할 몫은 매우 크다. 이런 관점에서 "시는 본질적으로 겸허와 인내와 사랑과 구원을 배태했을 때 생명과 힘과 영원을 사람들에게 혹은 사회에 육화시킨다"12)고 할 수 있다.

부버13)는 "상호성의 원리를 토대로 국가도 사랑의 공동체로 대체되어야"한다고 주장하였는데, 정정호14)가 만남과 대화를 통한 상호성의 원칙에 따라 인간과 자연, 인간과 사물, 인간과 인간, 인간과 사회, 인간과 신과의 관계를 완전한 우호관계로 구축하고 새로운 세계에서 생태보존의 우리 모두의 책무가 될 것임을 주장한 것도 부버와 같은 맥락에서 이해된다.

이런 측면에서 정현종의 생태시는 투철한 생태의식을 가지고 창작

---

12) 김종철, 『간디의 물레』, 녹색평론사, 1999. p.256. 실제로 우리의 현대시사상 윤동주, 이육사, 한용운, 이상화, 김동명 등의 시에서 생명이 있고 사랑이 있음을 확인할 수 있다.

13) 마르틴 부버, 표제명 옮김, 『나와 너』, 문예출판사, 1998, p.61.

14) 정정호, 『세계화시대의 비판적 패다고지』, 생각의 나무, 2001, p.145 참고.

되었으며 자연의 소중함을 일깨워주고 인간과 자연 상호간의 조화로운 관계 정립에 기반을 두고 있음이 분명하다.

> 내 그지없이 사랑하느니
> 풀 뜯고 있는 소들
> 풀 뜯고 있는 말들의
> 그 굽은 곡선!
>
> 생명의 모습
> 그 곡선
> 평화의 노다지
> 그 곡선
>
> 왜 그렇게 못 견디게
> 좋을까
> 그 굽은 곡선!
>
> — 「그 굽은 곡선」(전집 2, 156)

위의 시에서 풀 뜯고 있는 소들, 풀 뜯고 있는 말들의 굽은 곡선을 "생명의 모습"과 "평화의 노다지"로 은유하고 있는데, 이 곡선이 의미하는 바는 의미심장하다. 起에 해당하는 1연과 結에 해당하는 3연에서 반복되고 있는 "그 굽은 곡선!"은 시의 문맥상 분명히 살아 숨쉬는 생명의 모습임이 분명하다. 시적 화자는 곡선을 몹시 좋아하여 "내 그지없이 사랑하느니"(1연), "왜 그렇게 못 견디게/좋을까"라고 거침없이 쏟아내고 있는데, 이 구절은 감정의 과잉 노출이라는 한계를 드러내기도 한다. 이 시에서 곡선이 무려 4회나 반복되고 있는 것은 생명의 존귀함을 사랑하는 시적 화자의 마음을 전하는 중요한 시적 의장(意匠)으로 활용되고 있다.

그런데 이 곡선은 직선과의 대비를 통해서 그 의미가 더욱 선명히 드러난다. 직선과 곡선의 문제는 시간관[15]과 관련이 있는데, 순환적 시간관을 받아들이는 세계관에서는 자연파괴나 환경오염이 일어날 수 없다. 모든 생물의 삶은 물질과 에너지의 순환과정에 지나지 않고 삶과 죽음은 멈추지 않고 지속적으로 되풀이되는 과정이다. 그러므로 순환과정을 중시하는 모든 개체는 고리 혹은 매듭처럼 긴밀하게 연관되어 있어서 이들의 관계가 와해되면, 한 개체는 무용지물이 된다. 마찬가지로 생태계를 이루고 있는 종(種)이나 개체 중에서 어느 하나의 소멸은 다른 종 혹은 개체에 영향을 미치게 되어 있으므로 개체들 사이에는 상호 협력관계가 있음을 확인할 수 있다.[16]

이러한 순환적 세계관은 생명과 공생에 연결된다. 따라서 생태주의가 순환적 시간관에 기초하고 있음이 확인된다. 독자는 이 시에서 소나말이 풀을 뜯고 있는 모습에서 그려지는 곡선은 곧 생명을 의미하고

---

15) 시간관은 직선적 시간관과 순환적 시간관으로 나누어 볼 수 있는데, 전자는 일정한 목표를 향하여 직선적으로 나아가는 것으로 보는 시간관이고, 후자는 밤낮이나 계절의 변화처럼 돌고 도는 것으로 보는 시간관이다. 김욱동(『시인은 숲을 지킨다』, 범우사, 2001, p.60)은 내세에서 영혼을 구원받으려는 기독교라든지, 계급 없는 이상주의 사회를 구원받으려는 기독교라든지, 목적론을 받아들이는 모든 제도나 이론이 바로 직선적 시간관에 속하는 것으로 보고, 오늘날 생태계 위기의 근본원인을 이 시간관에 있다고 보는 학자들이 적지 않음을 지적하였다.

16) 김욱동(같은 책, p.61)의 조사에 따르면, 생태학자들은 미국 에리조나주 초원지대에 살고 있는 흑표범과 사슴의 관계를 좋은 예로 꼽는다. 즉 힘센 흑표범이 사슴을 마구 잡아먹자 사람들은 이 흑표범을 모두 없애버렸는데, 처음에는 사슴수가 부쩍 늘어나고 초원이 평화로워지는 듯했다. 몇 년이 지나자 사슴떼가 폭증하여 초원의 풀이 마구 짓밟히고 뜯어먹을 풀이 부족해지면서, 사슴떼가 떼죽음을 당한 것이다. 사람들이 다시 흑표범을 초원지대에 넣어주자 초원은 옛 모습을 되찾아 평화로워졌다는 것이다.

있음을 알게 된다.

　기술문명의 폭력에 맞설 수 있는 가장 큰 저항의 힘은 생명을 향한 사랑이다. 생명의 숨결 속에 젖어드는 연민의 눈물로 독자의 감동을 이끌어내는 언술행위는 시인과 독자의 연대의식을 극대화할 수 있는 중요한 저항의 방식으로 작용한다.

> 가을 햇볕에 공기에
> 익은 벼에
> 눈부신 것 천지인데,
> 그런데,
> 아, 들판이 적막하다―
> 메뚜기가 없다!
>
> 오 이 불길한 고요―
> 생명의 황금고리가 끊어졌느니……
>
> ― 「들판이 적막하다」(전집2, 25)

　위의 시에서 정현종이 자연의 소중함과 생명의 황금고리를 소중히 인식하고 있음을 확인할 수 있다. 가을 햇볕, 공기, 벼, 천지, 들판, 메뚜기 등은 모두 생명체로서 소중한 자연물이다. 그런데 들판에 있어야 할 메뚜기가 없다. 이것은 생명의 황금고리가 끊겼기 때문이다. 먹고 먹히는 관계에서 자유로울 수가 없는 메뚜기는 사람들이 잡아먹었거나 또는 흑표범이 사슴떼를 잡아먹듯이 다른 동물들이 먹어치운 것이다. 그래서 들판은 "불길한 고요"가 감돌뿐이다.

흙냄새 맡으면
세상이 외롭지 않다

뒷산에 올라가 삭정이로 흙을 파헤치고 거기 코를 박는다. 아아, 이
흙냄새! 이 깊은 향기는 어디가서 닿는가. 머나멀다. 생명이다. 그 원천.
그 크나큰 품. 깊은 숨.
생명이 다아 여기 모인다. 이 향기 속에 붐빈다. 감자처럼 주렁주렁
딸려 올라온다.

흙냄새여
생명의 한통속이여.

—「흙냄새」(전집 1, 324)

위의 시에서 흙에 대한 시적 화자의 깊은 애정이 여실히 드러나는
바, "흙냄새 맡으면/세상이 외롭지 않다"고 하면서 그는 흙에 코를 박
고 그 향기에 감동하여 "흙냄새!" 하며 감탄한다. 이 흙은 마침내 그 근
원인 생명과 맞닿는다. 자연과 조화로운 생활을 꿈꾸며 오직 생명의 소
중함을 깨닫는[17) 시인은 우주의 모든 생명의 근원은 흙에 있으므로
"생명이 다아 여기 모인다"고 하면서 "한통속"이라 했다. 즉 정현종은
흙에서 나서 흙으로 돌아가는 자연의 이치를 천명하고 "감자처럼 주렁
주렁 딸려" 나와 공생의 조화를 보이며 흙의 향기 속에서 붐비는 자연
의 모습을 보여준다.
정현종은 끊임없이 흙에 대해 관심을 보여주는데 흙과 생명의 관계
에 대한 그의 시적 상상력은 생명의 탄생이 자연의 산물이고 대지의

---

17) 생명을 아지랑이로 "물 속에서 타오르는/저 생명의 아지랑이를/내 노래는 숨 쉬
느니/말이여, 바라건대/생명의 아지랑이여"와 같다.

품이 바로 우리 어머니의 가슴이라는 생각에 뿌리를 둔 것[18])이며 이 통찰력이 바로 그의 항구적인 시적 상상력의 본질을 형성하고 있음을 독자들은 인식해야 한다.

콘크리트나 아스팔트로 흙을 덮어버린다는 논리와 흙으로 상징되는 농업문화를 포기하는 것을 사회적 진보로 간주하기도 하는 경향이 지배적인 오늘날 이 시는 삶에 대한 성찰을 강력히 촉구한다. 흙은 만물을 기르는 어머니이며 흙에서 나고 흙으로 돌아간다는 말을 경청해야 할 시기가 바로 오늘 이 시점이기 때문이다.

> 더 맛있어 보이는 풀을 들고
> 풀을 뜯고 있는 염소를 꼬신다.
> 그저 그놈을 만져보고 싶고
> 그놈의 눈을 들여다보고 싶어서.
> 그 살가죽의 촉감, 그 눈을 통해 나는
> 나의 자연으로 돌아간다.
> 무슨 충일(充溢)이 논둑을 넘어 흐른다.
> 동물들은 그렇게 한없이
> 나를 끌어당긴다.
> 저절로 끌려간다
> 나의 자연으로.

---

18) 정현종의 이러한 시적 상상력은 칠레의 널리 알려진 시인 파블로 네루다와도 통한다. 네루다는 그의 「여인의 육체」(그 일부를 인용하면 "그대의 알몸을 내게 내맡길 때 그대는 우주/나는 우악스런 농부가 되어 그대 속으로 깊이 파들어가면/땅 한가운데로부터 아기가 솟아나온다", 김종철, 『시적 인간과 생태적 인간』, 삼인, 1999, p.99에서 재인용)에서 여자의 몸이 땅의 이미지로 표현되어 있는데, 이것을 단순히 시적 비유로만 볼 수 없다. 그 이유는 여자의 몸은 문자 그대로 땅이며 땅이 바로 사람을 생산해내는 것으로 풀이되기 때문이다. 이 사고의 근저에는 만물은 하나의 유대로 이어져 있고 만물은 한 형제라는 생각이 깔려있다.

무슨 충일이 논둑을 넘어 흐른다.

— 「나의 자연으로」(전집 2, 15)

위의 시에서 그의 자연 사랑은 극치에 도달해 있다. 풀을 뜯고 있는 염소의 눈, 살가죽의 촉감 등은 시적 화자를 자연으로 돌아가게 하며 다른 동물들도 그를 끌어당기며 그가 저절로 끌려가기도 한다. 시적 화자의 눈에는 그럴 때 무슨 충일(充溢)이 논둑을 넘쳐흐르는 것을 본다. 그에게는 그만큼 자연은 사랑스러운 것이어서 "나의 자연"이라는 개인적 소유감으로 충만하다. 이 시에서 두 번 쓰인 "그놈"[19]은 염소를 의인화하여 귀엽고 사랑스러워 자연스럽게 부른 애칭이다.

정현종이 자연의 생명을 소중히 여기고 자연과의 동화를 꿈꾸는 모습은 이미 「파랗게, 땅 전체를」[20]에서 선보인 바, 풀의 의미에 대하여 새롭게 이해하고 자신의 시는 생태문학의 길을 걸어가야 함을 명확히 밝혔다. 정현종을 "방법론적인 길 위에서 완성을 향해 조금씩 움직여 가는 시인"[21]이라는 평가처럼 정현종의 시창작방법론은 곧 생태문학적 시도를 뜻한다.

환합니다.
감나무에 감이,

---

19) "놈"의 사전적 정의는 "첫째, 남자를 욕하거나 하대하여 이르는 말, 둘째, 남자 아이를 귀엽게 이르는 말"(『국어사전』, 금성출판사, p.261)이다. 이 시의 문맥에 따르면, 둘째 의미에 해당된다.

20) 이 시를 인용하면, "파랗게, 땅 전체를 들어올리는/봄 풀잎,/하늘 무너지지 않게/떠받치고 있는 기둥/봄 풀잎//그림 속의 여자도/꿈틀거리는/봄바람 속/내 노래의 물소리는 저/풀잎을 가까이 흘러가야지"이다.

21) 장경렬, 「정현종·거울」, 『한국대표시평설』(정한모, 김재홍 편저, 문학세계사, 1983), p.599.

바알간 불꽃이,
수도 없이 불을 켜
천지가 환합니다.
이 햇빛 저 햇빛
다 합해도
저렇게 환하겠습니까.
거리가 내리고 겨울이 와도
따지 않고 놔둡니다.
풍부합니다.
천지가 배부릅니다.
까치도 까마귀도 배부릅니다.
내 마음도 저기
감나무로 달려가
환하게 환하게 열립니다.

— 「환합니다」(전집 2, 74)

위의 시는 감나무에 열린 감을 불꽃으로 은유하고 감이 많이 열린 모습을 "수도 없이 불을 켜 천지가 환"하다고 묘사한 것은 기발한 발상이다. 특히 "이 햇빛 저 햇빛/다 합해도/저렇게 환하겠습니까."라는 구절은 시의 메시지를 최대한 효과적으로 담아내고 있다. 감나무에 감이 열려 천지가 환하고 풍부하고 배부르며 까치도 까마귀도 배부르다는 것은 이 시 주제의 핵심적 표현으로서 시적 화자가 자연물에 대한 열린 사고와 상상력을 가지고 있음을 극명히 드러내준다. 이 시에 등장하는 자연물 가운데 특히 까치와 까마귀를 객관적 상관물로 활용한 점은 더욱 주목된다. 동양식 사고방식에 따르면, 까치와 까마귀는 각각 길조(吉兆), 흉조(凶兆)를 상징하는 새이지만 이 시에서는 우주 안에서 함께 감을 먹으며 상생의 관계에 있음을 보여준다.

위의 시 14행~16행은 가장 주목해야 할 부분인데, 그 까닭은 그가 감나무 때문에 모두가 배부르니 시적 화자인 나도 환하게 열린다고 하여 우주 안에서 만물이 조화를 이루며 살아간다는 시적 비전을 명확히 제시하고 있기 때문이다. 여기에서 서술형 어미 "~입니다"의 반복과 시의 내면에 흐르는 내재율은 이 시의 동시성을 보여주는 데에 기여한다.22)

2) 고발문학의 성격

문명의 피해가 얼마나 심각한가에 관한 문제는 대부분의 생태시인들이 즐겨 다루는 주제인데, 정현종도 여기서 예외가 아니다.

아파트촌 아스팔트 위에
닭 한 마리 거니신다.
그저께도 보고
오늘 또 본다,
아스팔트 위의
닭
이여, 참담
하구나, 아스, 팔트
위의
닭이여―
모든 게 어긋나 있잖어?
생명이

----

22) 이 외에 자연 생명의 소중함을 주제로 한 작품으로 「꽃잎 2」, 「작은 국화분 하나」, 「하늘의 혈관」, 「달맞이꽃」, 「다람쥐를 위하여」, 「봄에」, 「깊은 흙」, 「한 숟가락 흙 속에」 등이 있다.

하하-도무지
기분나쁘지 않어?
간질 기운이 막무가내로
지나가고, 우주가
거품을 물고 쓰러진다,
오호라 흙은 어디에 있으며,
벌레들은 어디 있고,
물은 어디 있으며,
다른 닭들은 어디 있는가,
너무 반갑고, 아스팔트
우습광, 위의, 스럽고, 그렇기도 했던
닭이여,
죽음을 향한 발전
의 검은 아스팔트로
덮인 도시여,
무덤에 핀 꽃도 꽃은
꽃이니, 검은 닭이여
생명의 꽃이여
뭘 쪼느냐
자동차 한 마리 쪼느냐,
아황산가스 쪼느냐,
소음을 쪼느냐,
인제 우리가 쪼을
사람이 가슴도
꿈틀거리는 생명도 없다,
살아 선혈이 낭자하게 쪼을
참되기 선혈과 같은 마음도
없다,
날지 못하는 새여-
미친 듯이 달리는 파산이다,

문명의 死神이여.

— 「문명의 死神」(전집 1, 342)

이 시에서 정현종은 아파트, 아스팔트, 도시, 자동차, 아황산가스 등 문명을 표상하는 어휘들과 자연을 표상하는 닭, 생명, 우주, 흙, 벌레들, 물, 꽃, 새 등을 등장시켜 문명과 자연의 대립을 보여준다. 시의 문맥에 따르면, 모든 게 어긋나 있고, 기분 나쁘고 간질 기운이 막무가내로 지나가는가 하면, 우주가 거품을 물고 쓰러지고 닭은 검은 닭이고 꿈틀거리는 생명도 없다. 날지 못하는 새, 미친 듯이 달리는 파산, 이 모는 것이 곧 문명의 사신(死神)에 다름 아니다.

인도 보팔 市에서
유니언 카바이드 가스로 눈멀어 죽은
한 소녀의
흙 속에 막 묻히고 있는
오 플라스틱 같은 얼굴에
저 청맹과니 뜬 눈
무얼 보고 있니 너는
태양을 보고 있니?
네 눈이 닿자마자
태양은 허옇게 사위어
청맹과니가 된다
네눈이 닿자마자
빛이(!) 청맹과니다
모든 눈이 청맹과니다
네 눈은 고문이다
네 눈은 현기증이다
네 눈은 구토이다

무얼 보고 있니
그게 뭐니
네 눈!

— 「그게 뭐니」(전집 1, 268)

　위의 시는 문명의 피해로 인한 처참한 실상을 고발한 대표적인 작품이다. 시의 소재는 인도 보팔시에서 유니언 카바이드 가스로 눈멀어 죽은 한 소녀에 관한 것이다. 한마디로 죽은 소녀는 문명의 피해자로서 그녀의 얼굴은 플라스틱에, 그녀의 눈은 청맹과니[23)에 비유되고 있다. 시적 화자는 소녀만이 아니라 이 세상의 모든 눈이 청맹과니라고 강하게 주장하는데, 그 이유는 세상의 모든 사람들이 문명의 피해자이기 때문이다. 모든 사람의 눈을 대표하는 네 눈은 고문, 현기증, 구토로 은유된다. 이 시에서는 어느 곳에도 구원의 탈출구가 보이지 않는다. "그게 뭐니"라는 절망적인 의문 속에는 탈출구를 찾아야 한다는 역설적 희망의 의지가 담겨 있다.

　"어떤 선생은 목에서 피가 나오고/어떤 이는 기관지와 폐가 못 견뎌 숨찬 병이 생기고/어떤 사람은 콧물 알레르기에 삼백 예순 날 코를 풀다가 코에서 피가 나오고/어떤 이는 먹은 걸 모두 토하고/피부염에 비염(鼻炎)/코 헐고 목 헐고 숨통 헐어/자꾸 숨차고 피 나오고/두루 X레이 찍어 보고/참 귀신 곡하게는 살고 있구나/-정들면 지옥이니……"

— 「귀신처럼」의 일부

　위의 시는 학교 안에 쏜 최루탄을 맞은 사람들의 모습을 귀신과 벌

---

23) "청맹과니"의 사전적 정의는 "겉으로는 멀쩡하나, 실상은 보지 못하는 눈, 또는 그런 사람"(『국어사전』, 금성출판사, 1992, p.1346)이다.

레에 비유하면서 그 처참한 상황을 고발한 것이다. 이 시의 후반부는 남의 생명이 내 생명임을 독자들로 하여금 깨닫게 하면서 황폐한 교정에 새소리 들리지 않고 꿩과 까치가 떠나간 배경을 떠올리게 한다. 산업문명의 출현은 하늘과 땅과 인간 사이에 살아있는 유기적 관계를 경시하는 기계론적 합리주의 과학사상이 패권을 차지한 결과에서 유래되었다. 그래서 사물간의 상호의존적이고 유기적인 관계보다는 분리되고 고립되어 있는 자연이 하나의 개별적인 실체로만 간주될 뿐이어서 갈수록 인간의 올바른 역할이 무엇인가에 대한 이해는 어려워지게 되었다. 인간다운 삶이 있기 위해서 그는 존재의 근원에 대한 인식이 명확하고 생명의 신성함과 신비를 느낄 수 있는 심적 능력이 우선시되어야 한다.

이러한 상황에서 위의 시편들은 훌륭한 촉매제 역할을 한다. 이와 같은 계열의 작품으로 「석탄이 되겠습니다」, 「뭐가 생각하니」, 「꽃잎 1」 등이 있다.

3) 에코토피아의 실현

환경위기 극복의 문제는 인류가 무엇보다 정신적으로 거듭나는 경험을 겪지 않고는 해결될 수 없다. 김종철[24]은 이 위기는 "인간으로 하여금 진실로 사람답게 사는 길"을 개척해야 극복될 수 있음을 강조한다. 이것은 독일어권에서 환경오염으로 인한 실존의 위기를 증언했던 문학작품들이 생태주의적 사고방식을 정신적 기저로 삼았던 것과 맥을 같이한다.

---

24) 김종철, 『간디의 물레』, 녹색평론사, 1999, p.60.

정현종은 문명의 발달로 인한 피해상황을 고발한 작품만을 쓴 것이
아니라 이를 극복하기 위한 대안을 시로써 제시한다. 그것은 곧 에코토
피아의 실현을 위한 방법에 다름 아니다. 에코토피아 세계는 인간과 자
연이 조화를 이루어 상호 호혜적인 관계를 유지하면서 보호하고 혜택
을 주는 세계를 칭한다.

그가 지향하는 에코토피아의 세계는 「나무여」와 「급한 일」 등의 작
품 속에서 명백하게 제시된다.

　　쓰러진 나무를 보면
나도 쓰러진다

　그 이파리와 더불어 우리는
　숨쉬고
　그 뿌리와 함께 우리는
　땅에 뿌리박고 사니…

산불이 난 것 보면
내 몸도 탄다

　초목이 살아야
　우리가 살고
　온갖 생물이 거기 있어야
　우리도 살아갈 수 있으니

나무 한 그루
사람 한 그루

　지구를 살리고

> 사람을 살리며
> 모든 생명을 살리고
> 만물 중에 제일 이쁘고 높은
>
> 나무여
> 생명의 원천이여
>
> — 「나무여」(전집 2, 51)

정현종의 개인적 상징에 속하는 나무는 그의 시에서 빈번히 등장하는 주요 소재로서 이 시에서도 예외 없이 나타난다. 본래 나무는 동서 고금을 막론하고 특히 자연친화 시기에는 인간의 소중한 친구이자 인생의 귀한 반려자로서 일상대화에서도 항상 화제로 등장했던 자연물이다. 오늘날에도 많은 사람들이 나무를 예찬하고 있어 나무는 자연을 가리키는 환유로 빈번하게 쓰인다.

이 시에서 시인은 나무를 "생명의 원천"으로 상징화하여 그 생명을 소중히 다룸과 동시에 자연과 우주의 조화로운 삶을 꿈꾸고 있다. 그래서 "쓰러진 나무를 보면/나도 쓰러진다"고 했으며 "산불이 난 걸 보면./내 몸도 탄다"고 표현하였다.[25] 이처럼 생명을 가장 존귀한 것으로 인식하고 있는 시인의 태도는 그의 시 도처에서 발견되는데, "나무 한 그루=사람 한 그루"의 등식이 성립되는 것은 바로 그러한 그의 태도에서

---

25) 나무의 뿌리가 잘려나가는 행동이 당연시되는 현실의 모습을 직시하면서 세태의 변화를 안타까워하는 동시에 상생(相生)의 낙원을 회복하기 위해 가장 필요한 것은 자연의 동식물을 인간처럼 소중하게 아끼는 사랑임을 말한 독일 헬무트 프리츠(Walter Helmut Fritz)의 「나무」에서도 이와 같은 정서가 드러나고 있어 두 시인 사이의 생태적 상상력의 공통점을 발견할 수 있다. 이 시의 일부만을 인용하면, "도시 안에 또다시/주차장을 지어야 한다는 군/무너지는 플라다너스 나무들/…중략…/나무들을 생각하면 떠오르는/평화/나무들에게 깃드는 새들과 바람"(송용구, 『현대시와 생태주의』, 새미, 2002, p.26에서 재인용)과 같다.

비롯된 표현이다. 정현종은 이러한 은유를 통하여 자신의 꿈을 현실화하고 상상을 구상화하였다. 문맥상 1, 3, 5, 7연은 나무와 사람을 동등하게 사랑한다는 것을 나타낸 것이고 지구가 살고 사람이 살려면 나무가 살아야 한다는 메시지를 전한다. 이때 비로소 그의 꿈인 에코토피아는 실현된다. 2, 4, 6연은 나무와 사람을 비롯한 모든 생명이 함께 공존할 수 있는 방법을 제시하고 있으며 이와 같은 메시지를 효과적으로 전달하기 위하여 그가 선택한 시적 의장은 곧 시각적 효과를 겨냥한 들여쓰기이다.

급한 일이 뭔지 모르는 사람들이
하는 정치 활동은 다만 해로운 법석,
정작 급한 일이 뭔지 모르는 사람들이
하는 경제 활동은 또 무슨 소용에 닿을까.
눈먼 싸움이 급한 게 아니고
눈먼 생산이 급한 게 아니지.
눈먼 소비 또한 마찬가지.
그 어떤 경우에나 인제는 꼭
먼저 행각해야 할 게 있어.
죽어가는 공기
죽어가는 물
죽어가는 흙 생각이야.
공기니 물이니 흙 따위엔 관심이 없다고?
그 무관심은 오늘날 아주 큰 죄악.
사람이 죽든지 말든지
생물이 사라지든지 말든지
지구가 멸망하든지 말든지
이익 챙기고 편리하면 된다고?
이 나라 다른 나라 할 것 없이

그러한 돈벌레 그러한 편의주의는 인류의 공적.
국가 예산은 환경보존에도 많이 써야하고
번 돈은 공해 방지에 아낌없이 써야 해.
중요한 건 정권 유지, 정권 쟁탈이 아니야.
중요한 건 생태계 문제에 심각한 관심을 기울이는 정부의 탄생이야.
중요한 건 세계 지배, 공해 기업 수출이 아니고
군비(軍備)나 정치 이데올로기가 아니며
지구인이 공동 운명이라는 거,
생태계 보존을 위해 우선 신경 쓰고 돈을 쓰는 일이야.
급한 일이 뭔지 모르는가?
물이니 공기니 흙이니 하는 것엔 관심이 없는가?
오로지 권력 오로지 이익에만 관심이 있는가?
그런 정치 그런 경제는 완전한 허구,
도무지 그 참뜻을 모르는 것이야.
국민 살리자는 게 정치 아닌가?
사람 살리자는 게 경제 아닌가?
먹고 마시고 숨쉬는 게
사는 길일 뿐만이 아니라 인제는
삶과 죽음의 갈림길인데,
너나없이 고스란히 죽음에 노출돼 있는데
정신나간 싸움만 하고 있다니
어찌됐든 돈 벌 궁리 하고 있다니.
우리들은 또 각자
더 더 더 하면서
정신없이 내달리기만 하고
생명의 기본 물과 공기와 흙에 대해서는 도무지
관심이 없는 것인가?

늦기 전에 정신차려 기약해야 한다
생명 살리는 세계 살림

생명 살리는 나라 살림
생명 살리는 집안 살림,
서둘러 열심히 생각해야 한다
녹색 사상 녹색 예산
녹색 기업 녹색 소비를-
맑은 공기
맑은 물
산 흙 그 큰 품속에
모든 생명 흥청대는 세상을 위해!

― 「급한 일」(전집 2, 56)

　생태시의 언술방식이 르뽀르따즈[26]를 활용하듯이 이 시에서도 많은 부분을 이 방식에 의존하고 있다. 즉 시인은 격앙된 어조로 이 사회 현실을 비판하면서 에코토피아의 세계를 건설하고자 주장한다. 이 시가 겨냥하는 궁극적인 목표 즉 에코토피아의 세계는 시인과 독자의 공동 참여를 통해서만 가능하기 때문에 시인과 독자 사이의 연대의식을 기반으로 해야 한다.

　그리고 독자가 이에 적극적으로 참여하려면 먼저 자연과 생태계에

---

26) 르뽀르따즈의 언술방식은 독자들의 정서적 욕구를 충족시키지 못하고 상상력을 고갈시키며 미학적 기교가 부재하다는 이유로 인해, 독자들에게 감동을 유발할 수 없다는 한계를 지닌다. 그럼에도 불구하고 사회참여를 실현하기 위한 효과적 수단으로 생태시는 이 언술방식을 전용(轉用)해 왔다. 생태시의 사회참여는 자연환경에 대한 독자의 의식을 각성시키려는 교육적 의도에서 출발하는데, 르뽀르따즈를 통해 교훈을 얻는 것은 독자의 자율적 판단에 달려 있을 뿐, 대중의 의식을 계몽하려는 교육적 의도에 르뽀르따즈가 구속되지는 않는다. 그런데, 생태시가 독자들에게 비문학적인 글로서 거부당할 가능성을 가진 논픽션의 유형을 차용했음에도 불구하고 생태시가 문학의 범주를 벗어난 것으로 볼 수 없는 것은, 보고와 고발에만 국한되었던 르뽀르따즈의 기능을 교육적 기능으로 전환시켰기 때문이다. 따라서 생태시는 대중에게 교육적 목적을 표방하므로 정치시 또는 참여시의 한 갈래로 보기도 한다.

대한 독자의 의식이 각성되어야 하므로 시인은 자연에 대한 독자의 낡은 의식을 변화시키고 자연과 인간의 관계에 대한 비판적 성찰을 일깨워주어야 한다. 시인이 독자의 의식을 각성시키고 변화시킨다는 것은 독자가 사회현실과의 연관 속에서 자연의 실상을 파악하고 독자의 자연관을 변화시키는 것을 뜻한다. 이런 의식의 변화 속에서 독자는 자연과 인간을 함께 병들게 한 모든 생명파괴의 원인들에 대하여 비판적 태도를 갖게 되며 마침내 생활 속에서 이러한 사항을 실천하는 의지를 갖게 된다.

이 시의 제목 "급한 일"이 시사하는 것은 에코토피아의 실현을 위한 시급한 일을 뜻한다. 구체적으로 이 시의 내용은 사람들이 죽어가는 공기[27], 물, 흙을 생각해야 하고 심각한 생태계 문제에 관심을 기울이는 정부가 탄생해야 하고 이 정부는 생태계 보존을 위해 우선적으로 정책을 수립하고 예산을 편성해야 한다는 것으로 요약될 수 있다. 결구 부분에서 녹색 사상, 녹색 예산, 녹색 기업, 녹색 소비, 맑은 공기, 맑은 물, 산, 흙 속에서 모든 생명이 흥청대는 세상, 그것이 곧 시인이 꿈꾸는 에코토피아임을 거듭 강조되고 있다.

그리고 한 걸음 나아가 그가 꿈꾸는 에코토피아는 인간중심주의에서 벗어날 때 가능함을 시사한다. 예컨대, 그는 「자(尺)」[28]에서 인간중

---

27) 오염되어 가는 공기를 소재로 한 시는 비단 우리의 경우만 아니라, 독일의 "공기여, 그대가 없다면 과연 나의 심장은/몇번이나 더 뛸 수 있을까?/그대가 살아 있지 않다면,/그대가 나를 뿌리치고 가버린다면/불안은/내 숨통을 조여 오리라"(송용구, 같은 책, p.99에서 재인용)이라는 시도 있다. 이 시에서 의인화된 공기는 살아있는 존재, 호흡, 숨결, 생명, 영혼, 정신 등으로 은유되어 그것이 얼마나 소중한 것인지를 극명하게 표현함과 동시에 오염의 실태를 파헤치고 있다.

28) 참고로 「자(尺)」를 인용하면 다음과 같다. "새는 날아다니는 자요/나무는 서 있는 자이며/물고기는 헤엄치는 자이다/세상 만물 중에 실로/자 아닌 게 어디 있

심주의를 날카롭게 비판하면서 세상에 존재하는 사물들은 각기 자신들의 척도가 있다는 것, 즉 "세상 만물 중에 실로 자 아닌 게 어디 있으랴"고 언급했다. 인간이 지금까지 오로지 자신의 잣대로만 세상 만물을 측정하고 판단해 왔다는 것이다. 그래서 그는 "사람이여, 그대가 만일 자연이거든/사람의 일들을 재라"고 말한다.

오늘날 생태계의 위기는 인간중심주의의 결과에서 야기되었다는 사실을 부인할 수 없으며 인간이 이러한 오만한 태도를 버리지 않는 한, 환경위기나 생태계 위기를 극복한다는 것은 한낱 부질없는 일에 지나지 않는다는 것이 시인의 주장이다. 즉 인간이 우주 만물을 동등하게 대하고 조화를 이루며 살 때 생태계 위기를 극복할 수 있다는 것이 그의 시의 주제의 핵심사상이다.[29]

3. 나오는 말

생태시를 논의하는 것은 환경과 생태계 위기의 시대에 시가 중대한

으라/벌레는 기어다니는 자요/짐승들은 털난 자이며/물은 흐르는 자이다/스스로 자인 줄 모르니/참 좋은 자요/스스론 잴 줄 모르니/더없는 자이다/인공은 자가 될 수 없다(모두들 인공을 자로 쓰며/깜냥에 잰다는 것이다)/자연만이 자이다/사람이여, 그대가 만일 자연이거든/사람의 일들을 재라"

29) 이와 같은 주제 의식 아래 창작된 작품으로 「움직임은 이쁘구나 나무의 은혜여」, 「바람이여 꽃밭이여」, 「나무껍질을 기리는 노래」, 「자연에 대하여」, 「아침햇빛 1, 2」, 「새여 꽃이여」, 「여름날」, 「새소리」, 「세상의 나무들」, 「까치야 고맙다」, 「설렁설렁」, 「맑은물」, 「귀뚜라미야」, 「물방울—말」, 「이 바람결」, 「푸른 하늘」, 「마른 나뭇잎」, 「올해도 꾀꼬리는 날아왔다」, 「꽃 심연(深淵)」, 「붉은 달」, 「도덕의 원천이신 달이여」, 「달 따라 데굴데굴」, 「초록 기쁨—봄숲에서」, 「창천(蒼天) 속으로」, 「풀을 들여다보는 일이여」, 「낙엽」, 「숲에서」, 「나무의 사계(四季)」 등이 있다.

역할을 한다는 전제 아래 가능한 일이다. 그리고 생태시가 문학적으로 성공하려면 언어의 함축, 팽팽한 시적 긴장이 필요하며 시는 말하려하지 않고 상징이나 이미지를 통하여 보여주어야 한다.

본론의 전개과정에서 구체적으로 드러난 바와 같이 정현종의 시에서 핵심이 되는 주제는 첫째, 자연 생명의 소중함에 대한 인식과 자연과의 조화를 원하는 것이고, 둘째, 생태계의 위기를 고발하는 문학의 성격을 지녔으며, 셋째, 에코토피아의 실현을 꿈꾸는 것이다.

구중서의 "문학인은 하나의 지성인으로서 먼저 한 차례 오늘의 세계를 인식하고 그 위에서 모든 문제에 대응하고 창조의 작업을 해나가야 한다"[30]는 언급이 설득력이 있다면, 정현종은 비판적 세계인식과 함께 자연을 사랑하고 조화를 이루어 건강한 우주공동체, 이른바 에코토피아의 세계를 염원하는 것을 시적으로 형상화한 점에서 그의 시의 의미와 가치가 높이 평가된다.

생태시인들이 목표로 하는 것은 모든 종(種)이 인간과 동등한 생존권을 지니고 있다는 평등의식을 대중의 생활윤리로 정착시키는 것이고 보편화시키는 작업은 사회의 총체적 변화를 가능하게 하는 최우선 과제임을 상기할 때 정현종은 시창작을 통하여 이를 실현하고 있는 전형적인 생태시인이라 할 것이다.

그는 자연 생명의 소중함은 물론 자연과의 조화를 이루는 시편들을 통하여 독자들이 일찍이 경험해보지 못한 경이로움을 느끼게 한다. 이것은 형식주의자 쉬클로프스키 등이 주장하는 이른바 "낯설게 하기"와 상관성이 있다. 왜냐하면 우리가 늘 보던 사물이라도 뒤집어봄으로써

---

30) 구중서, 「문학과 세계관의 문제」, 『한국문학의 현단계』, 창작과비평사, 1982, p.248.

새롭게 자각하게 되기 때문이다.

또한 고발문학적 성격의 시편들을 통해서 그는 필요한 경우 르뽀르따지 혹은 다큐멘터리의 언술방식을 채택하여 생명파괴의 현장을 실감나게 드러내고 고발하여 독자의 현실인식을 유발하였을 뿐만 아니라 시인과 독자 사이의 연대의식을 바탕으로 하여 생태파괴의 원인들을 비판하고 이것을 극복할 수 있는 방안을 제안했다.

한편, 그의 시는 강제 논리에만 집착하는 행정당국의 개발정책과 건설사업 등에 대하여 노골적인 거부반응을 보이면서 반자연적인 정책을 친자연적인 정책으로 바꾸어줄 것을 촉구하는 기능을 갖고 있으며 자연보호운동 등 건전한 사회운동을 촉진할 수 있는, 일종의 참여시의 한 표본이 되고 있다.

특히 그의 생태시는 생명을 향한 사랑에서 우러나오기 때문에 급진적으로 질주하는 기술문명에 짓밟힌 나무, 꽃, 새 등 자연물의 고통을 대변하는 것이어서 생태시의 서정성을 고양시켰을 뿐만 아니라 은유, 상징, 수사 등 미학적 언술방식을 통해 죽어가는 자연을 향한 연민의 정을 노래하기도 했다. 그리하여 그는 사람들의 의식 속에 고착된 인간중심주의를 생명중심주의적 패러다임으로 변화시켜 생태파괴의 원인들을 소상히 살피고 생태파괴적 생활을 성찰하게 하는 계기를 만들었다. 이것이 곧 정현종의 생태시가 지닌 현대적 의의라 할 수 있다.

제6장

여행자 문학의 시각에서 본 나혜석 문학

1. 문제의 제기

최근 여행자 문학은 서로 다른 문화의 차이를 극복할 수 있는 상호 서술적인 패러다임과 문학 영역의 확대와 전망의 가능성을 지니고 있어서 비교문학 연구의 한 분야로 새롭게 부각되고 있다.[1] 여행자 문학

1) 여행자 문학에 관한 것은 Susan Bassnett의 *Comparative Literature*(Oxford, UK & other places, 1993, pp.92~114)에서 상론하고 있고, 국내에서는 이혜순의 「여행자 문학론의 정립」(『비교문학의 새로운 조명』, 태학사, 2002, pp.227~244), 최숙인의 「여행자 문학의 실제: 타자의 시각으로 본 여행자 문학」(『비교문학의 새로운 조명』, 태학사, 2002, pp.245~272), 신복룡 역, 『한말 외국인 기록』(집문당, 1999). 송덕호의 「삐에르 로티와 한국」(『비교문학』 19집, 1994)이 주목할 만한 연구성과다. 그리고 방민호의 「박인환 산문에 나타난 미국」(『한국현대문학연구』 19, 한국현대문학회, 2006, pp.412~448)도 내용상 여행자의 시각에서 박인환의 면모를 다루고 있는 일종의 비교문학적 논문이다.

은 "어느 한 나라 사람이 자기 나라의 언어적 또는 정치적 국경선을 넘은 타국에서의 일시적 유람이나 거주를 통해 갖게 된 직접 체험의 문화적 표현을 의미하고, 이러한 의미에서 여행자 문학은 이주민 문학이나 상상적 또는 간접 여행 체험에 바탕한 문학과는 확실히 구분"[2]된다. 이것이 비교문학의 한 중요한 영역으로 중시되는 것은 해외 체험을 통한 사상적, 문화적, 문학적 수수관계에 대한 초국가적 시각이 필요하기 때문이다.

여행자 문학은 여행자 개인의 주관적 견해나 편견 혹은 오해가 개입될 수 있어서 문제가 없는 것은 아니지만, 여행자가 본 진실을 기록한 것이므로, 이것이 시대정신에 지대한 영향력을 행사할 수 있다는 관점에서 면밀히 다루어져야 하며 또한 문학사에서 간과해선 안 될 부분이다.

여행자 문학이 비교문학의 한 분야로 부상한 것은 귀야르(M. F. Guard)의 『비교문학』(1951)에서였는데, 그가 이 책에서 제시한 비교문학적 중심 과제는 다음의 두 가지다. 그 하나는, 어떤 시기에 한 나라가 그의 여행자들 덕분에 다른 나라에 관해서 무엇을 알았는가, 다른 하나는, 어떤 여행자, 여행자의 편견, 여행자의 순진함, 여행자가 찾아낸 것이다. 전자는 여행자가 여행 대상국에 대해 갖는 이미지이고 후자는 여기에 드러나는 여행자 자신의 편견이나 고정관념인데, 이것은 개인적인 것일 수도 있고 전통적으로 여행자 모국이 가졌던 의식에 기인할 수도 있다.[3]

한편, 비교문학에서 여행자 문학을 중시하는 문제에 대한 웰렉의 비

---

2) 이혜순, 같은 글, 같은 책, p.225.
3) 귀야르, 전규태 역, 『비교문학』, 정음사, 1973, p.54.

판[4]도 있었는데, 이것은 그가 문학의 내재적 특질과 외재적 특질을 구분하여 작품 창작의 원천보다는 완성된 문학작품의 가치와 질을 중시하기 때문에 당연히 그러한 결론에 도달할 수밖에 없었음을 인정해야 한다. 그러나, 문학작품이 창작되기 위해서는 여행이 중요한 모티브가 되고 창작동인이 될 수 있다는 점을 감안하면 여행을 단순한 자료에 그친다고 보는 것은 편견일 수밖에 없다.[5]

나혜석(1896~1948)은 우리나라 최초의 여성 서양화가, 문인, 독립운동가, 진보적 사상가, 여권운동가로서 매우 적극적인 삶을 살았던 여성 지식인이었음에도 불구하고 때로는 잊혀진 인물로 혹은 방탕했던 자유여성[6]으로 왜곡되어 전해져 오면서 그의 삶의 부정적 면만 부각된 채 제대로 평가받지 못한 것이[7] 사실이다.

근래 그가 새롭게 조명되면서[8]부터 학위논문을 비롯하여 국제심포

---

4) 웰랙은 프랑스 비교문학자들의 여행 책자를 포함하여 문학 외적인 것이나 중개자들에 대한 관심은 비교문학을 작가의 외국적 원천과 평판에 대한 자료를 검사하는 단순한 종속분야로 만들어버린다고 비판했다.(René Wellek, "The Crisis of Comparative Literature", 배정은 역, 이혜순 편, 『비교문학1, 논문선』, 중앙출판사, 1981, p.82)

5) 오늘날 박지원의 『열하일기』를 단순하고도 무가치한 이야기를 담은 체험록으로 보지 않고 탁월한 여행록으로서 귀중한 자료적 가치를 인정하는 것은 그 단적인 예이다.

6) 한국의 전통적인 여성상은 희생, 기원, 애정, 한의 여성상(이남덕, 「한국문학에 나타난 전통적 여성상」, 『여성학』, 이화여자대학교 출판부, 1979, pp.230~237 참조)을 감안하면 신여성은 이에 전면 배치된 주장을 한 셈이다.

7) 이렇게 된 원인을 유홍준(「나혜석을 다시 생각한다」, 『나혜석 학술대회논문집』, 나혜석 기념사업회, 2002, p.1~8, p.1~9)은 다음과 같이 제시했다. 첫째, 나혜석의 삶에서 세인에게 가장 강렬한 인상으로 남는 것은 유명한 <이혼고백서>와 그 전후과정이다. 둘째, 용기있게 실천한 '신여성'으로서의 총체적 인간상이 조명되지 못했다. 셋째, 수백 점에 이르는 미술작품 중 10여 점 정도만 전해질 뿐 대표작은 전해지지 않고 있다.

8) 나혜석의 출생 103주년이 되는 1999년 4월 27일 '나혜석 바로알기 국제심포지엄'

지엄에서 나혜석 문학에 대한 연구가 점차 활발히 이루어지고 있는데, 특히 페미니즘문학론, 여성해방론, 여성비평론이 활발하게 논의되고 있다. 그리고 국문학 분야와 일문학 분야에서『청탑』문학운동과 신여성의 상호관련성을 규명하려는 연구도 새롭게 진행되고 있다.[9]

그러나, 그의 다면적 문화비평가로서, 페미니스트[10]로서의 면모를 생생하게 반영한 그의 여행자 문학에 대한 연구는 아직까지 전무하다

이면서 동시에 '나혜석 학술대회 제1회'이기도 한 발표회가 경기도 문화예술회관 국제회의실에서 열린 것을 계기로 그에 대하여 새로이 조명되기 시작했다. 이 학술대회는 꾸준히 이어져 금년에 제9회를 기록하고 있다.

9) 나혜석에 대한 대표적인 연구성과를 예시하면 다음과 같다.
최혜실,『신여성은 무엇을 꿈꾸었는가』, 생각의 나무, 2000.
서은혜,「일본의 신여성운동과『청탑』-초기 산문을 중심으로」,『현대문학이론연구』, 2000.
이상경,『한국근대여성문학사론』, 소명출판, 2002.
문옥표 외,『신여성』, 청년사, 2003.
김복순,「여성의 신여성기획에 나타난 내부 식민 담론과 타자성의 주체: 나혜석의 <경희>」,『페미니즘 미학과 보편성의 문제』, 소명출판사, 2005.
서정자,『한국근대여성소설연구』, 국학자료원, 1999.
──────,『한국여성소설과 비평』, 푸른사상, 2001.
안숙원,「나혜석의 문학과 미술의 만남」,『나혜석 학술대회 자료집 3』, 1999.
가라타니 고오진 외,『근대일본의 비평』, 송태욱 역, 소명출판사, 2002.
정영자,「나혜석 연구-그의 문학적 성과를 중심으로」,『나혜석 학술대회 자료집 2』. 2000.
──────,『한국여성문학론』, 지평, 1988.

10) 그를 가리켜 유동준은 "우리나라 페미니즘의 씨를 뿌린 창시자"(나혜석 기념사업회,「나혜석 바로 알기 제1회 국제 심포지엄」, '머리글', 1999, 4.27)로, 서정자는 신문학 초기 결혼문제, 여성의 자각, 애국정신 등을 소설화한 보기 드문 지사형 작가(서정자,「나혜석의 처녀작「부부」에 대하여」, 한국여성문학학회,『여성문학연구』, 1999, 7, p.328)로, 이경성은 인간과 시대와 타협하지 않고 오직 자기에게 충실하였던 여성, 미의 창조를 위하여 모든 것을 버린 미의 사제(「미의 십자가를 진 여인」, 이상현 편저,『나혜석의 사랑과 예술-달뜨고 별지면 울고 싶어라』, 국문출판사, 1981)로 평가하는 등 그의 당대를 앞서간 여성문인, 예술가였다.

시피하다. 「구미시찰기」는 「구미유기(歐米遊記)」[11]의 일부로서 나혜석 문학을 새롭게 읽을 수 있게 하는 여행자 문학이다.

　나혜석의 구미 여행은 남편 김우영의 구미 시찰을 계기로 부부가 동반하여 1927년 6월 22일부터 1929년 3월 12일까지 1년 8개월에 걸쳐 이루어졌다. 나혜석은 이 여행기에서 구미 각국을 직접 여행하고 나서[12] 우리나라와는 다른 문화적 체험을 바탕으로 한 자신의 견해와 주

---

11) 나혜석, 「구미유기」,(『정월 라혜석 전집』, 국학자료원, 2004, pp.571~696)에 수록된 여행기는 구미를 여행하면서 쓴 글 총 19편으로 이루어져 있는데, 구체적으로 예시하면 아래와 같다. 즉 「쏘비엣 노서아행－구미유기 其一」(≪삼천리≫ 1932.12), 「ＣＣＣＰ－구미유기 其二」(≪삼천리≫ 1933.2), 「백림과 파리」(≪삼천리≫ 1933.3), 「꽃의 파리행－구미 순유기 續」(≪삼천리≫ 1933.3), 「백림에서 倫敦까지－구미 순유기 續」(≪삼천리≫ 1933.5), 「서양 예술과 나체미－구미 일주기 續」(≪삼천리≫ 1933.5), 「정열의 서반아행－세계일주기 續」(≪삼천리≫ 1934.5), 「파리에서 紐育으로－세계일주기 (續)」(≪삼천리≫ 1934. 5), 「태평양 건너서(고국으로)－구미유기(續)」(≪삼천리≫ 1934.9), 「이태리미술관」(≪삼천리≫ 1934.11), 「이태리 미술기행(전호 續)」(≪삼천리≫ 1935.2), 「아오 추계에게－나혜석씨 여중 소식」(<조선일보>, 1927. 7.28), 「구미시찰긔－불란서 가정은 얼마나 다를가」(<동아일보> 1930.3.28~29, 3.31~4.2, 4.3~4.10), 「백림의 그 새벽－이역의 신년 새벽」(≪신가정≫ 1933.1), 「파리의 어머니날」(≪신가정≫ 1933.5), 「밤거리의 축하식(歐)」(≪중앙≫, 1934.2), 「다정하고 실질적인 불란서 부인－구미 부인의 교양있는 가정 생활」(≪중앙≫, 1934.3), 「불란서 가정은 얼마나 다를가」(≪삼천리≫ 1936.4) 등이다.

12) 나혜석은 기록(「나혜석여사 세계만유」, <조선일보>, 1927.6.21)에 의하면, 1927년 6월 22일 밤 10시 오십 분 기차로 경성역을 출발하여 일년 반 동안 예술의 왕국 불란서를 비롯한 서양 각국을 여행하면서 그림을 시찰하고자 세계일주를 기획하고 6월 21일 낮 조선호텔에서 기자회견을 한 것으로 되어 있다. 여행국은 시베리아를 횡단하여 로농 사회주의 공화국연합인 적색 로서아를 거쳐 장차 영길리(英吉利), 독일, 이태리, 불란서, 백이의(白耳義), 오디리(墺地利), 화란, 서반아, 정말(丁抹), 락위(諾威), 토이기(土耳其), 파사(波斯), 체크 섬라(暹羅), 희랍, 미국(米國) 등이다. 그의 연보(전집, p.745)에 의하면, 그는 1929년 3월 3일 요꼬하마에 도착하여 1주일 정도 도쿄에 머무른 뒤 3월 12일 부산에 도착하였다. 그러므로 그의 여행기간은 1년 8개월 20일이 된다. 특기할 것은 필자가 조사한 바에 의하면, 우리나라에서 구미제국을 이렇게 다양하게 여행한 여성은 나혜석이 최

장을 매우 구체적으로 서술함으로써 1920년대, 1930년대 우리의 여성 독자들에게 간접적 체험을 하게 하여 시대정신에 상당한 영향을 끼쳤다. 따라서 그의 「구미시찰기」는 여행자 문학의 시각에서 반드시 연구되어야 할 중요한 자료다.

그런데, 여행자 문학은 그 양면성 즉 여행하는 주체의 시각인가, 대상국의 시각인가 어느 관점에 서느냐에 따라 그 특성이 드러나게 되어 있는 바, 필자는 전자의 시점 즉 여행자의 시점에서 고찰하고자 한다. 아울러 여행은 매개체로서 한 국가에 대한 이미지연구는 비교문학연구의 중심 영역이라는 사실도 유념하고자 한다.

지금까지 우리 조상들이 남겨놓은 여행자 문학13)을 살펴보면, 중국

초인 것으로 짐작된다. 다만 불란서 파리 방문만은 그가 두 번째 여성이다. 왜냐하면, 조선시대 궁중 무희 리심(李心)이 대한제국 말기 프랑스 외교관이었던 롤랑 드 플랑시(1853~1923) 공사와 사랑에 빠져 그를 따라 조선 여성 최초로 프랑스에 발을 디뎠고 플랑시가 모로코 대사로 부임하면서 역시 최초로 아프리카 땅을 밟은 조선 여성이 됐기 때문이다. 그는 1896년 플랑시를 따라 귀국해 궁중 무희로 복직했으나 금조각을 삼켜 스스로 목숨을 끊은 것으로 전해진다.(<중앙일보> 2006. 8. 18일자)

13) 우리문학사에서 최초의 기행문으로 꼽히는 것은 혜초의 「왕오천축국전」이라 할 수 있다. 이것은 여행자의 시각이 구도(求道)에 있었으므로 방문국의 토지, 물산, 생활 습속, 제도, 언어 등을 포괄하기는 했으나 그 중심은 주로 불교 수행 여부와 양상을 보여주는 데에 있다. 을지문덕의 시, 진덕여왕의 「태평송」은 여행이 여행자 문사의 감성을 일깨워 서정성을 회복하게 하는 계기를 만들었다. 그리고 특히 9세기에 이르러 문학을 개인 서정의 표출 영역으로 확보한 것은 당나라에 유학하여 작품활동을 한 빈공 제자들이었다. 허봉의 「조천록」은 명나라 사행 이전부터 작가의 관심이 주자학적 정통성을 옹호하고 양명학의 이단을 배척하는 데 있었음을 보여준다.
  조선조 후기의 청나라 사행은 만주를 거치는 여행이므로 고구려의 기상과 병자호란의 상흔이 산재해 있었고 이것이 사행록이나 중심을 이루어 이 여행이 역사기행이었음을 확인할 수 있다. 일본 통신사 김인겸의 「일동장유가」(『일동장유가』, 이민수 교주, 탐구당, 1981)는 일본의 침략 근성을 교화시키려는 의도에서 쓴 것이다.(이혜순, 같은 글, pp.231~242 참조) 그리고 박지원의 『열하일기』

이나 일본을 여행하고 나서 서술한 기록작품이 대부분이고 구미여행기
는 매우 드물다. 나혜석의 「구미시찰기」[14]는 나혜석이 여성지식인으로
서 주장한 여성해방이론 즉 1) 억압없는 성의 구현, 2) 도덕적으로 위장
된 여성억압으로부터의 자유, 3) 남녀평등사상, 4) 여성교육과 사회진출
의 요구[15] 등에 관한 문제를 가장 집약적으로 조명하고 있기 때문에
더욱 의의가 크다.

나혜석의 「구미유기」는 여러 나라에 걸쳐 쓰여진 방대한 분량의 여
행기이므로 본고는 편의상 연구의 범위를 「구미시찰기」에 제한하여 논
지를 집약하고자 나머지에 대하여는 후속과제로 남기고자 한다.

2. 나혜석의 「구미시찰기」

1) 구미 여행기 창작 동기 및 서술방식

1920년대는 근대적 문물의 수용, 가족제도의 변화, 자유 연애사상의
유입, 신분제 철폐 등 우리나라의 제반 상황이 급변한 시기였는데, 이

와 홍대용의 「담헌연기」도 "사상에서나 문학에서나 획기적인 변화를 가져"(조동
일, 『한국문학통사』 3, 지식산업사, 1994, p.213)온 것이다.

14) 이 글은 <동아일보>(1930.4.3~4.10)에 「불란서 가정은 얼마나 다를가」라는 제
목 아래 (가)~(바)에 이르기까지 시리즈로 연재하면서 불란서 가정을 우리나라
가정과 비교하고 우리나라에서 볼 수 없는 색다른 면을 관찰하고 이를 체계적
으로 서술하여 우리나라 독자들에게 불란서 가정의 우수성과 이미지를 확고히
하고 있다. 본고의 논의에 필요한 인용은 전집에 수록된 것을 현대문으로 고쳐
인용함을 미리 밝혀둔다.

15) 오세영(『현대시의 실천비평』, 이우출판사, 1983, pp.62~64)이 지적한 이 내용은
나혜석이 주장한 여성해방이론의 핵심을 명확히 파악하고 정리한 것이다.

러한 시대에 등장한 이른바 '신여성'들은 여성과 남성이 인간으로서 동등한 권리가 있음을 당당하게 주장하였다. 그 중의 한 사람인 나혜석은 처음 비평[16]에서 출발하여 오랜 동안 소설, 시, 수필, 희곡 등 다양한 장르에 걸쳐[17] 글쓰기에 전념했다. 이 과정에서 습득한 날카로운 관찰력[18]은 그의 여행기에 잘 반영되어 있으며, 같은 시기의 김일엽, 김명순보다 그 수준이 탁월하다.

그는 이 여행을 통하여 의욕적으로 많은 것을 배워오고자 하였으며,[19] 특히 평소에 그가 지닌 의문점, 즉 1) 사람은 어떻게 살아야 잘 사나, 2) 남녀간 어떻게 살아야 평화스럽게 살까, 3) 여자의 지위는 어떤가, 4) 그림의 요점은 무엇인가를 규명하고자 하였다. 그러나, 이것을 국내에서 자신의 경험으로는 알 수 없기 때문에 당연히 잘 알기 위하여 그는 이태리나 불란서 화계(畵界)를 동경하고 구미 여자의 활동이나 구미인의 생활을 관찰하고 싶었다.[20] 나혜석이 쓴 비평적 글쓰기 논

---

16) 나혜석이 최초로 발표한 글은 「이상적 부인」(≪학지광≫, 1914. 12)으로서 여성비평에 속하는 글이다. 그 뒤에 이어서 「잡감」(≪학지광≫, 1917. 3), 「잡감―K언니에게」(≪학지광≫, 1917. 7)를 발표하였다. 특히 「이상적 부인」은 그의 소설 「경희」(≪여자계≫, 1918. 3)와 함께 한국여성문학사상 한 획을 긋는 작품으로 평가받고 있는 작품이다.

17) 나혜석이 남긴 작품을 전집 수록에 의하여 살펴보면, 시 6편(산문 속에 씌어진 시는 제외), 소설 8편(2편 미발굴), 희곡 1편, 수필 22편(2편 미수록, 1편 미발굴), 야성비평 12편, 페미니스트 산문 11편, 미술비평 7편, 구미유기 19편(설문 응답 등 기타 7편) 총 76편(기타 제외)이라는 방대한 양을 기록하고 있다.

18) 이것은 그의 또 다른 비평적 글쓰기에 해당하는 「百結生에게 答함」(≪동명≫, 1923, 3.18)에서 상대의 논리적 허점을 날카롭게 지적하고 논술문답게 논거를 제시하고 논리를 전개하는 솜씨 등을 보여주는 예에서 확인된다.

19) 이것은 그의 「쏘비엣 노서아행―구미유기 其一」(≪삼천리≫, 1932.12)의 첫머리에서 밝힌 내용에서 확인된다.

20) 이 내용은 「떠나기 前 말」(「쏘비엣 노서아행」, 『정월 라혜석 전집』, 국학자료원, 2001, p.571)을 요약한 것이다.

리[21]는 그의 구미 여행의 목적을 더욱 확실히 뒷받침한다. 즉 그의 주장은 첫째, 세계사적 측면에서 남존여비제도가 동양보다 심하던 서양이 실제로 여성의 지위를 확보하게 된 내력을 광범위한 세계적 안목으로 묘사하고, 둘째 일본이 남의 문화를 수용하여 일본화하는 과정과 외적 자극을 받아서 내적 조직을 재정비하는 개척정신을 모델로 조선도 개혁을 통해 구미와 같은 선진문명국을 건설한다는 점과 광란노도의 희생을 하고, 조선 여자 중에 누구라도 가치 있는 비난을 받는 자가 있어야 확실히 여권을 찾을 수 있다는 논리에 기초한다.

나혜석의 여행자 문학의 의의는 그가 여행국에서 겪은 새로운 체험을 우리나라의 독자와 함께 공유함으로써 새로운 시대정신을 낳았다는 데에 있다. 특히 그는 여행에서 직면하는 모든 것을 기록하기보다 확고한 여행목적을 설정하고 자신의 관심과 취향 및 배경 등을 여행기에 반영하였기 때문에 그의 여행자 문학은 단순한 여행자의 기록이 아니고 비평적 안목을 반영하고 있는 수준 높은 여행자 문학으로 평가된다.

2) 불란서 가정과 한국 가정의 비교

나혜석은 구미 여행에서 가정과 여성과 육아문제[22]에 최대 관심을 가

---

21) 「잡감」, 《학지광》, 1917.3.

22) 총9부로 된 그의 전집 목차를 보면, 6부의 수필과 7부의 여성비평 및 8부의 페미니스트 산문의 대부분의 글들은 가정과 여성 및 육아의 문제를 주제로 한 글들이다. 이와 같은 나혜석의 글쓰기 경향은 이 시대의 분위기와 무관하지 않다. 이 시대는 최혜실(「신여성의 사랑과 고백」, 『전통과 현대』, 통권 13호, 전통과 현대사, 2000, p.45)에 의하면, 여성은 근대 지식인 남성들의 결혼 이데올로기의 타자로서 결혼 전에는 남성의 연애 감정을 불러일으킬 만한 소양과 자질을 갖춘 존재로, 결혼 후에는 가정을 유지시키기 위하여 남편과 아이를 따스하게 감

지고 선진국의 가정, 그 중에서도 불란서 가정을 집중적으로 관찰했다. 이러한 그의 의도가 강하게 반영된 것은 「불란서 가정은 얼마나 다를가」라는 제목 아래 (가)~(바)에 이르기까지 시리즈로 연재한 「구미시찰기」에서다. 이 여행기에서 그는 불란서 가정을 우리나라 가정과 비교하면서 우리나라에서 볼 수 없는 색다른 면을 직접 관찰하고 이를 체계적으로 서술하여 우리나라 여성 독자들에게 불란서 가정의 우수성과 이미지를 확고히 전해주려고 노력했다.

일년 팔 개월이라는 여행기간이 길지는 않지만[23], 뛰어난 관찰력과 안목이 있는 여행자라면 많은 것을 보고 깨달을 수 있으므로 결코 짧다고만 할 수는 없다. 그의 문학적 편력에 유의해 보면, 그는 평소에 계몽적 글쓰기를 좋아하여[24] 그의 여행자 문학 역시 계몽적 글쓰기의 연장선상에 놓인다 해도 틀린 말은 아닐 것이다.

(1) 외국문화에 대한 열린 태도와 모범적인 육아법, 자기 주장 실천

「불란서 가정은 얼마나 다를가」(가)[25]에서 그가 관찰대상으로 삼은

싸 안을 수 있는 어머니의 존재로 규정된다.

23) 1927년 6월 22일 경성역을 출발하게 되어 있는 이들 부부는 떠나기 하루 전인 조선일보와의 인터뷰(<조선일보>, 1927. 6. 21)에서 "일년 반(연보에 의하면, 실제로는 일 년 8개월)이라는 짧은 세월에 무슨 공부가 되겠습니까 마는 남편이 구미 시찰을 떠나는 길인 고로 이 좋은 기회를 이용하여 잠깐잠깐 각국의 예술품을 구경만 하는 것이라도 적지 않은 소득이 있을 줄 믿고 가는 것이올시다"라고 밝힌 바 있다.

24) 나혜석은 잘못된 남성 우위적 사고를 계몽하고 비판할 뿐 아니라 「강명화의 자살에 대하여」에서는 목숨을 경시하는 세태에 대해서 경계하고 「부처간의 문답」, 「일 년만에 본 경성의 잡감」 등의 글 속에서 그의 계몽의식을 잘 드러냈다.

25) <동아일보>, 1930. 3. 28. 전집, pp.665~666.

가정은 자신이 기거하고 있던 집이고 대상인물은 그집 주인인데, 그는 파리 소재의 소약국(小弱國) 민족을 위한 인권옹호회 부회장, 삼개소(三個所) 고등중학교 철학교수, 저작가 등의 직함을 지닌 쌀네씨로서 일본에 세 번 다녀오고 중국과 조선에 대해서 잘 알고 있으며, 삼일운동 때 여러 가지를 목격한 후 조선에 대한 이해가 깊어졌다고 한다. 그뿐 아니라 그가 쓴 조선과 일본의 기행문을 수록한 책이 학교 교과서로 쓰일 만큼 유명한 인물이다.

이 글에서 나혜석은 별로 크지 않은 집의 구조와 그에 딸린 정원의 모양을 소개하면서 집주인이 세계일주를 통해 수집한 각국의 물산(物産), 서재에 전시되어 있는 고문전(古文典) 등도 흥미있게 소개하고 있다. 이런 여러 가지 사항을 미루어 볼 때, 나혜석이 관찰하고 분석한 대상이 불란서 중류 가정이며 따라서 불란서 가정의 실상 파악에 있어서 어느 정도 신뢰도와 객관성을 확보하고 있음을 보여준다.

나혜석이 관찰한 내용이 본격적으로 드러나는 것은 글 (나)인데, 여기에서 그가 우선 책상 위에 놓인 이천 장의 우표에 대해서 상세히 설명했다. 이 우표는 그 집 아이들이 수집한 것인데, 실제로는 아이들의 아버지에게서 받은 것이라는 사실에 주목하여 집주인의 사교계에 대한 관심과 그의 지위를 가늠할 수 있는 자료라고 나혜석은 언급하였다. 이와 같은 그의 해석은 잘못된 것이라고 할 수는 없으나, 소개된 집주인의 성향 혹은 지위 등으로 보아 외국문화에 대한 그의 열린 마음과 태도를 보여주는 한 증거가 될 수 있다고 보아야 할 것이다. 오늘날 유럽인들의 외국문화에 대한 관심과 이를 충족시키기 위한 관광 여행 정도는 가히 헤아리기 어려울 정도로 큰데, 그 당시에도 그러한 사정은 마찬가지였을 것이기 때문이다.

다음, 이 글에서 그가 강조하고자 하는 것은 우리와는 다른 육아법이다.

> "소아의 방은 벽색 의자, 의장 등을 모두 홍색 원색을 썼다. 색채교육을 암시하고 그 외 동요, 동화, 잡지, 완구물로 잔뜩 늘어놓아 있습니다. 여기서 혼자 자고 자기 것은 제가 다합니다."[26]

위의 내용은 그가 얼마나 육아문제에 관심[27]을 가지고 있는지를 여실히 보여준다. 한 지붕 다세대가 주류를 이루던 당시 우리나라에서 어린이가 각 방을 쓴다는 것, 방 도배 색깔을 통해 색채교육을 한다는 점은 생각하기 어려운 일이었으며, 혼자 자고 일어나게 하는 등의 독립식 육아교육은 그 당시로서는 생각하기 힘든 일이었다. 오늘날 이와 같은 교육적인 분위기는 우리나라에서도 정착된 지 오래된 만큼, 그 발전과정에서 초창기 나혜석의 이와 같은 여행기가 밑거름이 되었을 것이다.

또한 나혜석의 관심이 집중된 것은 가족 구성원의 자기 의견 주장에 관한 것이다. 먼저 그는 자기의 관찰과 주장이 객관적임을 나타내기 위하여 "이 집(쌀네씨 집을 지칭함 : 필자 주)뿐 아니라 여러 사람이 말하는 것을 종합하며 구라파 각국의 가정으로 보면 예외도 있겠지만"이라고 전제한 후 가정의 구성은 일반적으로 양친과 미성년자로 성립되며

---

26) 전집, p.666.

27) 나혜석은 "나의 예술을 위하여 어머니의 직무를 잊고 싶지는 않습니다…중략… 어린애를 기르며 바느질을 하고 살림을 하는 것도 퍽 재미 있습니다…중략…만약에 나에게 어린아이들의 빵긋빵긋하고 웃는 얼굴과 '엄마, 엄마' 하고 불러주는 기쁨이 없다면 도무지 건조무미하면서 살지 못할 것 같습니다. 어린애처럼 귀여우며 매일 싫지 않고 귀여운 것이 어디 또 있을까요!"(<매일신보>, 1930. 6. 6)라고 할 만큼 살림과 육아에 많은 관심을 가지고 있었다.

보호자와 피보호자의 가정이므로 의사가 충돌될 까닭이 없다고 보았다. 그래서 남녀 간에 성년이 되면 자기의사를 당당히 주창하고 자립적으로 살아가며 부모의 보호를 받는다 해도 과히 간섭받지 않는다고 보았다. 그리고 그는 서양에서는 성년이 된 자녀를 독립된 개체로 파악하여 간섭받지 않는 철저한 독립식 교육을 실천하고 있고 이러한 교육 방법이 얼마나 합리적이고 이상적인가를 모범적인 사례로 보여주었다. 「가풍」이라는 소제목 아래 서술하고 있는 글 (다)[28]에서 "이 집의 가풍은 검소하고 질서 있고 정신을 쓰는 만치 조용한 것을 좋아"한다고 보고 "주인 이하 어린아이까지 자치적"임을 강조한 것도 위와 같은 맥락에서 이해된다.

(2) 가정주부의 권위문제와 부부생활

글 (라)의 첫 머리에서는 다음과 같이 불란서 가정주부의 권위문제를 취급하고 있다. "어느 나라든지 중류 상류의 점잖은 집은 남자가 내정에 간섭하지 않는 것이 아닙니까, 이 집에도 내정에 관한 일에는 주부의 권위가 있습니다."라고 전제하고 어머니가 이이들을 꾸짖으면 아버지가 뒤에서 말리되 무식하게 말리는 것이 아니라 함께 타이르면서 말린다는 것이다. 이는 아이의 교육은 전적으로 어머니가 주체가 되고 아버지는 협조자로서 공동의 몫을 할 때 여성의 권위가 선다는 뜻이고 또한 우리나라에서 관습적으로 지탱해오고 있는 가부장제적 사고에 대해 반기를 든 글이다.

나혜석이 기거한 집 부인은 여권주창자로서 잡지에 기고하기도 하

28) <동아일보>, 1930. 3. 30.

고 항상 독서를 하는 점잖고 다정한 여자라는 점을 강조하면서 그의 일상생활을 소개했다. 환언하면, 그는 아침에 일어나면 가축에게 밥 주기, 편물, 재봉, 독서, 사교라는 것을 분명히 하고 자식을 많이 낳아 살림살이에 시달리다 보면 감상적일 때도 없지 않고, 이런 일은 동·서양 여자들에게 보편적으로 있을 수 있는 일임도 언급하였다. 여기서 감상적일 때가 없지 않다는 말은 아마도 가사 혹은 육아 등 과로에 시달려 슬퍼질 때가 있음을 암시하는 말인 듯하다.

그런데, 그가 주목한 것은 아래에서 드러나듯이 유럽 가정에서 볼 수 있는 일부일처주의와 부부간의 참사랑이다.

> 여기서 한가지 생각할 것이 있습니다. 구라파 각국인의 생활은 전혀 성적(性的) 생활이라고 볼 수 있습니다. 더구나 파리 같은 세계적인 화려한 도시 같은 곳은 외래의 자극과 유혹이 많습니다. 이런 사람들의 이면을 보면, 별별 비밀이 다―있겠지만 하여간 일부일부주의 더구나 부부란 서로 사랑하고 아낀다는 의미가 확실히 나타납니다. 아무래도 자유스러운 곳에 참사랑이 있는 듯 싶습니다. 이들인들 간혹 언쟁하는 것쯤은 없으리까마는 하여간 전체로 보아 얼마나 재미있는지 모르겠습니다.29)

위의 글은 일부일처제와 자유연애에 의한 결혼과 부부간의 참사랑이 실현되고 있는 이상적인 불란서 가정이미지를 설명한 글이다.30) 그

---

29) 「불란서의 가정은 얼마나 다를가(라)」, 전집, pp.667~668.

30) 그가 파리에서 본 여성과 사랑, 결혼 등에 관한 구체적인 내용은 귀국 후에 가진 잡지와의 인터뷰(「나혜석씨에게 <파리의 여성>을 듣는다」, ≪중앙≫, 1935. 1)에서 명확히 드러난다. 그가 파악한 바에 따르면, 파리 여성들의 남녀교제는 남자니 여자니 하는 것보다 인간과 인간의 교제방식이고 자기 인생관과 맞지 않으면 처음부터 교제하지 않는다. 여자가 열 여덟 살이 되면 가정에서 남녀교

의 자유연애사상은 「인형의 가」, 「노라」 등의 시작품에서 이미 명확하게 드러난 것처럼 한 여자이기 이전에 한 인간이고 싶었고 자유스럽고 싶었던 것이다.

그런데, 이론적으로는 1920년대 우리나라에 이미 낭만적인 사랑을 기반으로 한 일부일처제의 사랑과 결혼의 형태가 형성되어 있었다.[31] 이러한 상황에서 그는 과거 양반들의 성적 욕망과 체재 및 방식, 혈종 유지를 위한 혼인과 욕망해결을 위한 기생계층의 이용을 철저히 비판함으로써[32] 지식인 계층에 어울리는 성적 욕망을 재정립할 토대를 구축했다고 할 수 있다.[33]

그러나 전근대의 윤리관을 본질적으로 탈피하지 못한 우리나라 가정의 실태가 개선되기까지는 아직 요원하게 느꼈기 때문에 그가 불란서 가정을 직접 보고 느낀 차이의 폭은 매우 큰 것이었을 것이다.

제를 허용하며 외국에서 온 여성 혹은 외지에서 파리로 온 여성들의 정조관념은 약한 편이지만 빠리짱(파리에서 나고 자란 사람)들은 오히려 정조관념이 강하다. 무엇보다도 인생의 창작성은 남녀교제에서 난다고 보고 자유로운 교제를 하는 것이 기분전환도 되고 창작성을 생성한다. 구라파 사람이 진취적인 것은 남녀교제의 순환성을 인정해주어 창작성을 북돋아주기 때문이다. 이러한 그의 사고와 판단은 그 시대 조선인으로서는 매우 앞서 간 것이었으며 자기희생을 하면서까지 결혼생활을 하고 싶지 않고 인간으로서 자유스럽고 맘껏 예술의 창작에 전념하고자 했던 그의 말년은 불행할 수밖에 없었다.

31) 이것은 1920년대 유학생 수가 늘고 구성이 다양해짐으로써 양반/평민의 계층사회에서 기능적 사회로 이행하면서 어떤 계층에서 태어났느냐보다는 어떤 교육을 받았고 어떤 직업을 가졌느냐에 따라 계층이 형성되었다. 이에 따라 이들은 낭만적 사랑에 의거한 자유연애 결혼을 택하였다. 이와 같은 이들의 이데올로기와 결혼을 이론화한 대표적인 작가는 이광수였다.

32) 나혜석, 「신생활론」, <매일신보>, 1919. 9.6~10.9.

33) 당시 우리 사회에서 문제시되고 있는 결혼, 이혼, 산아제한 문제와 관련한 짤막한 인터뷰(「애정결혼 시험결혼」, ≪삼천리≫, 1930. 6)에서 그는 양성문제를 생리상 과학적으로 가르치는 것도 좋지만 근본적으로 도덕상, 사상상의 계몽을 시키는 것이 교육자가 주력해야 함을 강조하고 있다.

(3) 개인 존중 사상과 탁아소 운영문제

글 (마)는 "인가(隣家) 도덕"이라는 소제목 아래 그는 이웃집과 울타리를 터놓고 노는 어린이들의 모습을 예로 들면서 서로 이웃집을 넘나들지 않고 함께 공부를 하더라도 울타리 터진 곳으로 출입하지 않고 우회를 하더라도 반드시 정문을 통과할 뿐 아니라 정해진 공부시간 외에 두 집 아이가 출입하지 않는 일을 두고 "참 이상하고 박정한 일"로 비판하기도 하였다. 이것은 동양식 사고와 생활방식에 의한 나혜석의 판단이다. 위의 내용은 개인을 존중하고 사생활을 침해하지 않으려는 서구인의 사고가 그대로 드러난 것이지만 정을 중시하는 동양적 사고에 젖은 나혜석으로서는 박정(薄情)하게 보일 수밖에 없었을 것이다.

한편, 그는 다음과 같이 직장여성을 위한 탁아소에 특별한 관심을 가지고 이 나라의 탁아소 제도의 우수성을 보여주고 이러한 제도를 우리나라에 도입할 것을 권장하고 있다.

> "구라파 각국에서는 노동부인을 위하여 아이를 맡아보는 곳이 있습니다. …중략… 이 얼마나 노동부인을 위하여 편리한 기관인지 조선에도 차차로 안잠자기를 시간으로 부리는 법과 등에 업고 옆에 안고 일하지 않도록 맡아 보아주는 곳이 있기를 바랍니다."34)

글 (마)에서 빼놓을 수 없는 부분은 그의 정원사에 대한 관심이다. 여기에서 그는 오늘날의 '정원사'를 지칭하는 말인 '하남(下男)'은 2주일에

---

34) 「불란서 가정은 얼마나 다른가」(마), 전집, p.669.

한 번씩 와서 정원을 청소하고 모종을 하고 채소를 가꾸는 일 등을 하
는데, 외모는 조선의 하남처럼 너절해 보이지만 그들이 전문상식을 가
지고 일하는 듯한 인상을 받았다고 언급했다. 정원사 혹은 조경사가 전
문직으로 정착된 것이 서양에 비해 그 역사가 짧은 우리나라 사람에게
는 당연히 받아들일 만한 좋은 사례가 아닐 수 없었을 것이다.

　(4) 의식주의 개량문제[35]

　의식주의 개량에 관한 것은 글 (바)에서 명백히 드러난다. 그는 먼저
세탁과 의복에 대해 초점을 맞추어 관찰하였다. 월요일을 세탁일로 정
하고 편리한 세탁기에 넣어 세탁한 후 조선과는 달리 풀을 먹이지 않
고 물만 뿌려 다림질하는 선진국의 생활모습을 보고 그가 최우선으로
느낀 것은 의식주의 개량문제였다.

　　구라파에 와서 더구나 가정에 들어와 보니 조선의 급선무로 개량할
　　것은 의식주입니다. 그렇다고 전부 양식화하자는 말이 아닙니다. 좀 기
　　를 펴고 살도록 여유를 만들어야 하겠습니다. 그러나 남자가 실행하려
　　면 여자가 불응하고 여자가 실행하려면 남자가 불응하고 또 남자가 합
　　의되면 사회제도에 눌리고 실로 생각하면 까마득합니다.[36]

───────────

35) 나혜석은 평소에도 줄기차게 생활개량에 대한 글을 썼다. 예컨대, 「생활개량에 대
　　한 여자의 부르짖음」(<동아일보>, 1926.1.24~1.30)의 첫 문장은 "먼저 마음부터
　　고치자. 그리고 살림을 고치자"로 시작된다. 이 글은 긴 분량을 논리 정연하게 무
　　려 7회에 걸쳐 연재되었는데, 숙달된 글쓰기 실력이 없이는 어려운 일이다. 이 글
　　의 주제는 「나를 잊지 않는 행복」(《삼천리》, 1931.11)과 같은 주제로서, 주로 조
　　선 여성들이 자신을 사랑하고 또한 다른 사람을 사랑하며 남자를 사랑하는 마음을
　　가짐으로써 생활을 개량할 힘을 얻도록 하라면서 이에 덧붙여 생활을 개량하려면
　　여자 혼자만의 힘으로 어렵다는 것이다.

36) 전집, p.670.

우리의 개혁하기 어려운 보수전통사회의 제도와 엄격한 도덕률 안에 서양문물이 한꺼번에 쏟아져 들어오면서 충돌과 혼란이 야기되었던 것이 사실이다. 아울러 여성의식이 꿈틀대던 1920년대에 21세기에 고조되고 있는 여성의 권리, 여성의 해방, 여성과 남성의 동등한 대우를 꿈꾸던, 한 발 앞선 그의 주장이 수용되기에는 얼마나 많은 역경을 극복하고 노력해야 하는지를 알고 있었을 것이다.

그러므로 그의 당당한 주장의 근저에는 개선의 여지가 전혀 없을 것이라는 절망적인 생각이 짙게 반영되어 있다. 그럼에도 불구하고 이러한 주장이 그 당시 조선 사회의 완곡한 인식의 틀이 서서히 바뀔 수 있으리라는 희망과 믿음은 버리고 싶지 않았을 것이다.

> 나는 지금까지 조선가정은 내가 경험해 본 바요, 그외 일본 가정은 한 울안에서 살아보고 중국가정을 구경하고 노국인 가정도 좀 넘겨다 보았고 독일 가정에서 이삼 주일 지내보고 그러고는 불란서 가정입니다. 미국에 영국가정 미국가정을 비교해보고 그 배면에 있는 사회를 보면 사회가 더 진보된 곳에는 가정이 더 규례가 깨워있고 가정이 문란한 사회는 또한 덜 진보한 것을 보았습니다. 그러고 보니 싱거운 말씀 같으나 개인과 가정과 그 사회는 서로 참연적 단계를 가지고 있습니다. 그리하여 개인이 긴장해 있으면 일가정이 질서가 있고 일가정이 규례가 깨면 그 사회가 진보해 있습니다. 다시 사회측으로부터 생각해보면 문명이 극도에 달하고 보면 가정이 부득이 규례가 깨워지고 일개인이 부득이 자기 살 생각만 하게 되는 것이 아닌가 합니다. 그런 가정이 지금 내가 있는 불란서 가정이라 하면 우리는 장차 개인으로부터 출발하여 사회에 도착해야겠으니 얼마나 한 차이가 있습니까. 조선에도 전문지식을 가진 여성으로 가정에 전역할 뿐만 아니라 당당한 주의 주장으로 실행하는 것을 가히 존경할 만한 사실입니다.[37]

궁극적으로 그는 불란서 가정의 현대적 활력을 긍정적으로 체득했기 때문에 이러한 활력을 조선의 가정에도 불어넣고 싶었을 것이다. 그럼으로써 조선 가정의 향방을 가늠하고자 하였다고 할 수 있다. 그러므로 「불란서 가정은 얼마나 다를가」는 그가 특히 조선 여성들이 좀더 전문적 지식을 습득하고 당당히 자기주장을 펼치기를 바라면서 크게는 조선 문학과 문화, 작게는 조선 가정에 새로운 현대성을 구축해 나가고자 했던 나혜석의 문화적 기획의 전모를 파악하게 하는 중요한 자료다.

따라서 그의 여행자 문학은 기존의 낡은 제도와 관습을 개혁해 보고자 하는 그의 혁신적 사상과 주장이 담겨있기 때문에 계몽적인 성격이 담겨있다. 이러한 특징은 이미 강하고 논리정연한 그의 시, 소설, 수필, 비평 등의 다양한 장르에 걸쳐 강하게 드러나 있다.

3. 나오는 말

여행이 여행자에게 제공하는 가장 값진 선물은 그들에게 문화의 다원성을 인식하고 이의 포용을 가능하게 하는 일이다. 그 때문에 여행록은 비교문학에서 차지하는 비중이 큰 것이다. 그러므로 여행록은 여행자 혹은 독자들이 가졌던 편견과 고정관념에서 벗어나 타문화를 이해하고 포용하는데 기여한다. 즉 다문화 포용의 의의를 강화시킨다. 뿐만 아니라 사람들이 다른 나라에 여행하면서 쓴 여행록을 읽고 거기서 느끼게 되는 정서, 새롭고 낯선 문물은 독자들에게 큰 감명을 준다. 이 말

---

37) 전집, p.671.

은 여행국 자체의 사람들에게는 극히 친숙하고 평범하고 일상적인 일이라도 그 나라를 여행하는 사람들이 보고 쓴 여행록은 독자들이 이미 들어서 알거나 책을 통하여 알고 있는 평범한 것일지라도 일정한 거리를 두고 객관적으로 보고 재인식할 수 있는 계기가 될 것이다.

나혜석의 「구미시찰기」의 한국문학사적 의의는 1920, 1930년대 우리의 정신사에 던진 충격과 영향에 있다. 특히 구미 여행을 통한 체험의 확대는 나혜석 자신은 물론 당대 여성 독자들에게 새로운 인식과 사유의 확대를 가능하게 하였다.

나혜석은 불란서 가정을 우리나라 가정과 비교하고 이들의 모범적인 사례를 우리나라에 적극 수용할 것을 주장하였다. 오랜 문화전통의 제약으로 인하여 매몰되어온 여성의 의식을 일깨워주어 한 인간으로서 실존적 삶을 살아가게 하는 것은 나혜석을 비롯한 당대 여성지식인들의 소망이기도 했다. 그는 실제로 여성들의 가정생활, 부부생활을 보다 이상적으로 가꾸도록 권장하고 의식주 개선, 육아문제 등의 구체적인 실천 의지를 심어주고자 했던 것이고 이러한 그의 뜻이 여행자 문학에 그대로 반영되어 있다. 그리고 그의 여행자 문학의 특성은 내용이 혁신적이고 계몽적 성격을 띠고 있고 수사학적 용어는 구사하지 않았으며 문체는 힘이 있고 논리 정연하다는 데 있다.

20세기 초 서구적 근대화의 물결은 우리 신문화 발전의 촉진제로서 계몽적 의미를 지녔다. 이러한 시대의 한 정점에서 서구생활에 익숙하고 자유개방주의에 심취한 나혜석은 가정에서 부부간 남녀평등한 위치에서 서로 도우며 참사랑을 나눌 수 있어야 함을 강조하였다. 그러나 현실은 냉혹하여 그의 이상과 꿈은 생전에 실현되지 못하고 자유분방한 선각자로서 여성해방과 여권의식을 불러일으킨 여성지식인으로 그 이름만을 남겼다.

　나혜석의 「구미시찰기」는 한국문학과 문화를 세계사적 안목으로 바라보면서 동·서양의 이분법을 뛰어넘어 인류문화의 보편성에 도달할 수 있는 길을 가늠하는 문화비평적 성격을 지닌 것으로 평가된다.

제 3 부

제7장

외국시의 한국어 번역

1. 블레이크의 시

1) 서론

박용철(1904~1938)은 1930년대 한국번역문학사의 한 획을 긋는 번역가이자 시인이다. 그는 시와 수필, 평론, 번역, 연극 등 전 문학 장르에 걸쳐 적극적인 활동을 펼쳤으며, 당대의 주목할 만한 문예지 ≪시문학≫, ≪문예월간≫, ≪문학≫, ≪극예술≫을 기획하고 발간했을 뿐 아니라 『정지용시집』, 『김영랑시집』을 상재했다. 이러한 활동은 우리 시의 수준을 더 높은 차원으로 끌어올리는 데에 크게 기여했다.[1]

─────────────

[1] 이것은 박용철이 주재하여 발간한 ≪시문학≫이 현대시의 의장(意匠)을 갖추고 현대문학의 양대의 하나인 이미지즘─모더니즘의 측면을 드러낸 것이어서 ≪시문학≫을 현대시의 기점으로 삼는 견해(김용직, 『한국근대문학의 사적 이해』, 삼

그의 다양한 문학활동 가운데 해외시 번역은 특히 두각을 나타냈다. 그는 영미시와 독일시를 주로 번역대상으로 삼았으며 괴테, 쉴러, 하이네, 릴케, 블레이크 등의 작품 번역에 심혈을 쏟았다.[2] 그리고 이러한 번역활동은 자신의 창작활동은 물론 문단에 지대한 영향을 미침으로써[3] 우리 문학을 새롭게 발전시키는 데 매우 큰 몫을 함과 동시에 한국번역문학사적 위상을 확고히 하였다.

따라서 그의 번역성과를 객관적으로 검토하는 일[4]은 한국문학의 세계화를 지향하는 이 시대의 흐름에 부응하는 일이다. 궁극적으로 훌륭한 번역을 통해 한국문학의 세계화가 가능한 것이고 이를 위해서는 기존의 번역방법을 재조명함으로써 합리적인 번역방법의 정립이 필수적이다.

그는 블레이크의 「서시」, 「봄」, 「애기 기쁨」[5] 등 세 편을 번역하였으

영사. p.71)가 지배적인 것을 보더라도 박용철의 공과(功課)를 인정하지 않을 수 없다.

2) 그의 번역성과를 기초자료(박현숙, 『박용철전집』 1권, 깊은샘, 2004, pp.3~11)에 의거하여 요약해 보면, 괴테시 13편, 실레르시 1편, 하이네시 66편, 릴케시 7편, 예이츠, 테니슨, 부라우닝, 코울리지 등을 포함하는 영국시 64편, 무어, 스티븐슨을 포함하는 애란시 11편, 디킨슨, 로웰을 포함하는 미국시 20편, 프랑스, 일본, 인도, 중국을 포함하는 기타 시편 48편, 아동을 독자층으로 겨냥하여 묶어놓은 색동저고리시 78편일 만큼 방대하고 그 범위도 다양하다.

3) 이 부분에 관한 것은 졸저(『박용철의 하이네 시 번역과 수용에 관한 연구』, 정음사, 1987, pp.133~147)를 참조할 것.

4) 이 글은 제목이 시사하는 바와 같이 일종의 번역비평에 속하는 글이므로 박용철의 번역에 초점을 맞추어 논지를 집약하고 번역이 그의 창작시에 미친 영향관계는 논외로 한다. 그의 번역이 창작시에 미친 영향관계에 관한 것은 졸저(『박용철의 하이네 시 번역과 수용에 관한 연구』, 정음사, 1987, pp.88~132)를 참조할 것.

5) 이 시편들이 수록된 『박용철전집』 제1권(2004)은 박용철의 탄생 100주년을 기념하여 유족과 문인이 중심이 되어 『박용철전집』 제1권(시문학사, 1939)을 복간한 것으로서 박용철의 <창작시편>, <번역시편>, <색동저고리> 등으로 구성되어

며 이것을 동시(童詩)로 분류하여 「색동저고리」라는 소제목 아래 묶어 수록하고 있다.

2) 블레이크 시의 이입 양상

블레이크 시가 우리 문단에 최초로 번역, 소개된 것은 변영만이 ≪동명≫(1923, 2:12)에 「진흙과 고드래ㅅ돌」, 「병든 장미」, 「파리」 등 세 편을 "윌리암 블레이크의 단시 3편"이란 표제 아래 번역, 소개하면서부터이다.(김병철 418) 같은 해 안서(岸曙)는 ≪신생명≫ 창간호(1923. 7)에 「해바라기」, ≪신생명≫ 2호(1923. 8)에 「런돈」, 「피파의 노래」, 「꽃」, 「봄」, 「人生」 등을 번역, 소개하였다. 그 뒤 ≪연희≫ 6호(1926. 5)에 역자 미상의 「무제」가 번역, 소개되었고 김한용은 ≪자력≫ 4호(1928. 8)에 「봄이여」, 「아, 해바라기여」, 「흙덩이와 작은 돌」을 번역, 소개하였다.

1930년대에 이르러 이하윤은 ≪신생≫(1930. 2)에 「사랑의 비밀」(원제는 Never Seek to Tell Thy Love임), 「야화의 노래」, 「앓는 장미」, 「어린 애 기쁨」, 「잃은 아이」 등을 번역했고, 정지용이 ≪시문학≫ 2호(1930. 5)에 「봄에게」, 「초밤별에게」를 번역, 소개하고 있다. 이어 이하윤이 ≪신

있다. <색동저고리>는 특히 아동들을 위하여 해외시를 번역해 놓은 것으로서 본고의 연구대상인 블레이크 시도 이 안에 수록되어 있다. <색동저고리> 첫머리에 "아침까치 지저귄다/동저고리 끄내입자//색동저고릿바람으로/아장아장/무지개다리를 넘어가자/엄마의 품을 나서 먼나라를 구경가자"라는 자신의 창작시를 보면 그의 해외시 번역이 어린이 독자들을 위한 의도에서 기획한 것임을 분명히 파악할 수 있으며 당대의 시회적 분위기와도 무관하지 않은 것 같다. 왜냐하면, 일제치하에서 허덕이던 당시 우리 민족의 열망은 상실된 조국을 되찾아 발전시키는 일이었고 이것을 담당할 사람은 장차 자라서 나라의 기둥이 될 어린이들이라는 인식이 컸기 때문이었다. 최남선과 이광수가 중심이 되어 ≪소년≫지를 발간한 것도 그러한 의도에서였다.

생≫ 3호(1930. 6)에 「찾은 아이」를 번역하였고, 김광섭은 「가을노래」를 <동아일보>(1934. 9. 27)에 번역, 소개하였다.

1920년대 영시가 84편이 번역된 데 비해, 1930년대는 239편이 번역되어 이 시기는 이른바 영시 번역의 르네상스를 이루었다. 김병철은 이렇게 영시 번역의 황금기를 이루게 된 요인을, 해외문학파를 위시하여 대학에서 영문학을 전공한 번역자들이 적극적으로 참여하였고 신문사, 잡지사가 일정한 표제 아래 특집호를 꾸몄다는 점에 두고 있다.[6] 즉 <동아일보>는 1930년 2월 9일부터 3월 30일까지 '현대영시선택'이라는 기획 아래 변영로에게 10편의 번역된 영시를 게재하고 하고 그 외에도 여기에 역재된 시인들은 20세기의 대표적 시인으로서 시사적 입장이 고려된 것으로 언급하고 있다. <동아일보>의 이와 같은 기획에 자극을 받아 다른 잡지들도 이에 호응하여 이른바 영시 번역의 호황기를 이뤘다.

번역문학은 1935년부터 쇠퇴하기 시작하여 일제 말기인 1940년대에 이르면 서구문학의 번역 소개가 매우 부진하여 블레이크 시는 「봄」 한 편만 유일하게 번역, 소개되었을 뿐이다. 8·15해방과 더불어 서구문화 유입의 길이 열려 번역문학이 다시 활기를 찾게 되었고 역자진의 세대교체도 이뤄져 전공자보다는 저널리스트의 색채를 띤다. 그러나 블레이크의 시는 박학수가 「범」을 ≪교육≫(1:1, 1948. 2)에 번역, 소개했을 뿐이다.

외국유학생이 구미각국에서 유학을 마치고 돌아온 1970년대, 1980년대에 이르러 우리의 번역문학은 번역의 느낌이 들지 않을 만큼 높은 수준으로까지 발전되어 왔다. 블레이크의 *Songs of Innocence*와 *Songs of*

---

6) 김병철, 『한국 근대 번역문학사 연구』, 을유문화사. 1975. p.711

*Experience*를 우리말로 처음으로 완역한 김영무(1987)의 역시집 『블레이크』는 그간의 성과로 평가된다.

3) 블레이크의 시 세계

윌리암 블레이크(Wiliam Blake, 1757~1827)는 18세기 말엽을 살았던 영문학사상 가장 독창적인 시인 중의 한 사람이다. 그는 시인, 화가, 조각가로서 뛰어난 상상력을 발휘하여 감정을 직접적이고 박력있게 표현함으로써 시냇물처럼 맑고 투명하면서도 힘이 넘치는 서정시의 전범을 보여주었다. 아울러 희귀하게 복잡하고 독창적인 신화체계를 통해 진실로 해방된 인간의 모습과 같은 진실한 인간이 이루는 행복한 사회의 도래를 선언한 예언시편들을 써내기도 했다.

Songs of Innocence(1789)와 *Songs of Experience*(1794)는 그의 가장 널리 알려진 시집인데, 작품 속에 드러난 그의 뛰어난 통찰력 즉 산업사회의 갖가지 병폐와 모순, 국가들 사이의 파괴적인 세력다툼 현상들을 날카롭게 꿰뚫어 본 블레이크의 진면목이 당대의 사람들이 이해하기는 쉽지 않았다. 환언하면, 비범한 통찰력이 없이는 그의 작품 속에 담긴 진리를 터득하기 어려웠다고 할 수 있다. 블레이크의 세계관과 삶의 기본구조에 대한 그의 견해는 *Marriage of Heaven and Hell*(1793)에서 명백하게 드러난다. 그는 모든 발전은 절대적이고 상호배타적이기조차 한 갈등과 대립을 전제로 할 때 가능한 것이며, 이것은 인간의 존재에 있어서도 마찬가지라는 점을 강조했다. 그의 이러한 견해는 발전이 있기 위해서 대립, 모순되는 요소들이 공존해야 한다고 할 때 끌어당김과 밀어냄, 사랑과 미움, 에너지와 이성, 선과 악 따위의 대립적 세력들이 존재하

는 방식을 순수의 세계, 윤리의 세계, 역동적 윤리의 세계 등 크게 세 가지로 나누어 생각할 수 있음을 뜻한다.

블레이크의 *Songs of Innocence, Songs of Experience, Milton, Jerusalem* 등으로 대표되는 후기의 난해한 예언시들에서 구현해 보려는 세계는 이미 위에서 언급한 바, 순수의 세계, 강제로 닫혀진 윤리의 세계, 역동적 윤리의 세계이다. 블레이크의 빛나는 시적 성취는 *Songs of Experience*에서 더욱 두드러지게 드러나는데, 이 시집은 예리한 현실감각과 날카로운 비판정신의 소유자인 리얼리스트로서의 그를 접할 수 있는 시집이기도 하다. 이 시집에서 특히 그는 닫힌 정적 윤리의 폐쇄성과 폭발성을 날카롭게 지적했다.

작품 「런던」에서 그는 악의 근원을 정치, 종교, 사회, 문화, 경제 등 모든 분야에 있어서 닫힌 율법과 억압적 구조 및 제도에서 발견한다. 「아! 해바라기」에서 닫힌 윤리, 다시 말해서, 그는 삶의 개방적인 전체 현실을 어떤 특정한 부분의 틀 속에 몰아넣으려는 윤리의 불모성을 놀라운 언어경제를 통해 보여주고 있다.[7]

4) 박용철의 블레이크 시 번역

(1) 번역대상 작품 선정

박용철이 영미 시인들 가운데 특히 왜 블레이크의 시를 선정하여 번역했는가에 대한 의문을 제기할 수 있다. 대체로 번역하고자 하는 작품 선정은 어디까지나 개인적인 사항이며, 번역자의 기호 및 취향과도

---

7) 김영무, 『블레이크』, 혜원출판사, 1987, pp.20~41 참조.

관계된다. 그러나 번역가가 번역 작품을 선정할 때 간과해서 안 될 일
은 번역 작품이 미칠 문학사적 의의, 사회적 취향, 독자의 기호 등이다.

박용철이 블레이크 시를 번역한 목적은 서론에서 이미 언급한 바와
같이 당대의 시대적 요청에 적절히 부응하고자 한 의도에서였을 것이
다. 그 이유는 이 무렵 블레이크 시를 선호하는 우리 문단이 분위기를
간과해선 안 되었기 때문일 것이다.[8] 이와 동시에 정지용이 블레이크
의 초기시집에 수록된 작품을 번역한 사실[9]과도 무관하지 않은 것 같
다. 왜냐하면, 박용철은 정지용, 김영랑과 함께 시문학파로서 당시의
우리문학 발전에 뜻을 같이하고 있었으며 그 일환으로 번역을 중시하
고 있었기 때문이다.[10]

블레이크의 시집 *Songs of Innocence*에 실린 작품의 상당수는 직·간접적
으로 '어린 양에 관한 노래'임을 암시할 뿐만 아니라 시인 혹은 시 속
의 화자의 역할, 독자와 시인, 시 속에 등장하는 삼라만상과의 관계 등

---

8) 1920년대 이입양상을 보면, 블레이크 시가 2위로 애독되고 있다. 구체적으로 보
면, 예이츠가 17편, 윌리암 블레이크가 13편, 테니슨이 8편, 시몬즈가 10편, 카알
라일이 2편, 고울즈워디가 3편 총 84편의 시가 번역되었다.(김병철, 『한국 근대
번역문학사 연구』, 을유문화사, 1975, p.421)

9) 그의 블레이크 시 번역작품 「봄에게」, 「초밤별에게」, 「소곡1」, 「소곡2」는 첫시집
The Poetical Sketches(1783)에 수록된 것으로서 블레이크가 10대, 20대에 쓴 작품들이
고 「봄」은 *Song of Innocence*(1789)에 수록된 것이며 이 시집은 시와 그림을 곁들인
독특한 판화책이다.

10) 일본 동지사대학에서 영문학을 전공하면서 윌리암 블레이크와 북원백추의 시를
읽고 배우면서 시에 대한 시야를 보다 넓혀 갔던 정지용의 졸업논문은 「블레이
크 시에 있어서 상상력」(Imagination in the Poetry of William Blake)이다. 이로 미루
어 이 무렵 그가 블레이크 시에 얼마나 심취해 있었는가가 짐작이 된다.(김학동,
『정지용연구』, 민음사, 1989, pp.125~128) 김학동이 지적한 바와 같이 졸업논문을
쓰려면 그 전반적인 섭렵이 수반되지 않고는 전혀 불가능한 것이다. 그의 번역
은 5편에 불과하여 일부에 국한된 것이지만, 그의 취향에 맞았던 것으로 보아도
무방할 것이다.

을 암시하고 있다. 이 시집은 *Songs of Experience*와 함께 영문학은 물론 서양의 시문학, 중남미의 문학적 흐름에 상당한 영향을 끼쳤다. 여기에 수록된 시편들이 외적으로는 단순하고 거칠 것이 없는 순수서정시인 듯이 보이나, 다중상징성을 띠고 있어 해석이 다양하게 열려있는 까닭에 번역하기는 매우 난해하다.

   (2) 박용철의 번역관11)

   박용철은 8년 동안의 짧은 문학활동 기간에 전문적인 번역가로서 적극적인 활동을 벌였다. 그 당시 시대적 풍조가 외국문학을 번역, 소개하여 우리 문학을 발전적으로 건설하려는 경향이 짙었기 때문에 그가 번역에 손을 댄 것은 극히 자연스러운 일이기도 하였다.

   그런데, 번역가는 작가 및 작품에 대한 해설 혹은 어떤 방법으로 번역했는가에 대하여 구체적으로 언급해야 하는 것이 보편적인데, 안타깝게도 박용철은 번역 실무에 필요한 번역이론과 지식을 얼마나 갖추고 있었는지에 대한 일체의 자료를 남기고 있지 않다.12)

   그러므로 그가 어떠한 번역관을 가졌었던가는 번역시를 원시와 대조, 분석하여 확인하는 방법 외의 다른 방법은 없다. 분명한 것은 그가 해외문학파의 일원으로서 이 유파의 기본태도13) 즉 원문에 충실하게 번역하고 번역을 비롯한 모든 문학활동은 우리 문학에 기여하기 위해

---

11) 이 부분에 대해서는 졸저(『박용철의 하이네시 번역과 수용에 관한 연구』, 정음사, 1987, pp.51~55)를 참고할 것.

12) 박용철과 함께 당대 본격적인 번역활동을 펼쳤던 김억, 양주동, 이하윤, 김진섭 등 여타 번역가의 경우에도 저간의 사정은 마찬가지였다.

13) 이것은 해외문학파가 발행한 ≪해외문학≫(1927)의 창간호 서문에 명시되어 있다.

이루어지는 것으로 보는 입장을 고수(固守)하고 있다는 점이다.

1930년대는 시인들의 언어적 자각이 뚜렷이 드러난 시기로서 이러한 경향을 주도한 것은 시문학파였다. 그래서 시문학파의 일원인 정지용이 '시의 신비를 언어의 신비'로 인식하고 "시의 본질이란 언어의 가장 자유스럽고 구체적인 상태에서 시작, 발전된 것이며, 새로운 시는 이러한 언어에 대한 자각으로 문자와 언어에 혈육적 애(愛)를 느끼지 않고서 시를 사랑할 수 없다"[14]는 견해나 생략과 함축, 문체 및 시 형식의 다양화 등 방법론적 단련을 통해 궁극적으로 시란 언어의 자각에 의한 대상의 표현이라는 점을 일깨우고 있는 정지용의 생각은 곧 당시의 문단적 경향이기도 한데, 박용철은 자신의 번역과정에서 이같은 문단적 분위기를 잘 반영한 것으로 평가된다.

(3) 번역시와 원시의 비교

이 항목에서는 번역시를 원시와 비교하여 원문에 충실한 부분은 논외로 하고 특징적인 것만을 기술하되 현대번역본과도 비교, 검토하고자 한다. 그리고 분석대상은 「서시(Introduction)」, 「봄(Spring)」, 「애기 기쁨(Infant Joy)」 등 3편이다.

1) Introduction

　　　　Piping down the valleys wild
　　　　Piping songs of pleasant glee
　　　　On a cloud I saw a child

____

14) 김학동, 『정지용연구』, 민음사, 1989, p.208.

And he laughing said to me.

Pipe a song about a lamb;
So I piped with merry chear,
Piper pipe that song again—
So I piped, he wept to hear.

Drop thy pipe thy happy pipe
Sing thy songs of happy chear,
So I sting the same again
While he wept with joy to hear

Piper sit thee down and write
In a book that all may read—
So he vanish'd from my sight
And I pluck'd a hollow reed.

And I made a rural pen,
And I stain'd the water clear,
And I wrote my happy songs
Every child may joy to hear(블레이크 46)

「序詩」

피리 불며 거친 골로
기쁜 노래를 피리불며 걸어갈제
구름우에 한분 어린아기
웃으며 내게 하는 말슴

『羊의 노래를 한 곡조 불어 다오』

그말 딸아 질겁게 한 곡조 불었더니
『그 피리 다시 한번 불어 다오』
내 피리ㅅ소리 그는 듯고 울었더라.

『너의 피리 거기 놓고
너의 기쁜 맘을 노래로 불러다오』
그 말 딸아 나는 노래 불었더니
그는 듯고 기쁨에 넘쳐 울었더라.

『피리 부는 사람아 거기 앉어
사람이 모도 읽게 그 노래 책에 써라』
그 말하고 아기는 간 곳 없어
나는 냇가에 갈대를 꺾었다네.

그 갈대로 손수 펜을 만들어
맑은 물 거기 묻혀
내 기쁜 노래를 적어 놓았네
아기마다 이를 듯고 좋아하게.

— (전집 642)[15]

---

15) 이 시의 현대번역본을 인용하면 아래와 같다.
  외딴 골짜기로 피리 불며 내려가다/즐겁고 유쾌한 노래 피리로 불며 가다/나는
  보았네 구름 위에 한 어린이/그 아이 웃으며 네기 말했네//어린 양에 관한 노래
  피리로 불러 주세요/그래서 나는 신나게 피리불었네/피리 아저씨, 그 노래 다시
  피리 불어주세요/그래서 내 피리 부니 그 아이 듣고 울었네.//그 피리, 기쁨의
  그 피리 놓아두시고/기쁨 넘치는 노래들을 불러주세요/그래서 그 노래 내 다시
  부르니/그 아이 행복해서 듣고 울었네//피리 아저씨, 앉아서 책에다 적어주세요/
  모든 사람 다 읽을 수 있게/
  그리고 그 아이 눈 앞에서 사라졌네/나는 속에 구멍 뚫린 갈대를 꺾어// 전원의
  붓 만들어/맑은 물에 물감 풀어/나의 기쁨의 노래를 적어 놓았네/ 어린이들 너나없
  이 듣고 기뻐하라고.//(김영무, 『블레이크』, 혜원출판사, 1987, p.44)

이 시는 『순수의 노래』의 서시로서 일종의 소박한 전원시인데, 아름답고 환상적인 동시의 분위기를 풍긴다. 시어는 소박하면서도 맑고 투명하다. 순수의 세계에서는 만물이 갈등이 없이 상호공존하며 자족적이다. 그리고 이 작품은 윗시집의 다수의 작품들이 어린양에 관한 시임을 직접적 혹은 간접적으로 암시한다.

한편, 블레이크의 시 「영원(Eternity)」은 블레이크의 세계관이 극명하게 드러나는 시로서 위의 시를 이해하는 데에 크게 기여한다. 예컨대, "기쁨을 자신에 맞게 구부리는 사람은/날개 달린 생명을 파괴한다."는 경험의 세계에 사는 사람의 모습을 묘사했다면, "날아가는 기쁨 따라서 입맞추는 사람은/해뜨는 영원에 산다."는 순수세계에 사는 사람의 모습을 표현한 것이다.

번역시는 원시 4행 5연과 같은 형식을 취하고 있고 원시의 의미를 충실히 따르고 있다. 그가 1연의 "wild"[16]를 "거친"으로 번역한 것은 "외딴"으로 번역한 현대번역본보다는 이 어휘의 의미를 살려 번역한 셈이고 따라서 원시의 뉘앙스를 살린 것으로 평가된다.

2연 "Pipe a song about a lamb;", "Piper pipe that song again—"를 각각 "『羊의 노래를 한 곡조 불어 다오』", "『그 피리 다시 한번 불어 다오』"로 번역하였는데, 여기서 두드러지게 드러나는 특징은 대화체 형식의 문장에 원문에는 없는 부호 "『 』"를 삽입했다는 점인데, 3연과 4연에서도 공통적으로 드러나고 있다. 이것은 번역에 대화체의 도입이라는 독특한 번역방법을 분명히 드러내고자 한 데서 비롯된 것이다.[17]

---

16) 이 말은 "야생의, 들에서 자란, 황량한"(정운길, 『영한대사전』, 민중서관, 2002, p.3243.) 등 다양한 의미를 가지고 있으나, "외딴"의 의미와는 매우 거리가 있기 때문이다.

17) 이것은 그의 하이네시 번역에서도 발견되는 특징이다.(졸저, 『박용철의 하이네

3행의 "child"를 현대번역본과 달리 "한분 어린이"로 존칭어법을 써서 번역한 것이 주목된다. 그가 우리말 특징의 하나인 존칭어법을 활용한 것은 국가 사이의 문화적 차이와 우리말과 영어의 어법이 전혀 다름을 보여주는 예이다. 이것은 동시에 원시의 주제를 제대로 전달하고자 하는 번역자의 관점이 명확히 드러나는 증거이기도 하다.

나이다[18]의 이론에 의하면, 메시지의 내용을 제대로 전달하려면 언어의 형태는 변화될 수밖에 없다. 그가 필요한 경우에 문장부호를 첨가한 것도 이런 맥락에서 이해되어야 하며 현대번역본에서는 단순히 어린이로 번역되어 있어서 상대적으로 박용철의 번역이 더 적합한 번역이 아닐까 여겨지기도 한다. 그것은 *Songs of Innocence*에 수록된 시편들이 언뜻 보기에는 단순하고 거칠 것이 없는, 투명하고 아름답기만 한 서정시에 불과한 것 같지만 고도의 상징성을 내포하고 있어서 번역자의 예리한 통찰력이 요구되기 때문이다.

이 시는 양에 관한 작품인데, 시의 문맥에 따르면, 어린이가 구름 위에 있는 것으로 보아 양은 곧 아기 예수[19]를 상징하는 것으로 볼 수 있기 때문에 존칭어법을 써야 마땅하다. 이것은 1연 4행의 "And he laughing said to me."를 "웃으며 내게 하는 말슴"으로 번역한 것에서 확인될 뿐 아니라 2연에서 4연에 이르기까지 "『羊의 노래를 한 곡조 불어 다오』", "『그 피리 다시 한번 불어 다오』", "『너의 피리 거기 놓고 너의 기쁜 맘을 노래로 불러다오』", "『피리 부는 사람아 거기 앉어 사

시 번역과 수용에 관한 연구』, 정음사, 1987, p.67) 그러나 현대번역본에서는 특별히 다른 표시는 하지 않았다.

18) E. A. Nida, *Toward a Science of Translating*, Brill, Leiden, 1964, p.5.

19) 천주교 미사에서 "천주의 어린 양, 세상의 죄를 없애시는 주님, 자비를 베푸소서"라고 하여 양은 곧 예수를 의미한다.

람이 모도 읽게 그 노래 책에 써라』"로 번역한 점에서도 재확인된다.
이것이 현대번역본에서는 각각 "어린양에 관한 노래를 불러 주세요. 피
리 아저씨, 그 노래 다시 피리 불어주세요. 기쁨 넘치는 그 노래들을 불
러주세요. 피리 아저씨, 앉아서 책에다 적어주세요."라고 번역되었다.

2) Spring

Sound the Flute!
Now it's mute.
Birds delight
Day and Night
Nightingale
In the dale
Lark in Sky
Merrily
Merrily Merrily to welcome in the Year

Little Boy
Full of joy.
Little Girl
Sweet and small,
Cock does crow
So do you.
Merry voice
Infant noise
Merrily Merrily to welcome in the Year

Little Lamb
Here I am,

Come and lick
My white neck.
Let me pull
Your soft Wool.
Let me kiss
Your soft face.
Merrily Merrily we welcome in the Year(블레이크 87)

「봄」

피리를 불어라
그 소리 그쳤느냐?
새들은 밤낮으로
숲속에 노래하여
저 건너 골작에는
노래하는 밤꾀꼬리
저기 하날에는
종달새의 무리
질거이 질거이 새해를 마지한다.

기쁨에 넘치는
조고만 사내아이,
에쁘고 팔팔한
조고만 게집아이,
장닭은 꼬꼬 운다
너희도 그리 한다
질거운 목소리
어린애기 노는 소리
질거이 질거이 새해를 마지한다.

조고만 羊아
내 여기 왔다
와서 핥아라
내 하얀 목덜미
잡어 당기자
부드러운 네 터럭
입을 맞추자
부드러운 네 얼골
질거이 질거이 새해를 마지한다.

— (전집, 644~646)[20]

이 시는 봄을 맞이하여 온갖 사물이 환희작약하는 모습을 시적으로
형상화한 작품이다. 원시에서 취한 3연 9행의 형식을 번역에서 그대로
따르고 있다. 다만 1연 1행에서 느낌표가 빠져있고 원시의 2행 즉 평서
문은 대답을 필요로 하지 않는 절대적 의문문으로 번역되었다. 이것은
역자가 의미를 강조하기 위하여 활용한, 번역자만의 고유의 번역방법
이라 할 수 있다.

시에 등장하는 사물을 보면, 새들, 밤꾀꼬리, 종달새, 사내아이, 계집
아이, 수탉, 양 등이다. 5행 "nightingale"[21]을 "밤꾀꼬리"로 번역하였는

---

20) 이 시의 현대번역본은 아래와 같다.
피리를 불어라!/소리 그쳤다/새들은 기뻐한다/밤낮으로/나이팅게일은/골짜기에서/
종달새는 하늘에서/흥겹게/흥겹게, 흥겹게 새해를 반긴다//기쁨 가득한/사내아이
야/귀엽고 작은/계집아이야/수탉이 노래한다/너도 노래하라/흥거운 목소리/갓난
아기 소리/흥겹게, 흥겹게 새해를 반긴다//귀여운 어린 양아 내가 여기 있으니/
와서 핥으려무나/내 흰 목을/너의 부드러운 털//잡아당기며/네 부드러운 얼굴에/
입맞춰 보자/흥겹게, 흥겹게 우리는 새해를 반긴다(김영무, 『블레이크』, 혜원출
판사, 1987, p.85.)

21) 이 새의 명칭은 "지빠귀류의 철새 혹은 유럽산의 나이팅게일"(Sisa Elite, 같은 사
전, p.1309)인데, 박용철이 이 시에서 "밤꾀꼬리"로 번역한 것은 적합하지 않다.

데, 이는 최적의 번역이라 할 수 없으며, "나이팅게일"로 번역하는 것이 합리적이었을 것으로 보인다. 왜냐하면, 이 새는 우리나라에 없는 생소한 새이기 때문이다.[22]

8, 9행에서 3회 반복된 의태어 "merrily"를 "질거이"로 옮기면서 2회 반복법으로 끝낸 것은 원시의 2연, 3연에서 각각 2회씩 반복되고 있는 것과 맞추기 위해서였을 것이다. 그렇게 함으로써 박용철은 1연부터 3연에 이르기까지 시 전체의 통일성을 확보할 수 있었기 때문이다.

2연 5행의 "Cock does crow"에 없는 "꼬꼬"라는 우리말 특유의 의성어를 번역자 임의로 추가한 것도 특이한데, 이것은 경쾌한 리듬을 살려 시의 주제를 청각적 효과로써 살리려는 번역자의 의도에 따른 것으로 보인다.

   3) Infant Joy

I have no name
I am but two days old,—
What shall I call thee?
I happy am
Joy is my name,—
Sweet joy befall thee!

그런데, 이 낱말을 현대번역본에서는 "나이팅게일"로 번역하였다. 한편, 그의 하이네시 번역(졸저, 『박용철의 하이네 시 번역과 수용에 관한 연구』, 정음사, 1987, p.84)에서는 "나이팅겔"로 번역하면서 밑줄을 긋고 외래어임을 명시하고 있으며 우리나라에 없는 새이므로 번역에서 일관성 있게 다루지 못한 것 같다.

22) 반웰의 번역이론에 의하면, 번역될 나라의 생경한 개념을 번역하는 경우 다음 세 가지가 있다. 첫째, 설명적인 어구를 사용하는 방법, 둘째, 외국어 단어를 그대로 사용하는 방법, 셋째, 역어에서 익숙한 단어로 대치하는 방법이다.(K. Barnwell, *Introduction to Semantics and Translation*, Harsleys Green, 1980, pp.78~82 참조)

Pretty joy!
Sweet joy but two days old.
Sweet joy I call thee:
Thou dost smile.
I sing the while
Sweet, joy befall thee.(블레이크 91)

「애기 <기쁨>」23)

『나는 이름 없다
 난지 겨우 이틀』
 무어라 널 부르랴?
『내 다만 질거우니
 기쁨이 내 이름이다.』
 어여뿐 기쁨 네게 있어라!
 아름다운 기쁨
 어여뿐 기쁨 네게 있어라!
 아름다운 기쁨
 어여뿐 기쁨 난지 겨우 이틀.
 어여뿐 기쁨이라 널 부르마.
 너는 우슴 웃어라
 나는 노래 부르마.
 어여뿐 기쁨 네게 있어라!24)

---

23) 이 시의 현대번역본을 참고로 인용하면 아래와 같다.
    나는 이름이 없어요/태어난 지 이틀 밖에 안 됐거든요/너를 무어라고 불러 줄까?/
    나는 행복해요./내 이름은 기쁨이에요./향긋한 기쁨 많이 받아라.//어여뿐 기쁨!/갓
    이틀 된 향긋한 기쁨/향긋한 기쁨이라 너를 부르마/너는 환히 웃는구나/나는 노래
    부르마/향긋한 기쁨 많이 맡아라//(김영무, 『블레이크』, 혜원출판사. 1987, p.90)
24) 전집, pp.647~648. 박용철은 이 번역시의 말미에 "쉬임없는 기쁨과 사랑의 동요

이 시에서 시인은 어린이를 통한 순수세계[25]를 표현하고 있다. 시의 문맥에 따르면, 태어난 지 이틀밖에 안 된 아기는 순수하고 티 없이 맑고 이름이 없다. 아기에게는 오직 즐거움, 기쁨, 아름다움, 어여쁨, 웃음, 노래만 있다. 동서고금을 막론하고 어린이의 순진무구(純眞無垢)에 대해서는 반론의 여지가 없어 보인다. 그러므로 블레이크가 의도하는 순수의 세계를 묘사하기 위하여 어린이를 소재로 택한 것은 매우 자연스러운 일이다.

위에서 본 바와 같이 이 시의 내용은 비교적 단순하고 쉽기 때문에 번역상의 난점은 별로 없어 보인다. 번역자는 원시의 형태를 그대로 따르되 2연만은 6행을 8행으로 번역하였으며 2행과 5행 뒤에 쓰인 부호 " — "를 "『 』"로 묶어 놓았다. "『 』"는 일종의 독백 내용이므로 다른 서술 부분과 차별화하기 위한 번역자의 번역 전략의 하나인 것으로 평가된다.

집 「무심의 노래」를 지은 이분은 18세기의 영국 신비시인 윌럼 · 블레잌입니다. 그의 시는 그와 같은 시대 사람의 이해를 받지 못하고 죽은 뒤 백오십년이 지나서야 참 숭배를 받았습니다."라고 부연 설명을 하고 있는데, 이것은 전적으로 독자의 이해를 돕기 위한 의도에서였던 것 같다.

25) 순수의 세계를 지배하는 내부적, 기본적 원리는 열려있는 동적인 윤리임에 틀림없으나 그것이 집단의 것으로가 아니라 개인 세계의 윤리로 작용한다.(이에 관해서는 Robert Faricy의 *Teilhard de Chardin's Theology of The Christian in The World*, Sheed & Ward, New York, 1967 참고)
그리고 블레이크의 시집 『순수의 노래』에 수록된 시편은 순수의 의미를 대변하는 목동, 어린 양, 소년, 아이의 세계를 묘사하고 있는 바, 이는 『목동』, 『어린 양』, 『작은 흑인 소년』, 『굴뚝 소제하는 아이』, 『잃어버린 작은 소년』, 『다시 찾은 작은 소년』, 『자장가』, 『젖엄마의 노래』, 『갓난 기쁨』 등 제목을 통해서도 명백히 드러난다.

앞의 「서시」를 분석하는 과정에서 이미 언급했듯이, 박용철은 대화 내용을 번역할 때 주로 "『　』"를 활용하였으며, 이는 전적으로 독자의 이해를 돕기 위한 <친숙하게 하기>[26] 방법이다. 그만큼 박용철은 독자를 의식하고 가능한 범위 안에서 최적의 번역을 하기 위해서 심혈을 기울였다.

5) 나오는 말

이 논문의 집필 목적은 1930년대 번역자로서 역량을 발휘한 박용철의 블레이크 시 번역을 번역학의 관점에서 논의하는 데 있다. 필자는 박용철의 블레이크 시 번역을 분석한 결과 다음과 같은 결론을 얻었다.

1930년대 다양한 문학활동을 편 박용철은 특히 누구와도 비교될 수 없을 만큼 적극적인 번역활동을 펼쳤으며, 그의 번역방법과 번역관 등은 한국번역문학사상 큰 의의를 지닌다.

박용철이 이처럼 몇 편의 번역시를 통해 분명히 드러내 보인 것은 최적의 번역이 되도록 노력을 했다는 점이며 특히 그의 번역물을 읽는 독자인 어린이를 의식하여 세심한 배려를 하고 있어 주목된다. 그는 어

---

26) 번역에서 이 두 가지 방법은 오늘날 번역자가 번역독자 혹은 번역될 작품에 따라 항상 선택해야 하는 방법에 속하는데, 그것은 괴테가 빌란트(Ch. Wieland)의 서거(1813)에 즈음하여 그의 추도사에서 번역가로서 빌란트에 관하여 언급한 내용에서 비롯된다. 즉 번역에는 두 원칙이 있는데, 하나는, 작가가 우리들의 작가로 여겨지도록 그를 우리들에게 다가오게 하는 방법이고, 다른 하나는, 우리가 외국인에게로 다가가서 그의 상태, 어법, 특성을 발견하도록 하는 방법이다.(J. Albrecht, *Europäischer Sturukturalismus,* Wissenschaftliche Buchgesellschaft, Darmsatdt. 1998, p. 73). 전자는 <친숙하게 하기(Einbürgerung)>의 방법이고 후자는 <낯설게 하기(Verfremdung)>이다.

린이가 장차 커서 나라를 발전시켜 나갈 동량재들이 될 것임을 염두에
두었던 것이다.

그는 번역자이면서 시인이었기 때문에 가능한 한 원작의 정신과 정
서를 살려 번역할 수 있었으며 어휘 하나 하나에도 세심한 배려를 했
다. 훌륭한 시인은 번역에서도 그 능력을 발휘하는 것, 이른바 "번역은
제이의 창작이다"라는 평범한 진리를 그는 번역과정을 통하여 실천한
셈이다.

사실상 어떤 한 작품을 번역할 때 그 나라의 문학사나 문화를 통찰
하지 않고서는 정확한 번역은 어려우며, 번역대상 작품 선정은 친구와
마찬가지로 자기가 잘 아는 작품일 때 번역하기 쉽고 또한 잘 할 수 있
는 법이다. 그리고 어떤 문학작품을 번역할 것인가 하는 대상작품의 결
정은 역시 개인적 선택이며 번역자의 세계관, 지적 수준 및 취향에 따
라서 그 결과가 다르게 나타나는 것은 당연한 일이다.

쉴레겔이 셰익스피어의 작품을 번역하여 원문을 읽은 독자들보다
그의 번역문을 읽은 독자들에게 더 깊은 감동을 준 것은 원문보다 관
념론적으로 더 승화된 독일어법을 활용하여 번역함으로써 원문의 분위
기를 최대한으로 살려냈기 때문이다.

박용철의 번역이 쉴레겔의 번역을 능가할 만큼 적합한 번역이었는
지는 비교하기 어렵지만, 그는 번역자로서 1930년대 우리 문학을 풍부
하게 하는 데 크게 기여했다는 사실을 부인할 수는 없다.

2. 릴케의 시

1) 들어가는 말

릴케는 특히 한국인이 애호하는 시인으로서 그에 관한 연구논문만
도 수 백 편에 이르고 있다. 그것은 1990년대까지 독문학 영역에서 발
간되는 학회지의 릴케 관련 논문과 번역을 인용한 정도가 평균을 넘어
설 정도로 다른 어느 작가보다 많다는 사실에서 확인된다. 주지해야 할
사실은 릴케의 존재론적 시론이 한국의 대표적인 시인이라 할 김춘수,
윤동주, 김현승, 이성복 등에 이르기까지 직접적, 간접적으로 크게 영
향을 미쳤다는 점이다.

그렇다면, 릴케의 시가 우리나라에 어떻게 번역, 소개되었으며 그 과
정에서 전신자로서의 번역자의 번역관이나 번역의 질을 평가하는 일은
필수적인 작업이다. 1980년대 초 필자가 관심을 가지고 번역이론에 관
한 연구[27])에 전념할 때만 해도 우리나라에서 이 분야에 관한 관심은
매우 저조하여 외국문학 전공자들이 간헐적으로 연구성과를 보여주는
정도에 그쳤다. 새로운 세기에 접어들면서부터 번역학은 독립된 학문

---

27) 이 부분에 관한 필자의 연구논문은 다음과 같다.
　「박용철의 번역시론」－A. E. 하우스만의 시론을 중심으로－『어문학』 43집, 한국
　어문학회, 1983.
　「용아·박용철의 역시고」－하이네시 번역을 중심으로－『국문학연구』 7집, 효성
　여대 국어국문학과, 1983.
　「문학작품 번역의 이론과 실제」－용아의 괴테시 번역을 중심으로－『영남어문학』
　10집, 영남어문학회, 1983.

으로서 새로이 정립되고 특히 구미 각국에서 번역학을 전공하고 돌아온 소장학자들이 적극적인 학문적 활동을 펼치는 가운데 번역에 대한 연구와 연구방법론에 관한 논의가 더욱 적극적으로 전개되고 있다.

언어의 사회성 내지 역사성이 전혀 다른 이질(異質)의 문학을 번역하는 데는 사실상 여러 가지 난점이 수반되는데, 특히 시는 산문보다 훨씬 복잡한 문제를 내포하고 있다. 환언하면, 시에 쓰인 어휘가 함축하는 의미의 차이에 의하여 번역 내용이 원문과 전혀 다르게 나타날 수 있고 섬세한 시적 감각의 표현도 민족 또는 시인 개인의 차이에 따라 다르기 때문에 번역은 극도로 난해한 작업이다. 그리고 수사면에서만 보더라도 번역자가 어떤 교양을 가지고 받아들이고 있느냐 하는 점도 매우 중요하다. 시는 그야말로 도덕, 풍속, 기질 등의 총체로 이해될 수 있는 것이어서 번역에서 더욱 문제가 된다.

윤태웅은 1930년대 번역의 선도주자이던 박용철의 릴케시 번역을 계승한 번역가로서 1940년대 한국번역문학사의 한 획을 그은 번역자이다. 박용철은 10여 년간 번역활동에 전념해오다가 1938년에 타계하였는데, 최근 김재혁의 발표[28]에서 확인되는 바와 같이 그가 전문적인 릴케 연구서를 번역하려고 시도한 사실을 보면, 그의 릴케에 관한 관심의 정도를 가늠해 볼 수 있고 그의 노력에 힘입어 1930년대 릴케의 서정시에 대한 기본 지식이 널리 보급되었음을 알 수 있다.

1940년대에 이르면, 임학수, 금남, 신남철, 윤태웅, 김선부 등이 독일문학을 소개하는 데 중추적 역할을 했다. 특히 윤태웅은 릴케시 총 9편

---

28) 김재혁은 그의 「새로 발표된 박용철의 원고 ≪R. M. Rilke의 서정시≫」-초벌 번역원고를 통해 본 박용철의 번역태도(≪문학사상≫, 2004, 12, pp.158~177)에서 번역가로서의 박용철의 면모를 상세히 조명하였다.

을 번역, 소개하여 릴케의 번역을 주도하였음을 알 수 있다.[29] 그러므로 한국번역문학사상 1930년대를 잇는 1940년대의 중요한 번역자로서 윤태웅의 번역업적을 객관적으로 검증하는 작업은 필수적 사항이다. 그럼에도 불구하고 현재까지 기존연구를 일별할 때 이러한 연구성과는 거의 발견되지 않는다.

　이와 같은 점에 착안하여 필자는 윤태웅의 릴케 번역시 「애가」

---

29) 김병철(『한국근대번역문학사연구』, 을유문화사, 1975, pp.806~807)의 조사에 의하면 1940년대 독일문학의 번역, 소개 현황은 아래와 같다.

種別	飜譯作品名	原作者	譯者	出處	刊行日
小	墓地로 가는 길	토마스 만	林學洙	〈人文評論〉 2:1	40. 1. 1
〃	에지프트 夢想曲	E.고이텐	琴南	〈女性〉 5:1	〃
〃	詩人	헬만·헷세	申南徹	〈人文評論〉 3:1	41. 1. 1
〃	다시 만났으나!	에리히·켈데잉	缺	〈新時代〉 2:2	42. 2. 1
〃	偉大한 밤	라이너마리아 릴케	尹泰雄	〈春秋〉 3:6	42. 6. 1
詩	아담 第一世	하이네	李孝吉	〈三西文學〉 第3輯	40. 3. 1
〃	가을	릴케	尹泰雄	〈文友〉	41. 6. 5
〃	孤獨	릴케	尹泰雄	〈文友〉	41. 6. 5
〃	佛蘭西進擊	未詳	金善夫	〈三千里〉 13:7	41. 7. 1
〃	旗대를높이들어	〃	〃	〃	〃
〃	戰友	〃	〃	〃	〃
〃	愛歌	R.M. 릴케	尹泰雄	〈朝光〉 8:4	42. 4. 1
〃	嚴肅한 瞬間	〃	〃	〃	〃
〃	少女의 노래抄	〃	〃	〃 8:5	42. 5. 1
〃	가을날	〃	〃	〈春秋〉 3:7	42. 7. 1
〃	가을	〃	〃	〃 3:11	42. 11. 1
〃	나외두눈을업새버리신다하드라도	〃	〃	〈朝光〉 9:9	43. 9. 1
評	니이체	하인리히·만	缺	〈文章〉 2:4	40. 4. 1
〃	나치스와 民族文學	띠이트릿히·젯켈	〃	〈三千里〉 12:9	40. 9. 1
〃	歐羅巴新秩序의 根本原則	칼·메게루레	〃	〈人文評論〉 2:9	〃
〃	歐羅巴文學의 將來	스태판·츠와이크	〃	〃 2:10	40. 11. 1

(Liebeslied), 「엄숙한 순간」(Ernste Stunde), 「소녀의 노래」(Lieder der Mädchen) 등 3편을 원문과 함께 제시하고 이를 비교, 분석할 때 현대번역본을 참고자료로 활동했다. 다만 원문인 릴케시에는 제목이 있거나 없기도 한 특성이 있는데, 윤태웅은 제목이 있는 시만을 번역해서 제목 없는 시편들을 번역한 박용철과는 대비된다.

2) 서정시 번역의 문제점과 번역평가

서정시의 번역에 관한 한 찬반론(贊反論)이 지속되고 있는데, 그 이유는 번역에서 보편적으로 언급되는 의미나 등가의 개념이 서정시의 번역에서는 명백하지 않고 모호할 뿐만 아니라 언어의 표현형식 즉 언어의 미적 요소를 번역에서 유지해야 하기 때문이다. 따라서 번역의 어려움은 서정시의 번역에서 가장 극명하게 드러난다고 할 수 있다. 이와 같은 맥락에서 프로스트(Robert Frost)는 심지어 "시는 번역하면 잃는 것이다.(Poetry is what gets lost in translation)"라고 하여 시 번역이 거의 불가능성을 주장했다. 이와 비슷한 견해를 밝힌 발레리에 의하면, 토박이만이 자신의 언어를 의미나 정서적으로 완벽하게 이해할 수 있다.[30]

시인은 자신이 사용하는 언어에 지대한 관심을 가지면서도 언어의 투명성을 되도록 배제하고 진부한 표현을 의도적으로 피하면서 시인 특유의 풍자나 모순어법을 즐겨 쓰며 어휘가 지닌 의미 이상의 무엇을 시가 지니기를 기대하기 마련이다.

시번역자의 주요관심사는 무엇보다도 시작품 자체이기 때문에 번역

---

30) David McCann, "The translating of poetry", *The Poet in the Imaginary Museum*, Persea Books, New York, 1997. p.153.

하는 과정에서 역어가 허용하는 범위 안에서 의미나 정서적으로 충실하려는 노력을 기울임과 동시에 시적 모델을 재창조하는 데에 초점을 맞추어야 한다. 따라서 한 시인의 작품을 하나의 전체로서 이해하고 그 시인이 시적 과제로서 생각한 것이 무엇인가를 고려하지 않으면 번역의 방향이 상실된다.

예컨대, 에즈라 파운드는 「뱃사람(*The Seafarer*)」을 번역하면서 번역될 텍스트의 의미 내용보다도 리듬, 어법, 언어가 지니는 의미나 역동성 등, 번역에 더 세심한 주의를 기울어야 한다고 주장했다.[31]

본고의 분석 대상인 릴케의 경우는 그 내면세계를 해석하는 데에 어떤 종교나 철학의 존재를 허용하지 않는다. 그의 시는 자신의 독특한 관점에 따라 시세계를 형성하고 있으므로 하나의 "완전하고도 균형있는 전체"(complete, balanced whole)[32] 안에서 조명되어야 하므로, 번역가 역시 릴케의 이러한 면모를 파악해야 함은 물론 릴케 생각의 매개변수 안에서 문체, 형태를 분석하는 데 주력해야 한다.

그 동안 사실상 미약한 상태에 머물렀던 번역비평은 1970년대에 들어 과학적인 번역비평의 기초를 제공하는 연구업적이 현저히 눈에 띄게 되면서[33] 활기를 띠기 시작했다. 번역비평의 기본과제는 원본과 번

---

31) Roy, Woods, *Rilke Through a Glass Darkley* Poetry of R. M. Rilke and its english translation. A Critical Camparison. Wissenschaftlicher Verlag, Trier. 1996, p.22.

32) P. Smith, "ment of Rilke's creativity", *Oxford German Studies* 2. 1967, p.4.

33) 아래의 연구업적은 그 전형적인 예에 속한다.
A. Propopic. *Zum Status der Übersetzungskritik in Babel*, London, 1973.
W. Wilss. *Probleme und Perspectives der Übersetzungskritik*, in international Review of Applied Linguistics, München, 1974.
K. Reiß, *Möglichkeiten und Grenzen der Übersetzungskritik, Kategorien und Kriterien für eine Sachgerechte Beurteilung von Übersetzungen*, München, 1971.

역본의 비교를 통해 오류를 발견하고 그 원인을 정확히 진단하는 일이다. 기존의 번역비평은 즉흥적이거나 일회적이어서 체계적이지 못했던 것이 사실이다. 그러나 규범에 따른 번역비평이 최적의 번역을 하기 위한 필수적 요인임을 잊어서는 안 된다.

학계에서 논의되는 "대용커피(Zichorienkaffee)"[34]는 좋지 않은 번역을 뜻하는 것으로서 번역자가 성급하게 번역에 임했거나 번역자 자신의 한계를 극복하지 못했거나 언어수행 능력의 부족, 텍스트 선택의 문제, 문체의 번역 등에서 원문과의 거리가 생기면서 빚어진 번역을 일컫는다. 때로는 작품의 원작자와 번역자 자신의 감수성이 서로 일치하지 않은 탓에 생략하거나 혹은 의역하게 된다. 이처럼 원작에 손상을 입혔을 때 겉으로 드러난 글맵시는 한층 매끄러울 수 있을지 몰라도 원작의 의미나 가치가 제대로 전달될지는 의문이다.

번역비평은 텍스트를 바탕으로 하여 번역자의 언어수행 능력에 따라 결과가 나타난다. 본래 전이(transfer)는 실험 튜브 안에서 일어나는 화학적 과정처럼 취급될 수 있는 것이 아니기 때문에 모든 번역은 개인의 주관적 원칙에 의해서 이루어지는 반복될 수 없는 하나의 사건이므로 어느 한 텍스트를 같은 번역가가 번역하더라도 그 결과는 번역할 때마다 다르게 나타난다.

이렇게 같은 텍스트에 대하여 번역자들이 그 결과는 다른 반응을 보이는 이유는, 1) 모든 번역자는 개인별로 축적된 언어수행 능력은 물론 선호하는 문체를 가지고 있고, 2) "언어커뮤니케이션의 의미론적 기본 범주[35]는 비록 번역자들의 번역능력이 비슷하더라도 그들 사이에 변

---

34) 이 말은 쇼펜하우어(A. Schopenhauer)가 불완전한 번역을 두고 한 말이다.(Wolfram Wilss, *The Science of Translation*, Gunter Narr Verlag, Tübingen, 1982, p.216)

화가 많고, 3) 단순한 전달상황과는 달리 자연어는 인공어가 의미하는 지시사항과 대체로 동등한 수준의 몇 가지 변형을 제공한다는 데 있다.

번역비평가는 원문과 번역문의 상관적, 질적 집합을 고려하되 텍스트의 기능, 구성, 수용 등을 토대로 원문, 번역문을 구체적으로 비교, 분석해야 한다. 이 때 번역비평가의 과제는, 1) 원문과 번역문의 비교, 2) 번역문에 이르는 언어심리적 절차의 재구성, 3) 번역 텍스트의 적합성을 측정하기 위한 방법을 창안해야 하며 이 과제를 수행하기 위해서는 언어수행 능력의 배양이 필요하다. 등가문장을 식별할 수 있는 능력은 두 나라 국어를 구사하는 사람의 언어수행 능력의 일부인 반면, 번역능력은 번역수행 능력의 일부이다.

과학적, 상업적 텍스트, 신문기사, 관광정보용 책자 등의 번역은 비교적 객관적인 번역비평이 가능하나, 문학번역비평은 난해한 과제다. 문학작품의 모든 독자, 나아가서 문학비평의 독자는 원어와 역어 간의 문학적 표현에 유효한 개념 안에서 온전히 인식되기 어렵다는 것을 인정한다. 그러므로 번역비평의 객관성은 커뮤니케이션 용법의 규범 안에서 논의되어야 한다. 의미상으로는 맞지만, 상황으로 볼 때는 제대로 번역되었다고 볼 수 없는 경우가 많다. 즉 실제 관습상 많이 쓰이느냐 그렇지 않느냐 하는 것이 중요한 역할을 할 수 있다. 이것은 하우스[36]의 용어대로 "의미의 실용적인 면"(the pragmatic aspect of meaning)을 도

---

35) 이 말은 "Semantic basic categories of linguistic communication"(Ungeheur. *Inhaltliche Grundkategorien Sprachlicher Kommunication*, in: K. G. Schweisthal. Grammatik, *Kommunikation, Festschrift für Alfred Hoppe*, Bonn, 1971, pp.191~201)라고 운게호이어가 사용한 말이다.

36) J. House, *Model for Trunalation quality Assessment*, Gunter Narr, Tübingen, 1977, p.26. 독자의 수용능력에 관한 올바른 이해나 판단은 물론이고 그가 적용한 번역방법, 번역전략 등도 정확히 분석, 검토해야 한다.

외시했기 때문에 생기는 일이다.

번역비평의 성공 여부는 요인 분석과정에 따르며 언어행위 연구에 달려있을 뿐 아니라 번역과정을 하나의 커뮤니케이션 기능으로 여기면서 원문과 번역문을 상황적 차원에서 분석, 비교했을 때 가능한 일이다. 결과적으로 번역비평의 가장 중요한 과제는 "가장 근사한 자연스런 등가"(The closest natural equivalence)[37]를 창출하는 일이다.

번역비평은 가치 평가면에서 개인의 주관적인 요소가 강하게 작용하지만 체계적 기술면에서는 최소한 객관성을 지닌다. 환언하면, 원문과 역문의 비교 분석방법이 최소한의 객관성을 보장한다는 뜻이다. 이러한 비교, 분석에는 텍스트 구성은 물론 텍스트 체계가 포함되며 이 과정에서 비평의 가치 평가가 적용되기도 한다. 번역비평가는 번역자의 시학과 예상되는 독자에 대한 특별한 관점에서 번역자가 적용한 번역방법도 고려해야 하고 번역자의 의도를 실현하기 위해 선택한 사항이나 방책을 고려해야 한다.

원문과 번역문의 비교에서 번역비평가는 번역에서 표현의 변화가 발생한다는 사실을 염두에 두어야 한다. 이때 불가피하게 변한 것과 번역자의 주관에 의해서 변화된 표현 사이의 차이는 번역에서 중요한 역할을 한다. 불가피하게 변화한 표현은 역어의 체계 또는 문화적 체계에서 야기된 규칙적 변화일 수도 있는데, 규칙이 지배하고 있다. 그것은 역어 체계 혹은 문화적 체계 때문에 부과된 규칙에 의한 것일 수 있으며 이런 경우 이것을 부적절한 번역으로 간주할 수는 없다.

번역자의 선택에 따른 변화일 때는 번역자 자신의 규범에 따른 것으

---

37) E. A. Nida. *Toward a science of Translating*, With special Reference to Principles and Procedures involved in Bible Translating, 1964.

로 수용할 만한 역어 텍스트로 번역된 것이라 할지라도 역어의 규범과 규칙에 위배되기도 한다. 어느 시기에는 이러한 번역방법이 인정되기도 했다. 번역기술과 비평에 관한 적합한 모델을 디자인하는 것은 여러 요인을 고려해야 하므로 매우 어려운 일이다. 왜냐하면, 이러한 모델을 디자인하기 위해서는 원문텍스트와 그와 다른 언어 문화 전통에 기초한 역어텍스트 사이의 연관관계는 물론이고 원문과 원문의 다른 번역 사이에서 야기되는 복합적 연관관계가 분석, 검토되어야 하기 때문이다.

문학번역은 문학작품과 비평적으로 일종의 교제를 하는 것이다. 모든 번역은 그 원문에 대한 일종의 비평을 내포하고 있는 것으로 간주되기 때문에 번역비평은 비평의 비평이다. 그래서 독문학38)을 비롯한 다른 외국문학작품 번역에서 동일한 오류 현상이 나타나는데 이것은 일반적으로 번역에 대한 인식이 부족한 데서 오는 결과이다. 다시 말하면 번역이란, 그 대상을 면밀히 분석, 검토하고 성찰하는 가운데 이루어져야 할 작업임을 무시한 채 무책임하게 번역하였기 때문에 이러한 현상이 반복된다. 번역의 질은 번역자의 능력에 의해서 규정되는 것이지 반드시 앞 시대의 번역이 뒷시대의 번역보다 못하다고 단정할 수는 없다.39)

---

38) 송동준은 「젊은 베르테르의 슬픔」과 「데미안」 번역(1948~1984)의 경우 40여 명의 번역자가 40여 출판사에서 출판한 번역의 상황을 검토하면서(송동준, 「독문학－장르별 현황과 문제점」, ≪예술과 비평≫, 가을호, 1986, pp.56~73) 비교적 성실한 번역도 있었으나 번역이라 할 수 없는 번역이 더 많았다고 비판하였다. 그 구체적인 사례로서 첫 페이지부터 잘못된 것을 그대로 옮겨 놓은 것도 있었으며 복잡한 부분은 아예 생략한 것도 확인했다고 했다. 그것도 첫 단락에서 특히 이미지 서술 부분을 완전히 빗나간 것이 많았고 가정문과 서술문을 구분하지 못한 번역이 많았다고 분석했다.

39) 이것은 "70년대보다 80년대가 번역의 질이 조금 후퇴한 인상을 준다. 새삼 이런 사실에서 알 수 있는 것은 반드시 뒤의 번역이 앞의 번역보다 훌륭한 것이

결과적으로 이상적인 번역은 첫째, 동적(dynamic)번역인데, 이것은 의미상의 정보를 정확히 전달할 뿐 아니라 원문이 주는 것과 똑같은 정서와 전통의식을 번역어에 옮겨 놓은 번역방법이며, 또한 정확성과 자연스러움을 지닌 번역[40]이다. 따라서 의미, 형태, 정서, 문체 등 네 가지 요인은 좋은 번역의 기본조건이라 할 수 있다.

안정효는 우리말로 정확하고 아름답게 표현하지 못하는 "영어실력"은 번역에서는 쓸모가 없다[41]고 지적한 바 있다. 그러므로 어색한 표현이나 어휘가 발견되면 최적의 표현이나 어휘를 찾아서 이를 대체해야 한다.

3) 릴케시의 특성과 초기 번역양상

(1) 릴케시의 특성

릴케는 현대의 시인, 인간의 시인으로 그 위대성을 높이 평가받고 있는 시인으로 실존주의 철학자 하이데거도 릴케에 대한 사랑과 존경을 그의 20주기일인 1946년 12월 29일에 "무엇을 위한 시인인가?"(Wozu Dichter)라는 제목의 추도 강연을 통하여 분명히 밝힌 바 있다.

그의 시 발전 단계를 작품 중심으로 보면, 초기의 『시도시집』(Das Stundenbuch), 중기의 『신시집』(neue Gedichte), 『말테의 수기』(Aufzeichnungen

---

아니며, 번역의 우열은 역자의 능력에 따른다는 사실이다."(이충섭, 「한국의 카프카 수용 1955~1989」, 서울대학교 대학원 박사학위논문, 1992, p.75)라는 언급을 통해서도 확인된다.

40) K. Barnwell, *Introduction to Semantics and Translations*, Harsleys Green, 1980, p.64.
41) 안정효, 『번역의 테크닉』, 현암사, 1996, p.153.

des Malte Lauridges Brigge), 후기의 『두이노의 비가』(_Duineser Elegien_), 『올페우스에게 드리는 소네트』(_Sonette an Orpheus_), 『후기시집』(_Spä te Gedichte_) 등으로 나누어 고찰할 수 있다.

초기시는 주로 여성적인 감정세계, 불만스런 욕구, 동경, 자기경도의 소박한 서정, 북구여행을 통한 신비적 세계 체험의 노출 등이 그 작품의 경향이다. 『시도시집』에서 모든 시의 무도적 도취는 충만한 신(존재)의 체험과 완전한 일치에서 야기되었다. 중기시의 특징은 그가 로뎅을 통해 체득한 사물의 형상화, 사물 본질에의 몰입이 집필의 모티브가 되었다는 점이다. 릴케는 특히 꽃, 짐승, 풍경 등의 본질을 규명하기 위해서 최선을 다했으나 비가(悲歌)에 이르러 그는 인간존재의 실상을 인식하기 위해서 인간존재의 의미, 인간의 사명, 인간의 진실 등을 하나의 유기적 총체로 표현하였다. 그의 작품에 나타난 천사는 기독교적인 것이 아니고 현재적 인간 본성의 제한, 모순이 초극된 존재일 뿐 아니라, 사고와 행위, 통찰과 완수, 의지와 능력, 실제와 이상이 하나가 된 존재로서의 구상화이고 영감과 비난의 양자이고, 또한 위로와 공포의 원천이다. 그래서 천사의 의미는 불완전한 인간 존재의 대표적 존재인 이상적, 절대적 존재로서의 시적 영감의 절대성을 상징한다. 그는 작품을 통해 우주에 있어서 인간의 위상, 초월적 존재에 관한 의문, 천사라는 존재에 관한 현실성의 문제 등 현실적 질문에 해답을 제시해 준다.

릴케야말로 시에서 현실을 초월하는 영혼의 드높은 음향을 전하고 언어의 형식미를 탐구하여 표현의 한계를 확대하는 데 공헌한 현대 독일시의 거장이다. 그래서 그에 관한 연구는 세계 제2차 대전 이후 세계 각국에서 진행되고 우리나라에서도 가장 영향이 크고 관심이 높은 시

인으로 추앙받고 있다.[42]

　릴케는 실존주의 이론의 금과옥조인 '사물 그 자체로'라는 외침을 일찍이 몸으로 실천한 셈인데, 그 거침없는 편린들이 이른바 사물시를 포함해서 비가 전편에 편재해 있다. '사물 그 자체로'가 지니는 뜻은 무엇보다도 사물의 의미는 사물의 입장에서 읽혀져야 한다는 것인데, 환언하면, 인간과 공리적, 세속적 관계를 맺으면서 사물의 의미가 파악되어서는 안 된다는 뜻이다. 관습에 젖어 있는 인간이 들어갈 수 없는 세계 내 공간이라는 개념은 사물은 그 자체가 의미를 갖는다는 인식과 같은 뿌리를 공유하고 있다고 할 수 있다.

　릴케가 자연에 대한 안목이나 형상에 대한 인식과 이해가 깊어진 것은 두 번째 러시아 여행 후 화가 H. 포겔러의 초청으로 볼푸스베데에 머물면서 인상파 화가들과 사귀기 시작한 후부터이다. 또한 그가 공상이나 꿈 같은 비현실적 태도를 벗어나서 날카롭게 현실을 통찰하고 현실에 감춰진 진실을 꾸준히 형상화해 가는 노력의 과정으로서 예술을 이해하게 된 동기는 로뎅의 비서역을 하면서 얻은 체험의 결과일 것이다. 특히 파리라는 도시의 퇴폐, 빈곤, 죽음의 분위기는 릴케의 마음을 사로잡았는데, 그것 또한 릴케의 중요한 체험의 하나이다. 릴케와 더불어 현대시가 시작되었다는 주장은 그가 인식한 인간 존재와 사물의 본질이 지닌 고독의 실상이 너무나도 근원적이어서 그의 문학이 정치적, 사회적 조건을 뛰어 넘는 어떤 불가피한 차원에 도달했다는 사실에 기초한다.

---

42) 박찬기, 『독일문학사』, 일지사, 1980, pp.456~457.

(2) 릴케시의 초기번역 양상

릴케 문학은 1930년대에 이르러 한국문학사에 본격적으로 번역, 소개되었으며 김진섭이 「어떤 젊은 문학 지원자에게」라는 평론을 <조선일보>(1935. 7.12~13)에 연재 번역한 후부터이다. 시 번역의 첫 번째 공로자는 박용철인데, 그는 「소녀의 기도」(마리아께 드리는)를 ≪여성≫ (1936. 6. 1)지에 처음 번역, 소개하였다. 그가 번역할 때 원작의 선택을 어떤 기준에서 했는지는 정확히 알 길이 없으나, 이 당시에 이미 일본에서 서구문학 번역은 상당히 성행하고 있었으므로 이러한 배경은 그에게 번역의 동기를 충분히 유발했을 것으로 짐작된다.[43)]

윤태웅은 'R. M. 릴케시 2편'이란 제목 아래 ≪문우≫(1941. 6. 5)에 「가을」(Herbst), 「고독」(Einsamkeit), ≪조광≫(1941. 4. 1)에 「애가」(Liebeslied), 「엄숙한 순간」(Die Schwere Stunde), 같은 잡지(1942. 5. 1)에 「소녀의 노래」(Lieder der Mädchen), ≪춘추≫(1942. 7. 1)에 「위대한 밤」(Große Nacht), 「가을날」(Herbsttag), 같은 잡지(1942. 11. 1)에 「가을」(Herbst), ≪조광≫(1943. 9. 1)에 「나의 두 눈을 업새버리신다하드라도」(Lösch mir die Augen aus)를 번역, 소개하고 있다.

윤동주는 릴케의 작품을 번역, 소개하지는 않았으나 그가 얼마나 릴

---

43) 1939년에 간행된 『박용철전집』 1권에 보면, 박용철이 이미 릴케의 시 7편을 표제없이 묶어 번역하고 있는데, 여기에 실린 차례대로 번역시의 원문과 수록된 시집을 아울러 소개하면 다음과 같다.

「Herbst」, *Das Buch der Bilder*

「Maria, du Weinst」, *Die frühen Gedichte*

「Unsere Mutter sind schön müd」, *Die frühen Gedichte*

「Dein Garten will ich sein zuerst」, *Die frühen Gedichte*

「Schau unsere Tage」, *Die frühen Gedichte*

케에 경도되고 있는지는 그의 시에 분명히 나타나 있다.[44]

4) 윤태웅의 릴케시 번역 분석

윤태웅의 번역시를 고찰하기 위하여 필자는 다음과 같은 방식을 취하였다. 먼저 윤태웅의 릴케 번역시 「애가」(Liebeslied), 「엄숙한 순간」(Ernste Stunde), 「소녀의 노래」(Lieder der Mädchen) 등 3편을 원문과 함께 제시하고 현대영역본을 구할 수 있는 경우에는 이것도 참고자료로 활용하였다.

(1) 원시와 번역시의 비교

가. 애가(Liebeslied)

WIE soll ich meine Seele halten, daß
sie nicht an deine rührt? Wie soll ich sie
hinheben über dich zu andern Dingen?
Ach gerne möchte ich sie bei irgendwas
Verlorenem im dunkel unterbringen
an einer fremden stillen Stelle, die
nicht weiterschwingt, wenn deine Tiefen schwingen.

---

44) 참고로 윤동주의 「별헤는 밤」을 인용해 보면 아래와 같다.
　"어머님, 나는 별 하나에 아름다운 말 한마디씩 불러 봅니다. 소학교때 책상을 같이 했던 아이들의 이름과 패(佩), 경(鏡)·옥(玉) 이런 이국 소녀들의 이름과 벌써 애기 어머니된 계집애들의 이름과 가난한 이웃 사람들의 이름과 비둘기·강아지·토끼·노새·노루 「푸란시스 잠」·「라이너 마리아 릴케」 이런 시인의 이름을 불러 봅니다. 이네들은 너무나 멀리 있습니다. 별이 아슬히 멀 듯이"(「별헤는 밤」에서).

Doch alles, was uns anrührt, dich und mich,

nimmt uns zusammen wie ein Bogenstrich,

der aus zwei Saiten eine Stimme zieht.

Auf welches Instrument sind wir gespannt?

Und welcher Geiger hat uns in der Hand?

O süßes Lied.(R. M. Rilke 1980, 238)[45]

당신의마음에는 닿지도 아니하게
어떻게 나는 나의 마음을 간직하고있어야 하리까.
어떻게 나는 그것을 높이어야 하리까 당신우으로
다른것에다가.
아아 나는 그것을 무엔가 어둠속에다가 잃어버릴
것만으로서
감추어 두고도싶다.
당신의깊은마음이 흔들리어도 흔들리질않을
아지도못할 어느조용한곳에다가.
그러나 당신과 내게 닿는 모든 것은
두줄우에서 한 음향(音響)을 그어내는
바이올린의 시울이하는것처럼 우리를 하나로만들고
만다.
우리들은 어떠한 악기(樂器)우에 놓이어있는것일까.

---

45) R. M. Rilke, *Werke* Band I · 2, Gedicht-Zyklen, Insel Verlag, Ffm, 1980, p.238. 그리고
이 시에 대한 영역본은 아래와 같다.
"How shall I hold my soul so that it does not touch yours? How shall I lift it across
you to other things?
How gladly I would stow it away with some lost thing in the dark in a strange quiet
place which does not vibrate when your depths vibrate! But everything that touches us,
you and me, takes us together like one stroke of the bow which draws one voice out of
two strings. On what instrument are we stretched? And what fiddler has us in his
hands? O sweet melody!"(「*Song of Love*」,*The penguin Book of German verse*, introduced and
edited by Leonard Forster, Penguin Books Ltd, Harmondsworth, Middlesex, England,
1957, pp.398~399)

그리고 우리들은 어떠한 연주자(演奏者)의 손속에 있는것일까.
오 아름다운노래.

— (≪조광≫8 : 4)

그리고 이 시에 대한 현대판 번역본은 아래와 같다.

당신의 영혼을 건드리지 못한다면
어떻게 나의 영혼을 간직하오리까?
어이 그것을 넘어 다른 것에로 높일 수 있사오리까?
오! 그 깜깜한 암흑 속
그 어느 잃어버린 것의 옆
당신의 깊은 마음이 흔들려도 흔들려지지 않는
낯설고 고요한 그 곳에
나의 영혼을 간직하고 싶다.
그리고 어느 연주자가 우리를 손에 쥐고 있는 것일까?
그러나 당신과 나를 스쳐가는 온갖 것은
두 줄의 현에서 한 음을 엮어 내는
바이올린의 활처럼 우리는 같이 사로잡는다.
어느 악기에 우리는 매어져 있는가?
오! 감미로운 노래여.46)

당신의 영혼을 흔들지 않으려면
나의 영혼이 있어 무엇하랴.
어찌 당신을 지나 다른 것에로 오를 수 있을까.
아, 어둠 속에 잃어진 그 어느 것,
당신의 깊은 가슴이 흔들리면
더는 흔들리지 않을 어느 낯선 고요한 자리에
고이 간직하고 싶은 나의 영혼.

---

46) R.M. 릴케, 이후성 역, 『장미와 사랑』, 유성출판, 1989. p.14.

허나 당신과 나를 흔들어대는 것은 모조리
두 줄의 현에서 한 소리를 낳는
제금의 활같이 우리를 사로잡나니
우리를 이은 악기는 어느 것인가?
우리를 손에 든 연주자는 누구인가?
아, 사랑스러운 노래[47]

이 시는 제목이 시사하는 바와 같이 사랑을 주제로 하는 시로서 상
대를 사랑하는 가늘 수 없는 마음을 두 사람이 하나되어 화음을 이루
는 악기에 비유한 것으로 이해될 수 있다. 원시는 총 13행이나 윤태웅
은 이에 지대한 관심을 두지 않고 임의로 행구분을 하여 총 16행으로
번역하였으며 주석에서 보이는 바와 같이 현대번역본에서 이후성은 14
행으로, 손재준은 13행으로, 영문번역본은 행구분 없이 산문체로 번역
했다.

윤태웅이 영역본을 참고로 했는지는 정확한 검증 자료가 없으나, 세
가지 측면에서 그럴 가능성이 있는 것으로 판단된다. 첫째, 윤태웅은
영문학 전공자이므로 독일문학에 대한 예비지식을 영문번역서를 통해
얻었을 수 있으며, 둘째, 당시 독일문학 번역에서 매우 적극적인 박용
철도 영역본을 참고하였을 뿐 아니라 당시 영역본을 참고로 한 것은
일반적인 추세였기 때문이며, 셋째, 당시는 한글로 된 독일어사전이 없
었던 시절이므로 독화사전(獨和辭典)과 독영사전(獨英辭典)에 의지해 가
면서 번역할 수밖에 없었기 때문이다.

문장의 어미는 사랑하는 대상을 경외하는 의미에서 우리말의 존칭
어미 "~리까?"를 활용했다는 것이 윤태웅 번역시의 특징이다. 이 시

---

47) R.M. 릴케, 손재준 역, 『사랑이 있는 풍경』, 정음사, 1988, p.160.

번역에서 가장 관심을 끄는 것은 "Seele"의 번역이다. 이 말은 본래 "Wesen=존재의 본질"을 뜻하는데, 영어로 "soul"[48]이다. 이것을 현대번역본에서는 "영혼"으로, 윤태웅은 "마음"으로 각각 번역하였다. 이 시에서는 살아있는 사람의 마음을 표현한 것으로 추측되므로 그의 번역이 현대번역본보다 적합한 것으로 평가된다. 원시에서 "Geiger"는 바이얼린 연주자를 뜻하므로 번역본에서도 바이얼린 연주자로 번역되어야 한다. 보편적으로 바이얼린은 사람의 슬픈 정서를 가장 잘 표현하는 악기로 알려져 있으며, 서양에서는 애수(哀愁)를 주제로 하는 작품 속에서 바이올린을 소재로 자주 쓰인다. 베를렌느의 「가을의 노래」[49]가 그 전형적인 예에 속한다. 이 텍스트에서는 바이얼린 연주자로 번역해야 하며 단순히 연주자는 원문의 의미를 살리지 못한다. 따라서 윤태웅이 연주자로만 번역한 것은 적절치 못하다.

끝행 "süsses"는 영어로는 "sweet"와 같이 "달콤한, 향기로운, 매력있는, 어여쁜"[50]의 의미인데 윤태웅은 "아름다운"으로, 현대번역본에서는 각각 "감미로운, 사랑스러운"으로 번역하였다. 이렇게 보아 윤태웅의 번역은 오역이라 할 수는 없으나 역시 본뜻대로 "달콤한" 혹은 "감미로운"으로 번역했어야 한다고 본다.

---

48) "The principle of thought and action in a person, regarded as an entity distinct from the body: a person's spiritual as opp. to corporal nature,"(Lesley Brown(edt.). *The New Shorter Oxford*, vol. 2, Clarendon press, Oxford, 1973, p.2954.

49) 참고로 이 시의 1연만을 옮겨보면 다음과 같다. "*Les Sanglot longs/Des violons/De l'automne/Blessent mon coeur*" (Oeuvre Complètes de Paul Verlaine, Texte définitif collectionné sur les Originaux et sur les premières éditions, Avertissement par Charles Maurice, Bd. 1, Paris, Messein 1930).

50) 『영한대사전』, 민중서관, 2002, pp.2962~2963.

나. 엄숙한 시간(Ernste Stunde)

Wer jetzt weint irgendwo in der Welt,
    ohne Grund weint in der Welt,
    weint über mich.

Wer jetzt lacht irgendwo in der Nacht,
    ohne Grund lacht in der Nacht,
    lacht mich aus.

Wer jetzt geht irgendwo in der Welt,
    ohne Grund geht in der Welt,
    geht zu mir.

Wer jetzt stirbt irgendwo in der Welt,
    ohne Grund stirbt in der Welt:
    sieht mich an.(R.M. Rilke 1980, 161-162)

지금 이 따우에 어데선가 울고있는
이유도없이 이 따우에서 울고있는사람은
나를 울고있는 것이다.

지금 깊은밤에 어데선가 웃고있는
이유도없이 깊은밤에 웃고있는사람은
나를 웃고있는것이다.

지금 이 따우를 어데선가 걷고있는
이유도없이 이 따우를 걷고있는 사람은
내게로 거러오는 것이다.

지금 이 따우에 어데선가 죽어가는
이유도없이 이 따우에서 죽어가는사람은
나를 보고있는 것이다.

— (≪조광≫8 : 4)

지금 이 세상 어느 곳에서 울고 있는 그 사람은,
까닭도 없이 이 세상에서 울고 있는데,
나를 우는 것이다.

지금 이 밤 어느 곳에서 웃고 있는 그 사람은,
까닭도 없이 이 밤에 웃고 있는데,
나를 비웃는 것이다.

지금 이 세상 어느 곳에서 거닐고 있는 그 사람은,
까닭도 없이 이 세상에서 거닐고 있는데,
나에게로 오는 것이다.

지금 이 세상 어느 곳에서 죽어 가고 있는 그 사람은,
까닭도 없이 이 세상에서 죽어 가는데,
나를 바라보고 있는 것이다.[51]

지금 이 세상 어디선가 울고 있는 사람은,
이 세상에서 까닭없이 울고 있는 그 사람은,
나를 위해 우는 것이다.

지금 한밤중에 어디선가 웃고 있는 사람은,
한밤중에 까닭없이 웃고 있는 그 사람은,
나를 두고 웃는 것이다.

---

51) R.M. 릴케, 구기성 역, 『릴케시선』, 을유문화사, 1995, p.101

지금 이 세상 어디선가 가고 있는 사람은,
까닭없이 가고 있는 그 사람은,
나를 향해 오는 것이다.

지금 이 세상 어디선가 죽어가고 있는 사람은,
까닭없이 이 세상에서 죽어가고 있는 그 사람은,
나를 응시하고 있다.[52]

지금 세상 어디에선가 누군가가 울고 있네.
하염없이 울고 있는 사람은
나로 인해 눈물짓고 있네.

지금 세상 어디에선가 누군가가 웃고 있네.
밤에 마냥 웃고 있는 사람은
나를 비웃고 있네.

지금 세상 어디에선가 누군가가 걷고 있네.
세상에서 정처없이 걷고 있는 사람은
나를 향해 걸어오고 있네.

지금 세상 어디에선가 누군가가 죽어가고 있네.
하염없이 죽어 가고 있는 사람은
내 모습을 지켜보고 있네.[53]

이제 이 세상 어디선가 우는,
까닭 없이 우는 그 사람은
나를 슬퍼 우는 사람.

---

52) R.M. 릴케, 김재혁 역, 『형상시집』, 책세상, 2000, p.81.
53) R.M. 릴케, 이후성 역, 같은 책, p.74.

이제 이 밤 어디선가 웃는,
까닭 없이 웃는 그 사람은
나를 비웃는 사람.

이 세상 어디선가 이제 걷고 있는,
까닭 없이 걷고 있는 그 사람은
나를 찾아올 사람.

이제 이 세상 어디메서 죽어 가는,
까닭 없이 세상에서 죽어 가는 사람은
그 사람은 나를 응시하는 사람.[54]

이 시는 비교적 번역하기 쉬운 작품에 속하며 고독의 부정적 측면을 형상화한 작품으로서 릴케시를 논함에 있어서 항상 언급되는 "세계내면공간(Weltinnenraum)"[55]과 연결하여 의미를 새겨볼 필요가 있는 작품이다. "울고 있는, 웃고 있는, 걷고 있는, 죽어 가는" 사람의 그 내면공간은 곧 나의 내면공간임을 나타냄으로써 인간의 실존을 노래하고자 한 것이 릴케의 의도가 아닌가 한다. 릴케가 생각하던 주요과제는, 자신이 의도적으로 과제(Aufgabe)라는 말을 썼듯이, 모든 현상간의 내적 관계를 단순히 지적으로 이해하는 차원 이상으로 가길 원했을 뿐 아니라 그것을 직접 경험하는 것이었다. 이러한 내용은 반복의 기법을 통하여 드러나 있으며 특히 "wer jetzt"는 각 연의 첫부분에서 강하게 부각

---

54) R.M. 릴케, 손재준 역, 같은 책, p.146.
55) 릴케의 세계내면공간은 경계없이 "내면(inner)" 세계임과 동시에 "외부(outer)" 세계도 포함하는 것이 특색이어서 "나(Ich)"와 "나 아닌 나(nicht Ich)"는 이른바 우주적 의식인 집합적 인식의 대양 안에서 용해된다.(Roy Woods 30)

되어 있다. 그러므로 이러한 시인의 의도가 번역과정에서 정확히 드러
나야만 한다. 윤태웅의 번역본은 물론 다른 번역본에서는 모두 반복법
은 정확히 지켜지고 있다.

원문 첫 행에서 대문자 "WIE"를 사용함으로써 "어떻게"를 강조한
원작가의 뜻을 살려 역시의 2, 3행 첫 구절에서 각각 "어떻게"를 사용
한 것도 주목할 만하다.

원시에서 쓰인 내어쓰기는 윤태웅의 번역본에서 지켜지지 않았을
뿐 아니라 다른 현대 번역본에서도 마찬가지로 지켜지지 않은데, 이것
은 우리말에서 내어쓰기가 거의 보편화되지 않은 데에 그 원인이 있는
듯하다. 원시의 내용이 실존에 바탕을 둔 것이어서 이해가 어려울 뿐
표현형식은 비교적 단순하므로 번역과정에서 어렵지는 않았을 것으로
보인다.

윤태웅은 원문대로 3행을 유지하고 있고 다만 문장부호는 원문의 것
을 따르지 않고 있으며 원문에서 특히 강조하고 있는 "wer"를 살리기 위
하여 각 행의 끝에서 "사람은"이 반복되고 있고 "울고 있는", "웃고 있
는", "걷고 있는", "죽어가는" 등으로 번ㅋ역한 것은 우리말의 리듬을
살리기에 총력을 기울인 결과일 것이다.

   다. 소녀의 노래 抄(Lieder der Mädchen)

Ihr Mädchen seid wie die Gärten
am Abend im April:
Frühling auf vielen Fährten,
aber noch nirgends ein Ziel.

JETZT sind alle schon selber Frauen.
Haben Kinder und Träume verloren,
und Kinder geboren
und Kinder geboren,
und sie wissen : in diesen Toren
werden wir alle in Gram ergrauen.

Alles ihre hat Raum im Haus.
Nur das Avemarialäuten
hat ihren Herzen noch ein Bedeuten,
und dann kommen sie müd heraus.

Wenn die Wege zu wachsen beginnen,
kühl aus der blassen Campagna zieht's
ihres alten Lächelns entsinnen
sie sich wie eines alten Llieds.[56]

너이들 少女들은 四月의저녁때의
꽃밭과도 같으다.
봄은 길마다 널리어 있것만
꼭 어데 있는지는 알길이 없다.

지금은 모다들 벌서 남의안해들이다.
어린애기들이 달리고 꿈들을 잃었다.
어린애기를 낳었다.
어린애기를 낳었다.
그리고 알고들있다, 이 문중(門中)에서
모다들 서름으로 머리가 희고말 것을.

---

56) R. M. Rilke, *Werke* Band Ⅰ-1, Gedicht-2yklen, Insel Verlag, Ffm, 1980, 172～174.

그들의 모든 것을 가정(家庭)속에 있다.
다만 아베 마리아의 종(種)소리만이
아즉도 마음속에 어떠한 의미(意味)를 준다.
그래 疲勞우면서도 밖으로 나와본다.

길들이 작고 넓어지기만하고
쓸쓸한 꽃밭으로부터 바람만이 차게불어올땐
잃어버린 소녀(少女)적의 미소(微笑)가 생각힌다.
어느 옛노래곡조나같이.

— (≪조광≫ 8 : 5)[57]

너희들 소녀들은
사월 저녁의 정원
수많은 발자국을 그리며
아직은 이를 곳이 그 어딘지 모른다.

그들 모두 이미 여인이 되어.
어린 시절과 꿈을 잃어버린 채
아이를 낳고
또 낳았다.
그들은 그 문들 안쪽에서 모두가
원망 속에 백발이 될 것임을 알고 있다.

그들의 모든 것은 집 안에 있어
기도시간을 알리는 종소리만이
그들 가슴에 아직 의미가 있을 뿐.
그들은 피곤한 모습으로 밖으로 나온다.

---

57) 원문이 총 12연인데 논지의 집약을 위하여 1연부터 4연까지만을 논의의 대상으
로 한다.

길들은 자라나기 시작하자
창백한 캄파니아 평원 멀리 침착하게 뻗어가고,
그들은 마치 옛날에 부르던 노래를 생각해내듯
그들의 옛날의 미소를 기억해낸다.[58]

원시 1연 1행의 "Ihr Mädchen seid wie die Gärten"에서 쓰인 직유법에 맞추어 윤태웅은 이를 "꽃밭과도 같으다"로 번역하였고 현대번역본에서는 "~정원", 즉 은유로 대체하였다. 직유로 혹은 은유로 번역하는 문제는 의미상 큰 차이는 없으며 다만 윤태웅이 직역한 것은 원문에 충실하려는 의도에서였을 것이다. 3행에서 윤태웅은 "봄은 길마다 널리어 있건만"으로, 현대번역본은 "수많은 발자국을 그리며 오는 봄"으로 각각 의역하였다.[59] 문맥으로 보면, 윤태웅의 번역이 우리말다운 번역인 것으로 평가된다.

2연은 전통적인 한국 여인들처럼 아이 출산으로 일생을 거의 다 바치는 여인들의 삶을 표상하고 있는 것이 특색이다. 원시의 1행 첫머리에 "JETZT"의 철자 모두를 대문자로 쓴 것은 여인들이 소녀시절과 현재의 처지가 이와 같이 달라진 것을 부각시키기 위한 릴케의 의도가 반영된 것으로 풀이되며, 윤태웅은 이것을 "지금은"으로 문장의 첫머리에 번역해 놓고 있어 원문의 의미를 살렸다고 생각된다. 1행 끝에 "Frau"를 "남의 안해"로 번역한 것은 다음 행에 나오는 아이 출산과 관련지은 역자의 의도가 반영된 것으로 보아 오역으로 보기는 어려우나 현대 번역본에서처럼 "여인"으로 번역하는 편이 무리가 없었을 것으로 보인다. 2행에서 "Haben Kinder und Träume verloren"을 "어린애기들이

---

58) R.M. 릴케, 김재혁 역, 『형상시집』, 책세상, 2000, pp.216~218.
59) "Fährten"의 사전적 의미는 "발자국"(한국독어독문학회. 같은 사전, p.647)임.

달리고 꿈들을 잃었다"고 번역한 것은 "어린 시절과 꿈을 잃은 채"라고 번역한 현대번역본보다 훨씬 더 시의 주제에 적합한 것으로 평가된다. 왜냐하면, 여인들이 결혼하여 어린아이를 낳고 기르면서 소녀시절의 꿈을 잃어버린 채, 한 가문(家門)에서 검은 머리가 파뿌리 되도록 늙어갈 것이라는 것이 바로 다음 행에서 이어지고 있고 어린아이를 계속해서 낳는다는 사실을 강조하기 위하여 반복법을 쓰고 있는 데서도 이러한 상황이 확인되기 때문이다. 3행, 4행에서 "어린애기를 낳었다"를 반복해서 쓴 것은 여인들의 출산을 강조하기 위한 의도가 반영된 것인데, 김재혁의 "아이를 낳고/또 낳았다"로 한 번역이 의미의 전달이 잘 되면서 문체면에서 간결해 보인다.

3연에서는 2행의 "Avemarialäuten"의 "아베마리아 기도의(시간을 알리는) 종소리"[60]라는 사전적 의미가 문맥상으로도 맞게 잘 번역되어 있다. 4행의 "und dann kommen sie müd heraus."를 "그래 피로(疲勞)우면서도 밖으로 나와본다."로 번역한 것은 "그들은 피곤한 모습으로 밖으로 나온다."로 번역한 현대번역본만큼 분위기가 제대로 전달되지 않는다.

4연은 우선 1행의 "Wenn die Wege zu wachsen beginnen"을 "길들이 작고[61] 넓어지기만하고"로 번역하고 있는데, "길들은 자라나기 시작하자"로 번역한 현대번역본보다 훨씬 더 자연스럽다. "kühl aus der blassen Campagna zieht's"를 "쓸쓸한 꽃밭으로부터 바람만이 차게 불어올땐"이라고 번역한 것은 현대번역본에서 "창백한 캄파니아 평원 멀리 침착하게 뻗어가고"보다 문맥에 적합한 번역이다. 윤태웅은 "zieht's"[62]의 원뜻

---

60) 한국독어독문학회, 같은 사전, p.225.

61) 문맥으로 보아 "작고"는 "자꾸"의 의미로 쓴 것으로 짐작된다.

62) "zieht's"(zieht es)는 "there is a draught(draft)"(*Langescheidts Grosswörterbuch*, Deutsch- English, Langenscheidt, Berlin-Schönberg, 1982, p.1224)이다.

을 제대로 파악하고 번역했기 때문이다.

5) 나오는 말

본론의 분석에서 드러난 바와 같이 윤태웅은 한국번역문학사상 1930년대 의욕적으로 독일시 번역에 전념한 박용철의 뒤를 이어 1940년대 번역문학 특히 릴케 시 번역의 꽃을 피운 착실한 번역가였다. 그리고 그의 그러한 노력에 힘입어 독일문학의 번역, 소개가 적극적으로 이루어졌을 뿐 아니라 우리의 서정시가 발전하는 밑거름이 되었다.

그가 번역하는 과정에서 한글로 된 독일어사전[63]이 없이 독일어를 일본어로 풀어놓은 독화사전과 독일어를 영어로 풀어놓은 독영사전에 의지해가면서 정확한 우리말로 번역해야 했던 사정은 박용철과 비슷하였을 것이다. 그런데, 1930년대 한국문단에 이미 박용철이 릴케의 서정시 이론을 소개한 뒤였기 때문에 그는 릴케 시를 이해하는 데에 필요한 예비지식을 충분히 지니고 있었던 셈이어서 번역하기에 비교적 유리한 배경에 놓여 있었다고 할 수 있다.

윤태웅은 본래 영문학을 전공한 터여서 영역본을 참고했을 가능성이 큰데, 그것을 확인할 만한 검증자료는 발견되지 않는다. 그의 번역본을 원문과 비교해 보면, 그는 시행의 순서를 원문과 맞추려는 노력을 아끼지 않았고 적합한 표현을 찾아 원문에 충실하고자 하되 우리말다운 향취를 내려는 데 최선을 다하고 있음을 알 수 있다. 그의 번역을 현대번역본과 비교했을 때 그는 문맥에 유의하면서 이를 능가할 만큼 탁월한 번역능력을 보인 부분도 더러 발견되지만, 직역에 몰두한 나머

---

63) 우리나라에 최초로 발간된 독한사전은 『종로독한사전』(1949)이다.

지 문체면에서 미숙한 점을 보인 면도 있었다. 당대의 수준을 감안하여 위와 같은 정도의 결과를 내놓은 번역가로서의 그의 업적은 결코 과소 평가될 수 없다.

따라서 그의 번역상의 활동과 업적은 앞으로 더욱 더 확대시켜 세밀하게 조명되어야 할 과제로 남아있으며 그러한 과제가 단계적으로 수행될 때 한국번역문학사상 1930년대를 이은 1940년대의 위상이 정립될 수 있을 것이다.

제8장

한국시의 영역

1. 김소월의 시

1) 서론

금세기에 접어들어 한국문학의 세계화 작업의 일환으로 한국시의
영역 성과가 두드러지게 드러나고 있다.[1] 문학작품 번역의 목적이 다

---

1) 이러한 작업의 성과는 하버드대학의 맥캔(David McCann) 교수가 편집하고 자신도 번
역에 참여하여 엮어낸 *The Columbia Anthology of Modern Korean Poetry*(Columbia University
Press, New York, 2004)에서 확인된다. 이 번역시집에 수록된 시인(괄호 안의 수는 번
역시편 수)을 제시해보면, 주요한(4), 김소월(9), 이상화(1), 한용운(12), 이육사(5), 임
화(3), 정지용(8), 김영랑(6), 이상(13), 노천명(7), 백석(5), 윤동주(8), 서정주(18), 박목월
(7), 조지훈(8), 박두진(5), 김수용(9), 박인환(5), 김춘수(6), 구상(3), 홍윤숙(3), 김남조
(4), 박재삼(9), 신경림(10), 고은(10), 황동규(8), 신동엽(1), 정현종(5), 김지하(7), 강은교
(6), 임영조(5), 김승희(5), 김혜순(7), 황지우(5), 박노해(3) 등이다. 이 번역시집이 특히
주목받는 것은 한국현대시문학사에서 중요한 위상을 차지하는 시인들을 비롯하여

른 나라의 훌륭한 작품을 외국어에 능숙하지 않은 독자들에게 쉽게 접할 수 있는 기회를 제공하는 데에 있다면, 우리문학을 적극적으로 영역하여 우리의 정체성을 전세계에 알리는 일이 매우 절실하고 중요하다는 사실을 다같이 공감하고 있음은 어제 오늘의 일이 아니다.

그런데, 이와 함께 주지해야 할 사실은 어떻게 최적의 번역을 하느냐 하는 문제이다. 이를 위해서는 번역비평이 제대로 이뤄져야 하고 번역자와 번역비평가에 대한 사회적 인식이 개선되어야 한다. 주지하다시피 번역비평은 1) 번역수준을 증진시키고, 2) 번역가에게 객관적 기준을 마련해주며, 3) 특별한 시대와 특별한 주제에 관련된 번역방법을 알려주고, 4) 탁월한 작가와 번역자의 작품 해석을 도와주며, 5) 원문과 번역문 사이의 의미론적, 문법적 차이에 관한 비평적 평가를 가능하게 하기 때문에 번역작업에서 필수적 요인이다.[2]

번역의 목적은 원문의 내용과 문체를 원전에 충실히 번역하여 전달하는 데에 있다. 그런데, 실제 이러한 목표는 언어의 구조적 차이, 문체론적 특성 등 언어 자체가 지니고 있는 어려움 때문에 사실상 이루어지기 어려운 경우가 많다. 그리고 이러한 요인들을 극복할 수 있으려면, 번역자가 양국의 문화와 언어에 통달해야 한다는 이론은 이미 문화번역이론에서 논의되고 있다.

오늘날 번역현황을 보면, 대체로 뜻과 문맥이 통하지 않는 비논리적인 번역이 너무 많고 낱말 혹은 문법상의 오역, 역자 임의의 첨삭 등 번역이론상 허용 범위 밖의 오역이 많은 것이 사실이다. 간혹 우리의

___

이 시대의 현역시인으로 주목받는 시인들에 이르기까지 거의 총망라하고 있어서 우리 문학의 특질을 제대로 파악하게 하는 귀중한 자료 역할을 할 수 있기 때문이다.
2) Newmark, *Appoaches to Translation*, Pergamon Press, Oxford, 1980. p.181.

사고와 언어의 비논리성이 일상적인 언어생활은 물론 문학작품 속에 나타나기 때문에 많은 오역이 생긴다고 한다. 그런데, 이러한 오역의 원인이 어디에 있는가를 바로 잡는 일은 번역의 적합성 여부를 선택하는 과정에서 진행되어야 할 일이다.

이와 같은 관점에서 본고는 앞에서 제시한 *The Columbia Anthology of Modern Korean Poetry*에 수록된 김소월 시의 영역본을 번역비평의 대상으로 삼되 지면의 제한으로 인하여 국내외에서 잘 알려진 작품 「산유화」, 「접동새」, 「진달래꽃」에 초점을 맞추어 논지를 집약하고자 한다.

필자가 깊은 관심을 가지고 고찰한 점은 번역자가 미국과 한국 사이의 문화적 차이를 과연 어떻게 극복하고 이를 번역에 반영하였는가 하는 문제이고 논의의 결과 실제로 효과적인 번역방법은 무엇인가이다. 구체적으로 언급하면, 본고의 연구방법은 최근에 자주 거론되고 있는 문화번역이론에 기초한다. 따라서 본론의 이론적인 논거를 충분히 뒷받침하기 위하여 문화번역이론에서 중시하는 번역과 문화의 상관성 문제를 예비적으로 고찰하고 본론으로 접근하고자 한다.

2) 번역과 문화의 상관성

훔볼트(Humboldt)가 처음으로 언어와 문화 및 인간의 행위 사이에 밀접한 관계가 있다는 사실을 주장한 이래 세계 제2차 대전 이후 문화 사이의 커뮤니케이션에 관한 연구는 미국과 영국에서 활발히 진행되었다. 구체적으로 보면, 1960년대에 미국 정부는 자국 내의 다민족, 다문화간 갈등을 해소하고 세계를 지배할 의욕에서 이러한 연구를 장려했다.[3] 같은 시기에 영국에서는 대학교수와 성인교육에 종사하는 학자들이 중심이 되어 문화에 관한 연구를 진행하였다. 윌리암즈(R. Williams)의 *Culture and Society*(1963), 톰슨(E. Thompson)의 *The Making of the English Working Class*(1963)는 그 대표적인 예인데, 그 연구경향을 보면, 주로 영국 사회의 계급 체계 양상과 문화라는 용어 'culture'의 재평가에 관해서 활발히 논의되고 있다.[4]

그러나, 번역과 관련하여 언어학적·문학적·문화적 요인이 처음으로 논의된 것은 루뱅(1976년)에서 개최된 번역학자 대회에서였는데, 여기서 발표된 논문을 수록한 것이 *Literature and Translation*[5]이다.

문화적 관점에서 보면, 번역은 문화 사이의 커뮤니케이션 행위이므로 언어라는 표현형식 즉 텍스트[6] 속에 그 언어를 사용하는 민족의 세계관이 반영되어 있는데, 이것을 다른 사회적·문화적 배경을 지닌 민족이 사용하는 언어의 표현형식으로 바꾸는, 창조적이고 예술적인 행위이다. 1980년대 초부터 번역학자들은 기존의 언어학적 번역의 개념과는 전혀 다른 문화번역이론을 주장하면서 문화의 중개자로서 번역자의 역할을 강조하기 시작했다.[7]

---

3) Kussmaul/P. Schmitt(Hrsg.), *Handbuch Translation*. Stauffenburg, Tübingen, 1999, p.112.

4) S. Bassnett/A. Lefevere, *Constructing Cultures*. Multilingual Matters, Clevedon 1998, p.130.

5) H. Göhring, "Interkulturelle Kommunkation", in: M. Snell-Hornby/H. Hönig/p.5) J. Holmes et al. *Literature und Translation*. Acco, Leuven, 1978.

6) 구조주의언어학에서 발전된 텍스트언어학은 그 자체에 내용문법, 문체론, 의존문법, 기능문법과 기호학의 연구방법을 통합함으로써 화용론적 요인을 수용하여 번역학과 긴밀한 관계를 맺게 되었을 뿐만 아니라 학제적 연구의 모델이 되었다. 하르트만Hartmann("Texte als linguistisches Objekt", in: J. Lyon(Hrsg.). *Beiträge zur Textlinguistik*. Hamburg, 1971, pp.10ff)에 의하면, 텍스트는 본래의 언어기호이며 언어는 텍스트 형태로 나타나고 또한 기능한다. 체계언어학에서 사용된 언어단위(문장)는 존재하지 않고 어떤 의의도 지니지 않는다.

7) 고대로부터 1970년대까지 번역은 언어 중심이었으며 문화는 구체적인 경우에 언어적 문제를 해결하는 데 필요한 배경지식으로 취급되었다. 라이프찌히(Leipzig)

인간이 커뮤니케이션 수단으로 사용하는 자연어는 실세계를 단순히 모사(模寫)하지 않고 언어적으로 규정된 정신적 중간세계(Zwischenwelt)를 통해 해석하면서 중재한다.[8] 인간은 객관적인 모든 자연현상을 그의 고유한 세계관을 기준으로 하여 분류하고 체계화한다. 따라서 어느 한 문화권의 구성원은 그 구성원에 의해 창조된 문화라는 독특한 창을 통해서 실세계를 파악하고 해석하기 때문에 어느 한 언어를 구사한다는 것은 그 언어 속에 함축되어 있는 현실개념 파악의 방법에 따라 실세계를 개념화하고 이해한다는 사실을 의미한다. 이와 같이 언어상대성 원칙에서 보면 번역은 물론 가능하다.

번역의 연구주제는 번역과 문화의 상호작용인데, 그 연구영역이 매우 광범위하다. 크뢰버(A. Kroever)/클럭혼(C. Kluckhohn)(1954)이 수집한 문화개념에 관한 정의가 약 삼백 여개로서 사백 쪽 이상의 분량에 이른다는 사실은 문화개념이 얼마나 복잡 다양하고 애매모호한가를 보여준다. 인류문화, 동양문화, 한국문화, 지방문화, 대학문화, 출판문화, 음식문화, 직업문화, 가족문화, 개인문화 등 문화개념은 매우 다양하고 서로 다른 추상적 차원의 내용을 지니고 있기 때문에 경우에 따라 다르게 해석되기도 한다.

사실상 번역의 목적은 문화간 장벽을 극복하는 데 있으며 언어는 또한 문화장벽의 특별한 경우로 기술된다. 문화번역이론은 본질적으로 문화적 차이와 이러한 차이로부터 야기된 인식과 해석 및 행위방법 등 세계관의 차이가 문화 사이의 커뮤니케이션을 어렵게 한다는 가설에

학파는 언어학적 번역이론의 전성기를 이루었으며 번역과정에 엄격한 미시언어학적 방법을 적용했다.

8) W. Koller, *Einführung in die Übersetzungswissenschaft*. 5. Auflage. Quelle & Meyer(=UTB 819), Heidelberg, Wiesbaden, 1997, p.162.

기초한다.

그러나 번역과 관련되는 문화개념 규정이 정확하지 않고 너무 추상적이기 때문에 문화번역이론 정립에는 많은 어려움이 따른다. 한편, 이러한 모순에서 벗어나기 위해 미시적 차원에 기초한 이론이 등장했지만, 이러한 이론은 텍스트 전체의 연관관계를 고려하지 않았기 때문에 역시 문화번역에는 적합하지 않다.[9]

문화는 번역자가 번역을 하기 위해서 원어와 역어권의 사회에 관해서 인지하고 제어하며 느낄 수 있어야 하는 등 모든 것을 의미한다[10]는 괴링(Göhring)의 문화개념은 매우 중요한 의미를 갖는다. 괴링의 문화개념은 정신적 혹은 예술적 창조물(학문적 서적, 문학작품, 예술작품) 등과 기술에 의한 생성물(제품, 건축, 시설 등)만을 의미하지 않고 문화공동체의 구성원들이 그들 사회활동의 모든 분야에서 행동의 지침이 되는 지배적 규범이나 제도 또는 모든 규칙을 포함하는 넓은 의미에서의 개념이다.[11]

문화번역이론에서 가장 중요한 문제는 우선 체계로서의 문화와 텍스트에 표현된 문화의 구체적 표현 사이의 상호 연관성을 구별하는 문화개념을 정의하는 작업이다. 그렇게 함으로써 배경지식으로서 문화체계와 텍스트의 현실화 및 구체화를 가능하게 하며 또한 이렇게 구체화된 문화를 명확히 표현할 수 있다.

문화번역이론에서 번역은 문화전이로 규정된다. 따라서 번역자는 객

---

9) G. Floros, "Zur Represäntation von Kultur in Texten", in: G. Thome et al.(Hrsg.), *Kultur und Übersetzung*. Gunter Narr Verlag, Tübingen, 2001. p.75.

10) H. Göhring, 같은 책, pp.112~115 참조.

11) 본질적으로 콜러(같은 책, p.162) 역시 문화적 커뮤니케이션 개념을 주장했고 문화를 일차적으로 현실파악의 해석으로 정의했다.

관적 현실이나 진리가(Wahrheitswert)가 아니고 유효한 규범(문화), 텍스트(또는 텍스트 생성자)의 실제적 상황과 역어텍스트로 번역하는 과정에서 야기된 가치변경과 관련하여 역사적 사건의 가치가 어떻게 텍스트에 표현되었는가에 관해서 관심을 가져야 한다.12) 물론 여기에서 어느 사건의 가치는 그 번역방법이나 생성된 텍스트 사이의 유사성 정도 또는 이 둘 모두를 통해서 변경될 수 있다. 그리고 실제 번역과정에서 역어문화의 관습과 규범이 적용되어야 한다.

문화번역이론에서는 언어보다 문화와 역사적 사실이 중시되고 번역자의 개인적 번역능력이 높이 평가되며 사회─문화적, 상황적, 시간적으로 무관한 언표는 존재할 수 없다. 그러므로, 훼르메르는 전통적 이론과 단절되고 비역사적이고 절대적 개념형성을 배제하는 '상대적 상대주의(relativer Relativismus)'의 관점에서 그의 번역이론을 전개했다.13) 그 이유는 텍스트는 언제나 동일한 텍스트가 아니고 시간과 상황에 따라 다르게 해석될 뿐더러 원어텍스트 수신인과 역어텍스트의 생성자로서 번역자 자신의 사회적, 역사적 연관성은 그의 번역작업에 지대한 영향을 미치기 때문이다.

이러한 관점에서 문화번역이론도 변화하지 않는 어떤 의미나 개념이 존재할 수 없다는 해체주의와 연관성이 있다. 그러나 데리다14)가 번역은 "어느 한 언어를 다른 언어로, 어느 한 텍스트를 다른 텍스트로 전환하는 규칙적 전이이다."라고 주장한 바와 같이 번역은 단순한 언어

---

12) ibid. p.26.

13) D. Dizdar, "Skopostheorie", in; *Handbuch Translation*(Hrsg.) Mary Schnell-Hornby et al. 1999, p.106.

14) J. Derrida, *Positionen, Gespräche mit Henre Ronse, Julia Kristeva. Jean-Louis Houdebine, Guy Skarpetta*. Hrsg. v. Peter Engelmann. Edition Passagen 8. Graz/Wien, Böhlau, 1986. p.58.

상의 문제만은 아니다.

이 번역모델에서는 번역자의 의도된 목적 즉 텍스트기능이 강조된다. 텍스트기능은 물론 초문화적인 보편적 현상이다. 그러나 동일한 텍스트기능이라도 문화권의 언어관습에 따라 다르게 표현될 뿐만 아니라 그 문화권의 상황문맥(Kotext)15)에 의해서도 언표가 지니는 기능이 달라진다. 그러므로 문화번역에서 텍스트에 표현되어 있는 사태관계를 이해한다는 것은 텍스트 수신인과 번역자가 그 텍스트의 어휘를 사회-문화적 사항과 관련하여 충분히 이해하고 해석할 수 있다는 사실을 전제로 한다. 그리고 텍스트언어학의 관점에서 보면, 텍스트는 본래의 언어기호로서 언어의 현상학적 존재방식이며, 언어는 텍스트형태로 나타나고 또한 기능한다. 이와 같이 언어는 이미 정해진 의도나 목적과 언어 자체 의의(기능수행 능력)를 제공하는 기본단위에 의존한다.16)

한편, 문장은 문법성에 의존하지만 텍스트는 현실적 시공간 내에서 커뮤니케이션을 목적으로 하는 인간행위로서 실현되며 그 의의는 발화상황, 사회적·문화적 배경, 발화자의 의도 등에 의해서 결정된다. 즉 텍스트는 주어진 상황에 귀속되는데, 상황 자체는 사회적·문화적 요인에 의해서 결정된다. 그러므로 텍스트는 단순한 언표의 구성체가 아

---

15) 이 용어는 런던(London)언어학파가 처음으로 사용하였으며 어느 한 문화권에서 사회-문화적 즉 상황적으로 너무나 자명한 사실이기 때문에 누구나 다 알고 있다고 여겨짐으로써 설명이 생략된 문맥(Kontext)을 의미한다. 그러나 이러한 코텍스트는 타문화권에 속하는 번역자에게는 번역과정에서 치명적 과오를 범할 수 있는 요인이 된다.

16) P. Hartmann, "Texte als linguistisches Objekt", in: Lyons, J.(Hrsg.). *Beiträge zur Textlinguistik.* Hamburg 1971. 1971, pp.12ff. 빠롤 중심의 언어학에서 텍스트는 언표의 기본단위이며 커뮤니케이션의 목적으로 생성되므로 또한 번역의 기본단위인 복합체계이며 그 체계의 상관관계에 의해서 정의되는 빠롤 차원의 구체적 언어단위다. 그러므로 텍스트는 인간 케뮤니케이션의 궁극적 단위이다.

니고 커뮤니케이션 참여자가 구체적으로 활용하는 인지적 구성체이다. 한편, 텍스트는 커뮤니케이션 기능을 수행하는 언어기호의 한정된 연쇄체이므로 언어학적 방법으로 기술되고 설명되며 또한 분류될 수 있는 내적·외적 표지를 지니고 있다.

언어가 다만 커뮤니케이션 매체라면 말해진 것(텍스트 표층구조)과 의미된 것(텍스트 의의) 사이의 구별을 명확히 파악하는 것이 번역자의 임무이다. 이것은 최적의 번역 즉 텍스트기능에 상응하는 번역을 하기 위해서 가장 중요한 요인이며 사실상 매우 어려운 일이기도 하다. 왜냐하면, 대체로 언어 외적 현실은 텍스트의 배후에 은닉되어 있고, 의미된 것은 텍스트 구조(말해진 것)와 동일시되지 않고 말해진 것은 사태 관계를 암시할 뿐이기 때문이다.

시 번역작업은 시가 지닌 특이성과 언어의 배타성과 시인만의 고유한 정서 표출에서 드러나는 미묘함으로 인하여 오래 전부터 번역가능성 시비를 놓고 격렬한 논쟁을 불러 일으켜 왔다. 한편, 이러한 문제와는 별도로 시 번역은 끊임없이 이루어져 왔으며 성공적인 시 번역방법을 모색하는 데에 관심이 쏠리고 있으며 결국 번역자는 시인 못지않게 영감과 재능과 작품과의 친화성을 가지고 있을 때 훌륭한 번역을 할 수 있다는 데에 이견이 없다.[17]

---

17) 이 점과 관련하여 T. S. Eliot이 언급한 다음의 내용이 사사적이다. "Translation is valuable by a double power of fertilizing a literature by importing new elements which may be asimilated, and by resoring the essentials which have been forgotten in traditional literary method. There occures, in the process, a happy fusion between the spirit of the original and the mind of the translator: the result is not exoticism but rejuvenation."(T. S. Eliot, "The Noh and the image," *Egoist*, 1917)

3) 김소월 시의 영역본 분석

가. 번역시집의 특징과 번역자의 번역태도

본고의 연구대상인 김소월의 영역시는 번역시집 *The Columbia Anthology of Modern Korean Poetry*[18]에 수록되어 있다. 번역의 적합성 여부를 고찰하기에 앞서 번역자에 관한 예비지식은 번역을 이해하는 데에 유익한 참고자료가 된다.

소월시의 번역자 맥캔은 일단 번역자로서 갖추어야 할 문화적 소양과 언어적 소양을 갖추고 있다는 측면에서 상대적으로 좋은 번역을 수행할 수 있는 여건을 갖추고 있다. 우선 그가 한국에 몇 년간 머물면서 김소월의 시를 읽고 연구할 수 있었으므로 한국문화를 직접 경험한 것이다. 그가 김소월을 처음 읽기 시작한 것[19]은 안동농업고등학교에서 영어교사로 부임한 이듬해부터였다. 그는 김소월을 읽으면서 이해하기 어려웠을 때마다 학교 선생들, 자신이 거주하고 있던 가정의 식구들, 대구와 서울에 오가면서 타고 다녔던 기차 혹은 버스에서 만난 사람들

---

18) 이 시집의 출간 배경은 편집자인 맥캔의 편집노트에 따르면 다음과 같다. 당초 서울대 권영민 교수와 지금은 고인이 된 하와이대 마샬 필(Marshal R. Phil) 교수가 근·현대 한국문학 전공자 및 번역가들을 모아 국제적인 팀을 만들고 대표 작품군을 선정, 번역하여 꾸준히 확실한 형태로 출간하였다. 그 첫 번 째 결과로서 첫 대회가 바로 1994년 가을 서울대학교에서 거행되었다. 이 대회를 개최하는 과정에서 프로젝터 계획 전체가 계획되고 다양한 작업멤버가 구성되어 회합을 갖고 장르, 작가, 작품 등 기초적인 윤곽이 정착되었다. 그 사이 학자로서, 천부적인 번역가로서 호평받는 작품을 썼던 마샬 필이 작고(1995)하였다. 이 시집은 동료로서, 친구로서 그를 추모하기 위하여 발간된 것이다.

19) David McCann, *The Columbia Anthology of Modern Korean Poetry*(Columbia University Press, New York, 2004)의 "Introduction" 참조.

에게 질문을 하는 등 김소월을 이해하기 위한 최선의 노력을 기울였다. 그 과정에서 많은 사람들이 소월의 시를 암송하고 있고 어휘는 물론 어구까지 그에게 잘 이해할 수 있게 설명하는 것을 보고 매우 기뻤다고 술회한다. 뿐만 아니라 시의 의미를 좀 더 잘 알 수 있도록 하기 위하여 「진달래꽃(Azaleas)」을 암송하는 등 한국인은 김소월을 좋아하고 있음을 알 수 있었는데, 다만 단 한 사람만 김소월 시를 암송하지 못하는 것을 보았다고 하였다. 그는 미국인중 몇 명이 과연 푸로스트(Frost)의 시나 디킨슨(Dickenson)의 시 혹은 비숍(Bishop)의 시를 암송할 수 있나 하고 자문하기도 했다.[20]

그런데 시 읽기의 어려움과 문맥의 다양성을 논할 때 가장 많이 거론되는 것이 김소월의 「산유화」, 「접동새」, 「진달래꽃」인 만큼, 이 시편의 번역 또한 다른 어느 작품보다 어려움이 있다는 것이 예상되는 바, 맥캔은 이 어려움을 어떻게 극복하고 이것을 자신의 변역에서 반영하고 있는지 주목하지 않을 수 없다.

　나. 「산유화」

　　산에는 꽃피네
　　꽃이 피네
　　갈 봄 여름 없이
　　꽃이 피네

---

20) 맥캔은 이 번역시집의 도입부분에서 약 10쪽 분량에 해당하는 설명을 곁들이고 있는데, 그것은 곧 한국현대사와 1950년 이후의 한국시에 대한 해명이다. 이것은 번역독자들의 이해를 돕기 위한 배려에서 나온 결과이므로 독자들에게 도움이 될 것은 분명하다

산에
산에
피는 꽃은
저만치 혼자서 피어 있네

산에서 우는 작은 새요
꽃이 좋아
산에서
사노라네

산에는 꽃 지네
꽃이 지네
갈 봄 여름 없이
꽃이 지네

Mountain Flowers

Flowers on the mountain bloom,
The flowers bloom.
Fall, spring, summer through
The flowers bloom.

High on the mountain,
Up on the mountain
The flowers are blooming.
So far away, so far.

One small bird
Sings high on the mountain.
Friend of the flowers,

It lives on the mountain.

Flowers on the mountain
Fall, flowers fall.
Spring, summer, autumn through
The flowers fall.

「산유화」는 『진달래꽃』(보문사, 1925)에 처음 발표된 시로서 그 형식과 내용이 완벽한 구조로 짜여져 있어서 정한모[21]는 "3음보격을 가장 성공적으로 변화시킨 작품"이라고 언급하면서 "제1연과 제4연이 같고 제2연과 3연이 마치 표리의 양면 같은 동일한 율격을 가지고 전편이 빈틈없이 짜여져 있다."고 평가하였다. 의미상으로 보아도 제1연은 생성을, 제2연은 고독을, 제3연은 연민을, 제4연은 소멸을 나타냄으로써 대칭을 이루고 있어서 내용, 형식면에서 기승전결의 전통적 구성방식을 취하고 있다.

소월은 산에서 꽃이 피고 지는 극히 자연스러운 생명의 순환 질서를 통해 출생과 소멸이라는 존재의 원리를 인식한 것이다. 그리고 결국 인생의 삶과 죽음은 우주만물의 생성과 소멸에 통한다는 것을 깨닫게 된 그는 생과 사의 근저에서 허무와 고독을 깨닫고 슬픔과 연민에 도달한 셈이다. 이와 같은 높은 시정신은 이 시의 우수성을 담보해내는 데에 큰 역할을 한 것이다.

무엇보다도 간과해서 안 될 것은 진실은 표현의 복잡성보다는 단순성을 통하여 더욱 강한 감동을 자아낸다는 사실이다. 「산유화」는 단순한 구조 속에 영원불멸의 시 정신을 담아내고 있다. 소월은 현실과 이상

---

21) 정한모, 『한국현대시의 정수』, 서울대출판부, 1981, p.86.

의 엄청난 괴리를 수용하면서 체념을 통한 삶의 달관에 도달한 것이다.

위와 같은 원시에 대한 이해를 전제로 하여 번역시를 살펴보면, 원시와 같이 4연 16행 그대로 하고 원시에서의 반복법은 영시에서의 각운으로 잘 번역하고 있어 운율번역에서도 성공적이다. 즉 1연에서 "bloom", 2연과 3연에서 "mountain", 4연에서 "fall"은 시의 문맥을 고려하여 선택한 어휘로서 시적 의미를 반영한 압운이며 원시의 문맥을 잘 반영한 부분이다. 즉 내용과 형식이 유기적으로 작용한 원시의 특성을 번역에서 잘 반영했다는 뜻이다.

이 시에서 무엇보다도 주의를 요하는 것은 '꽃'의 번역이다. 왜냐하면, 이 시에서 '꽃'은 무려 8회나 등장하였는데, 1연의 1행과 4연의 1행에서 쓰인 '꽃'은 일반적이고 보편적인 '꽃'인 반면, 나머지 다른 '꽃'은 시인의 시선에 잡힌 특수한 '꽃'이다. 이것을 번역자는 관사의 활용 즉 "flowers"와 "the flowers"로 번역하여 원시에서 보이는 차이점을 구분하였다. 이 점은 번역자가 작품에 대한 올바른 이해를 바탕으로 하여 번역에 임했음을 보여주는 증거이다. "갈"은 "가을"을 운율을 생각하여 의도적으로 압축하여 쓴 것인데, 1연에서는 "fall"로, 4연에서는 2행, 4행에서 꽃이 진다는 뜻으로 쓰인 "fall"과의 혼동을 피하기 위하여 "autumn"으로 각각 번역하였다. 이 부분에서도 역자의 세심한 배려가 돋보인다. 또한 起에 해당하는 1연과 結에 해당하는 4연의 각 3행에서 반복된 "갈, 봄, 여름 없이"를 1연에서는 원문대로, 4연에서는 "봄, 여름 가을 없이"로 순서를 바꾸어 번역한 역자의 의도를 살펴볼 만하다. 그런데, 여기서 중요한 것은 김소월이 의도한 바를 헤아려보는 일이 선행되어야 한다는 점이다. 우선 왜 소월이 사계절의 순환 질서를 무시하고 "갈"을 "봄"의 앞으로 놓았을까 라는 의문이 생긴다. 만약 시인이 "만물은 유전한다.”는 우주의 법칙을 생각하고 꽃이 피고 짐을 관찰하고 표현했다고 가정한다면, 전년 가을을 지나 금년(今年) 봄을 거쳐 중단 없이 사계절은 순환하면서 자연이 변화하는 모습을 표현하고자 한 것이 아닌가 하는 추측이 가능하다.

소월의 시가 얼핏 보기에는 매우 단순하지만, 그의 심오한 철학이 담겨있음을 역자가 간파한 것으로 파악되는 부분은 특히 2연과 3연의 번역에서 드러난다. 원시에서 극히 간결하고도 단순한 반복에 그친 2연의 “산에/산에”는 “저만치 혼자서” 피어 있는 꽃의 고독함, 소외감, 외로움과 떼어 생각할 수 없는 부분이다. 그만큼 거리감을 더욱 선명히 드러내기 위하여 역자는 “High on the mountain/Up on the mountain”으로 번역하고 4행과의 유기적인 상관성을 고려하여 “저만치”를 “So far away, so far”로 “so far”를 두 번 반복함으로써 거리감을 강조하였다.

그런데, 잘 알려 있듯이 이 시에서 “저만치”는 매우 중요한 시어로서 소월시의 본질을 드러내는 것이므로 그 동안 여러 학자들의 논의의 대상이 되어 왔다. 구체적으로 보면, 김동리는 “소월이 “저만치”라고 지적한 거리는 인간과 청산과의 거리인 것이며 다시 인간의 자연 혹은 ‘신’에 대한 향수의 거리라고도 볼 수 있다”[22]고 했고, 김춘수에 따르면, “즉자와 대자와의 존재양식의 차이”를 내포하고 있다는 것인데, 즉자는 물리적인 힘에 의하여 변화를 일으키는 존재를 말하고 대자는 자유의지에 의하여 새로운 자기를 자기 스스로 창조해나가는 존재라는 것이다. 인간은 자유 때문에 오히려 고통을 감수해야 하더라도 즉자적 존재가 되고 싶다는 것이며, 이것은 곧 꽃(즉자적 존재)에 대한 동경을

---

22) 김동리, 「청산과의 거리」, 김열규 외 편, 『국문학논문집』9, 민중서관, 1977, pp.145
～150.

말한 것이라 한다.23) 김용직은 "'거리, 상황, 정황'을 모두 포괄한 것"24)
으로 보았으며 오세영은 '역설적 거리'로 보고 이것을 두 가지 양태로
나누어 "첫째는, 소월 시의 대표적 정서인 한이 갖는 거리이고, 둘째는
한의 소유자인 주체와 그 한을 지양함으로써 도달되는 초월적 주체 사
이에 놓인 거리"25)라고 보았다.

　위에서 본바와 같이 "저만치"는 "저쪽, 저기, 저쯤" 등의 일상적 의
미 이상의 매우 복합적인 의미를 내포하고 있다. 즉 이 거리는 청산과
의 거리인가, 아니면 자연에 몰입하지 못해서 오는 것인가를 생각해 보
면, 그것은 현실과의 거리이며 시인이 느끼는 고독과 연민은 현실과 영
합하지 못하는 데서 오는 것으로 추측되므로 심리적 거리와 공간적 거
리를 동시에 나타내고 있다고 할 것이다. 이것은 그의 자전적 배경26)
이나 시대적, 식민지 통치 아래서의 민족적 현실이 너무나 가혹했기 때
문에 이를 뿌리치려는 데서 오는 괴리감과 비극적 현실인식에서 온 것
임을 부정할 수 없다.

　그의 작품에 나타난 한(恨)과 슬픔은 위와 같은 제반 상황과 무관하
지 않은 것으로 보인다. 그러므로 그의 현실에서 빚어진 슬픔과 고독의
감정은 인간의 숙명에 대한 그의 깨달음과 동시에 체념과 초월을 통하

---

23) 김춘수, 「산유화에 대하여」, 『시론』, 송원문화사, 1977, pp.180~191.

24) 김용직, 「소월 시의 엠비귀어티」, 『한국문학의 비평적 성찰』, 민음사, 1974, pp.14
　　7~156.

25) 오세영, 『한국 현대시 분석적 읽기』, 고려대출판부, 2001, p.31.

26) 소월은 1923년 동경상대에 입학했으나 9월 관동대지진으로 귀국한 후 4개월간
　　서울 청진동에서 유숙했고 1924년 조부가 경영하는 광산일을 도우며 고향 정주
　　에서 지내다가 처가로 옮긴 이후 가세가 기울어지기 시작했다. 1926년 동아일보
　　지국을 경영하였으나 실패하고 고리대금업에도 손을 댔으나 실패한 데 이어 수
　　시로 괴롭히는 일본관헌 때문에 몹시 시달렸다. 그는 마침내 1934년 음독자살을
　　하였다.

여 허무를 극복하게 되며 이것이 「산유화」라는 예술작품으로 승화된 것이다.

3연의 "우는"을 "sing"으로 번역한 것은 동·서양의 사고의 차이를 반영한 것으로서 대체로 영시 번역에서 보편적으로 행해지고 있는 번역방법이다.[27] 그리고 3연의 "꽃이 좋아"를 아예 "Friend of the flowers"라는 은유와 동시에 의인화하여 번역한 것은 역자의 의도가 강하게 드러난 부분이다. 이것은 김재홍이 "산에 피는 꽃은 식물로서의 꽃이라는 단순한 의미를 넘어서서 모든 생명 있는 것들, 혹은 존재의 표상으로 해석할 수 있기 때문"에 "꽃은 자연 위에 살아있는 것들의 표상이며 동시에 인간의 객관적 상관물로 이해된다."[28]고 언급한 것과 일맥상통한다. 이 시의 문맥으로 보아 꽃은 시적 화자일 수 있다.

　　다. 「접동새」

　　접동
　　접동
　　아우래비 접동

　　진두강 가람가에 살던 누나는
　　진두강 앞마을에
　　와서 웁니다.

　　옛날, 우리나라

---

27) 우리의 고전 시가에서는 새가 우는 것으로 주로 표현되고 있지만 현대시에 이르러 새가 노래하는 것으로 표현되고 있는 것은 커다란 변화이며 낙천적인 사고의 반영이라고 본다.
28) 김재홍, 『한국 현대 시인 연구』, 일지사, 1986, p.35.

먼 뒤쪽의
진두강 가람가에 살던 누나는
의붓어미 시샘에 죽었습니다.

누나라고 불러보랴
오오 불설워
시새움에 몸이 죽은 우리 누나는
죽어서 접동새가 되었습니다.

아홉이나 남아 되던 오랩동생을
죽어서도 못 잊어 차마 못 잊어
야삼경 남 다 자는 밤이 깊으면
이산 저산 옮아가며 슬피 웁니다.

The Cuckoo

Cuckoo,
        Cuckoo:
My little brothers,
Cuckoo.

Our sister who lived by the Chindu River
Returns to the village
By the river and cries.

Long ago and far away
In our sister who lived by the Chindu River
Was killed by step-mother's jealousy.

Call out, Oh sister,

Oh, in sadness call!
Our sister who was killed by jealous hate,
Died and became the cuckoo.

Even in death remembering,
Always remembering the nine brothers left behind,
When other are sleeping, deep in the night
Moving from hill to hill she sadly calls.

이 시는 민담을 시화한 것으로 잘 알려진 작품이다.[29] 우리 전통의 민담 가운데 새에 관한 것은 대부분 그 울음소리에서 연유하고 내용의 주류를 이루는 것은 원한에 맺힌 이야기이듯이 이 시도 이러한 우리의 전통에서 예외가 아니다. 민담적 요소를 시화한 것은 민족의 집단적 공유물로 환원시킨다는 점에서도 민요적인가 하면, 민담적 요소의 시화는 민족의 심층심리를 표출한다는 점에서 민요적이므로 소월을 민요시인으로 간주할 수 있는 중요한 요인이다. 「접동새」는 접동새에 관하여 보편성을 띠고 있는 민족적 심층심리를 표상하고 있는 점에서 예외일 수 없다. 그리고 죽음에 관한 인식을 반영한 작품이 많은 것도 소월시의 한 특징인데, 이 시 역시 죽음의 문제에 강한 집착을 보이고 있는 작품이다.

이 시가 민요조의 서정시라는 점은 율격, 소재, 시어, 구성 등에서 드러난다. 먼저 율격적 측면에서 보면, 7·5조를 통한 전통율격의 수용과 변용이라는 측면에서 민족적 생의 리듬에 뿌리를 두고 있다는 데서 충분히 입증된다.

---

29) 소월은 이 시 외에도 민담적 요소를 내포한 시를 많이 썼는데, 그 예로서 「춘향과 이도령」, 「물마름」, 「팔벼개 노래」 등이 있다.

한국시의 보편적인 형태는 aaba형[30]이며 이것은 민요의 보편적인 특징인 바, 4구체의 향가나 고려가요에서 잘 드러나며 소월의 「진달래꽃」의 짜임도 위와 같이 되어 있다. 참고로 「접동새」를 아래와 같이 도식화할 수 있다.

접동 접동 아우래비 접동
a   a   b   a

이 시는 본래 제5연이지만 제1연은 접동새의 울음소리를 나타낸 것이고 제2연부터 제5연에 이르는 내용이 곧 민담적 요소를 보여주는 부분이며 이 네 연의 의미론적 유형은 aaba형으로서 제2연, 제3연, 제5연은 민담적 요소와 서사의 제시인데 반하여, 제4연은 "오오 불설워[31]"라는 구절을 통하여 시적 화자의 주관적인 정서를 표현하고 있다.

그리고 이 시는 평북 박천의 진두강가에서 화자하는 한 소녀의 애달픈 죽음을 소재로 택하고 있다. 접동새 설화는 시에서 현실과 과거의 교차, 제삼자의 것과 시인(화자)의 것으로의 전환을 보이면서 전개된다. 즉 제1~2연에서 현재 시제를 통해 현실에서 울고 있는 접동새를 묘사함과 동시에 설화 배경과 연관을 맺고 있다. 제3연에서 현실이 과거로 환치되고 제삼자의 입장에서 설화를 이야기하는데, 그 설화 내용 전체가 나타나는 부분이다. 제4연에서 과거시제로 설화의 내용을 이야기하고 있으나 화자가 제삼자에서 시인 자신으로, 접동새가 우리 누나로 변

---

30) 김대행의 『한국시가구조연구』(삼영사, 1976)와 『한국시의 전통연구』(개문사, 1981) 참조.

31) "불설워"의 원형은 "불서럽다" 즉 "불쌍하고 서럽다"(김재홍, 『시학사전』, 고려대 출판부, 1997, p.529)이다.

화한다. 제5연에서 설화 속의 세계에서 현실세계로 다시 돌아와 지금 울고 있는 접동새에 대해 이야기한다. 그리고 이와 같은 접동새 설화의 내용 전개는 점층적 구성을 원용함으로써 내용과 형식 즉 표리가 상응하는 결과를 보인다.

시어의 측면에서 소월의 향토적 언어감각이 뛰어난 것은 여러 작품에서 두루 나타나는 바, 「접동새」도 그 한 예이다. 그의 언어의 음성적 요소에 대한 감각도 탁월했다. 그 예로서 "아우래비 접동"32)은 우선 시행의 활음조 현상에 기여하고 있어서 음과 의미의 유기적 구조화에 한 몫을 할 뿐 아니라, "아홉 오라비"의 의미와 접동새의 울음을 의성적으로 환기시키는 데 결정적인 단서를 제공한다. 4행의 "불설워"와 5행의 "오랩동생" 등의 방언활용을 통해 향토적 소재의 언어화에 성공하였다. 이러한 방언은 지역적 배경을 환기시킴으로써 향토적 정서를 환기시키며 그 결과 시를 집단적 공유물로 환원시키는 데 기여함으로써 시가 민요적 성격을 띠게 한다는 데 큰 의미가 있다. 물론 이 방언은 평북 정주 지역을 환기하지만 토속성을 띤다는 점에서 민족보편의 공감대를 형성한다. 2연과 3연에 등장하는 진두강도 향토적 공감대를 형성하는 데에 기여하는 어휘이다. 진두는 "나루"33)라는 의미를 가진 것으로 대중에게 매우 친숙하여 민요가 지니는 보편성을 획득하기에 충분한 어휘이기 때문이다.

위의 「접동새」에 관한 내용을 참고로 하여 역자의 번역을 분석해 보자.

---

32) 이 말은 "'아홉 오라비 동생'이라는 뜻을 형상한 접동새의 울음소리"(김재홍, 『시학사전』, 고려대출판부, 1997, p.724)이다.

33) 국립국어연구원, 『표준국어대사전』, 두산동아, 1999, p.5811.

우선 제목을 보면, 접동새[34]가 *"The Cuckoo"* 즉 "뻐꾸기"[35]로 번역되었다. 이 시에서 접동새는 슬픈 정조와 한을 암시하고 있으며 시의 주제를 표현하고 있는 핵심어이고 한국의 전통적 정서인 한을 드러내주는 중요한 어휘이다. 그런데, 이것을 전혀 엉뚱한 "뻐꾸기"로 번역함으로써 오역이 되고 말았다. 이것은 문화적 장벽을 극복하지 못한 증거이다. 미국 땅에 접동새가 존재할 리 만무하니, 뚜렷한 묘안이 있을 수 없었을 것이다. 이런 경우 필자의 견해로는 최상의 방법은 접동새를 발음나는 대로 알파벳으로 표기하고 주석을 달아 자세한 설명을 첨가하는 것이 바람직하다. 물론 시의 번역에서 주석의 활용이 시적 정서나 의미를 감소시키며 뉘앙스를 제대로 전달하지 못한다는 한계가 있음에도 불구하고 이 방법 외에는 다른 묘안이 없다고 본다.

따라서 1연의 새의 울음소리를 나타내는 의성어 "접동"을 *"Cuckoo"*로 번역한 것도 같은 이유에서 타당하지 않으며 대안도 역시 위와 같다. 새의 울음소리이므로 시각적, 청각적 효과를 위하여 원시와는 무관하게 이탤릭체로 쓴 것이라든가, 들여쓰기를 시도한 것은 전적으로 역자의 배려에 의한 결과이다.

그리고 3행의 "아우래비"를 "my little brothers"로 번역한 것도 적절한 번역이라 할 수 없다. 아우래비는 바로 앞에서 언급한 바와 같이 "아홉

---

34) 접동새는 "소쩍새"(김재홍, 『시학사전』, 고려대출판부, 1997, p.895)를 가리킨다. 그리고 이 소쩍새는 "a chinese scope owl"(시사영어사, 『한영대사전』, 1997, p.1269)을 가리킨다. 접동새는 본래 촉나라로 돌아갈 수 없는 망제의 혼이 화해서 태어났다는 중국의 전설을 가지고 있는 새이지만 이 「접동새」에서는 다른 전설이 창조되었다. 즉 죽어서도 형제애를 끊을 수 없는 우리 겨레의 슬픈 이미지가 접동새의 자연스러운 도입을 통하여 우리 민족의 정한(情恨)이 담긴 전설로 창조될 수 있었다고 보인다.

35) 시사영어사, 『영한사전』, 1993, p.549.

오라비"를 뜻하기 때문이다. 그리고 "불설워"를 단순히 "on sadness"로 번역한 것은 앞에서 밝힌 바와 같이 "불쌍하고 서러워"라는 본래의 뜻이 드러나지 않았다.

라. 「진달래꽃」

나 보기가 역겨워
가실 때에는
말없이 고이 보내 드리우리다

영변에 약산
진달래꽃
아름 따다 가실 길에 뿌리우리다

가시는 걸음걸음
놓인 그 꽃을
사뿐히 즈려 밟고 가시옵소서

나 보기가 역겨워
가실 때에는
죽어도 아니 눈물 흘리우리다

Azaleas

When you go away
Sick of seeing me,
I shall let you go gently, no words.

From Mount Yak in Yongbyon

An armful of azaleas
I shall gather and scatter on your path.

Step by step away
On the flowers lying before you,
tread softly, deeply, and go.

When you go away
Sick of seeing me,
though I die; No, I shall not shed a tear.

이 시는 우리 국민에게 가장 많이 알려진 작품인 만큼 국민애송시라 해도 틀린 말이 아니다. 이 시 번역의 적합성 여부를 고찰하기에 앞서 먼저 이 시의 내용을 정확히 이해할 필요가 있다. 우선 1920년대 평북 정주에서 살던 김소월의 자전적 배경을 떠올릴 필요가 있다. 이 시에 나오는 영변의 약산 진달래는 평범한 지명과 소재가 아니다. 약산은 영변의 명승지로서 봄이 되면 진달래가 만발하여 사람들이 이를 구경하기 위하여 몰려오던 이름난 명소이다. 환언하면, 약산 진달래는 1920년대 평북 정주 지방 사람들에게 생각할 수 있었던 가장 아름다운 공간적 배경을 뜻한다. 이것을 "Mount Yak in Yŏngbyŏn"으로 번역한 것은 합리적이다. 왜냐하면, 고유명사는 발음 나는 대로 표기하는 방법이 최상이기 때문이다.

이 시의 화자는 자기 곁을 떠나는 님에게 자기가 생각할 수 있는 가장 아름다운 것을 안겨주고자 하여 이름난 약산의 진달래꽃을 한 아름 따다가 님이 가는 길에 뿌려주겠다고 한다. 2, 3행에서 "An armful of azaleas/I shall gather and scatter on your path"로 번역한 것도 시의 분위기를 잘 살려 번역한 셈이다. 결국 떠나는 님을 원망하거나 미련을 가지기보다는 님의 길을 최상의 아름다움으로 꾸며주고자 하여 가시는 걸음마다 놓인 아름다운 꽃을 "사뿐히 즈려밟고"36) 가라고 말하는 시적 화자는 힘주어 눌러 밟는 것이 아니라 아주 가볍게 사뿐히 밟고 가라고 권한다. 즉 2연과 3연에 걸쳐 시적 화자가 표현하고자 하는 것은 떠나는 님의 길에 세상 사람들이 아름답다는 영변의 약산 진달래꽃을 뿌려놓겠으니 아름다운 꽃길을 따라 우아하게 떠나가라는 것이다. 3연 1행을 "Step by step away"로 한 것은 한 걸음 한 걸음의 의미를 강조하는 점에서 적절한 번역이라 생각되며 3행의 "Tread softly, deeply, and go"와 호응을 이룬다.

그런데, 여기서 주목해야 할 것은 님의 떠남을 축복하고 그 길을 미화하는 것만으로 끝나는 것이 아니고 1연과 4연에서 보듯이 "가실 때에는"이 가정법이라는 사실이다. 번역 "When you go away"는 역시 가정법이다. 그리고 1연과 4연은 수미관계를 나타나며 다만 3행을 변화시켜 다이나믹하게 만든다. 그러니까 지금 당신이 나를 진실로 사랑하는지 어떠한지 알지 못하나 당신이 미래의 어느 때 내가 싫다고 내 곁을 떠나는 날이 와도 나는 당신을 미워하거나 원망하지 않고 당신이 가는 길에 아름답기로 유명한 약산 진달래꽃을 가득 뿌려 줄 것을 약속하는 이 시의 화자는 님이 떠나는 순간에도 님의 앞길을 아름답게 꾸며주겠다는 아름다운 정신의 소유자다. 그래서 님이 아름다운 길을 걸어 사뿐히 떠나가기를 기원하므로 "죽어도 눈물 아니 흘리우리다"고 한다. 이 부분을 "though I die ; No, I shall not shed a tear."로 번역한 것은 원문의

---

36) "즈려밟다"는 "지르밟다의 잘못"으로 "위에서 내리눌러 밟다"(국립국어연구원, 『표준국어대사전』, 두산동아, 1999, p.5749)의 뜻이다.

이러한 의미에 매우 충실한 것으로 풀이된다.

이 시의 전체적인 문맥은 이별의 상황을 통하여 진실한 사랑의 자세를 표현한 것이다. 이 시의 형식과 운율 구조를 보면, 상호 긴밀하게 유기적으로 연관되어 있다. 각 연은 거의 비슷한 율격을 지니고 있으면서 약간의 음절 변화를 통하여 소리와 의미의 변형을 시도하고 있고 각 연의 마지막행 어미 "흘리우리다"를 반복함과 동시에 변형을 꾀한 점, 여기에 3연 "가시옵소서"가 삽입됨으로써 님에 대한 공경의 의미를 더욱 부각시키는 효과를 주고 있다. 소리와 의미의 융합이 간결한 형식 속에서 절묘하게 이루어지고 있어서 이 시는 서정시의 한 전형으로 보아도 무리가 아니다. 이 시가 애송되는 이유도 여기에 있다.

4) 나오는 말

필자가 본고에서 분석대상으로 삼은 소월의 작품 「산유화」, 「접동새」, 「진달래꽃」은 우리 민족에게 널리 애송되고 있고 작품성이 높을 뿐 아니라, 논자에 따라 다양한 해석의 여지가 있는 작품들이다. 이에 따라 이 시편들에 대한 번역도 얼마든지 새롭고 다양하게 이루어질 수 있다.

본론을 전개하는 과정에서 드러난 바와 같이, 번역자는 다년간 김소월과 그의 시에 대한 각별한 관심을 가지고 연구를 거듭함으로써 번역자로서의 소양을 갖출 수 있었다고 본다.

논의의 결과를 종합, 분석해 보면 한편으로는, 내용과 형식을 유기적으로 융합하여 매우 적절하게 번역한 것으로 평가되지만, 다른 한편으로는, 예컨대, 접동새를 뻐꾸기로 번역한 것과 같이, 한국의 문화적 환경을 제대로 수용하지 못하여, 원시와는 매우 거리가 있게 번역하기도 했다. 사실상 접동새를 뻐꾸기로 대체한 것은 우리의 정서나 문화적으로 엄청난 거리감을 조성하고 분위기와 뉘앙스 차원에서 큰 차이를 보인다. 물론 번역자가 이렇게 번역한 저간의 사정이 있을 수 있다. 그것은 그가 외국의 문화를 자국의 문화로 전이시켜 번역함으로써 자국의 독자들이 이해하기 쉽도록 하기 위한 세심한 배려에 힘입은 결과로 평가할 수도 있기 때문이다. 그런데, 이렇게 했을 때 자칫 원시의 분위기나 뉘앙스, 의미 등을 놓치게 되는 위험 부담을 안고 있어서 여전히 문제점으로 남는다.

더구나 이 번역자의 경우는 미국에서 한국문학 교육을 담당하고 있는 중요한 책임자이기 때문에 문제는 더욱 심각하며 그가 한국에 머무는 동안 김소월에 대한 깊은 관심과 연구를 통하여 번역 대상 작품에 대한 예비지식을 충분히 가지고 있었음에도 그와 같은 결과를 냈다는 것은 문화번역의 난해도를 가히 실감나게 한다. 그러므로, 한국문학 및 한국문화에 대한 정확한 이해가 선행되기 전에는 최적의 한국문학 번역은 그리 용이해 보이지 않는다.

2. 윤동주의 시

1) 문제의 제기

최근 들어 한국의 위상이 높아지면서 외국인들의 한국에 대한 관심과 열기가 높아져서 한국문학을 외국어로 번역하여 전 세계에 알리려는 작업37)이 확대되고 있다. 이에 따라 최적의 번역방법이 무엇인가가 핵심과제로 부상하고 있다. 이 문제에 접근하기 위해서는 번역비평이 제대로 이뤄져야 한다. 번역비평의 궁극적인 목적은 1) 번역수준을 증진시키고, 2) 번역자에게 객관적 기준을 마련해주며, 3) 특별한 시대와 특별한 주제에 관련된 번역방법을 제시하고, 4) 탁월한 작가와 번역자의 작품 해석을 도와주며, 5) 원문과 번역문 사이의 의미론적, 문법적 차이에 관한 비평적 평가를 가능하게 하는 데에 있다.38)

번역은 원문의 내용과 문체를 원전에 충실히 번역하여 전달하는 데에 그 목적이 있어야 한다. 그런데, 실제 이러한 목적은 언어의 구조적 차이, 문체론적 특성 등 각 언어 자체가 지니고 있는 독특한 차이성 때문에 사실상 이루어지기 어려운 경우가 많다. 그리고 이러한 요인들을 극복할 수 있으려면, 번역자가 양국의 문화와 언어에 통달해야 한다는 것은 이미 알려져 있는 터이다.

그런데, 오늘날 번역현황을 보면, 대체로 뜻이나 문맥이 통하지 않거나 비논리적인 번역이 너무 많고 원문과 거리가 있다거나 낱말 혹은 문법상의 오역, 역자 임의의 첨삭 등 번역이론상 허용 범위 밖의 오역이 많은 것이 현실이다. 간혹 사람들은 우리의 사고와 언어의 비논리성이 일상적인 언어생활은 물론 문학작품 속에 나타나기 때문에 많은 오역이 생긴다고 주장하기도 한다. 그런데, 이러한 오역의 원인이 어디에 있는가를 밝히고 이를 바로 잡는 일은 번역의 적합성 여부를 가려내는 과정에서 선행되어야 할 일이다.

---

37) 제8장 제1절 주석 1)을 참조할 것.

38) P. Newmark, *Approaches to Translation*, Penguin Press, Oxford, 1980, p.181.

필자의 관심은 번역자가 미국과 한국 사이의 문화적 차이를 어떻게 극복하고 이를 번역에 반영하였는가에 있다. 이 문제는 최근에 적극적으로 거론되고 있는 문화번역이론과 연관된다.

언어와 문화 및 인간의 행위 사이에 밀접한 관계가 있다는 사실은 훔볼트(Humboldt)가 사상 처음으로 주장하였다. 번역과 관련하여 언어학적·문학적·문화적 요인이 처음으로 논의된 것은 루뱅(1976년)에서 개최된 번역학자 대회에서였는데, 여기서 발표된 논문을 수록한 것이 *Literature and Translation*(H. Göhring 1978)이다.

문화적 관점에서 보면, 번역은 문화 사이의 커뮤니케이션 행위이므로 언어라는 표현형식 즉 텍스트[39] 속에 그 언어를 사용하는 민족의 세계관이 반영되어 있는데, 이것을 다른 사회적·문화적 배경을 지닌 민족이 사용하는 언어의 표현형식으로 바꾸는 창조적이고 예술적인 행위이다. 1980년대 초부터 번역학자들은 기존의 언어학적 번역의 개념과는 전혀 다른 문화번역이론을 주장하면서 문화의 중개자로서 번역자의 역할을 강조하기 시작했다.[40]

시 번역은 그 작품이 지닌 특이성과 언어의 배타성과 시인만의 고유

---

39) 구조주의언어학에서 발전된 텍스트언어학은 그 자체에 내용문법, 문체론, 의존문법, 기능문법과 기호학의 연구방법을 통합함으로써 화용론적 요인을 수용하여 번역학과 긴밀한 관계를 맺게 되었을 뿐만 아니라 학제적 연구의 모델이 되었다. 하르트만에 의하면, 텍스트는 본래의 언어기호이며 언어는 텍스트 형태로 나타나고 또한 기능한다. 체계언어학에서 사용된 언어단위(문장)는 존재하지 않고 어떤 의의도 지니지 않는다.(P. Hartmann, "Texte uls linguistische Objekt", In : J. Lyons(Hg.), *Beiträge zur Textluiguirtik*, Hamburg, 1971, pp.10~11.)

40) 고대로부터 1970년대까지 번역은 언어 중심이었으며 문화는 구체적인 경우에 언어적 문제를 해결하는 데 필요한 배경지식으로 취급되었다. 라이프찌히(Leipzig)학파는 번역이론의 전성기를 이루었으며 번역과정에 엄격한 미시언어학적 방법을 적용했다.

한 정서 표출에서 드러나는 미묘함으로 인하여 오래 전부터 번역가능성 여부를 놓고 격렬한 논쟁을 불러 일으켜 왔다. 한편, 이러한 문제와는 별도로 시 번역은 끊임없이 이루어져왔으며 성공적인 시 번역 방법을 모색하는 데에 관심이 쏠리고 있다. 결국 번역자는 시인 못지않게 영감과 재능과 작품과의 친화성을 가지고 있을 때 훌륭한 번역을 할수 있다는 데에 이견이 없다.[41)]

본고는 문학작품 번역에서 중시되는 문화적 문맥, 그 가운데서 역사인식의 문제에 관련해서 윤동주(1918~1945)의 시가 어떻게 번역되었는가를 살펴보고자 한다. 이러한 목표를 달성하기 위하여 번역시를 고찰하는 과정에서 독자들의 가독성을 염두에 두어 필요한 경우 작품이 씌어진 배경이나 역사적 문맥 등을 간략하게 언급할 것이다.

2) 윤동주 시의 영역과 문화적 문맥

(1) 예비적 고찰

본 연구에서 자료로 활용한 윤동주 시의 영역작품은 *The Columbia Anthology of Modern Korean Poetry*(McCann 2004)[42)]에 수록되어 있다. 대체로 번역비평은 번역자에 관한 고찰이 선행되어야 하므로 이 부분에 대하여 간략하게 살펴보고자 한다.

윤동주 시의 번역자 맥캔은 일단 번역자로서 갖추어야 할 문화적 소

---

41) 이 점과 관련하여 T. S. Eliot이 언급한 다음의 내용이 사사적이다. 이 내용은 제8장 주석 17)을 참조할 것.
42) 이 내용은 제8장 주석 18)을 참조할 것.

양과 언어적 소양을 갖추고 있다는 측면에서 상대적으로 좋은 번역을 수행할 수 있는 여건을 갖추고 있다고 할 수 있다. 그는 윤동주의 시에 대해서는 훗날 관심을 갖게 되었겠으나, 그가 처음 한국시를 접하게 된 배경은 위의 번역시집의 서문에서 확인된다.

맥캔은 윤동주 시를 번역하면서 번역시집의 첫머리[43]에서 윤동주에 관하여 정확하게 필요한 내용만을 간추려 소개하고 있다. 그 내용의 골자는 윤동주의 출생, 학력, 죽음과 관련된 자전적 편력, 시세계 등이며, 역자는 자신이 파악한 한국과 일본의 정치적, 사회적 상황 문맥에 따라 서술하고 이를 번역과정에서 참고하고 있다. 맥캔의 이러한 학문적 준비성은 물론 번역 독자의 가독성을 배려한 결과로 풀이할 수 있다.

(2) 시 번역과 문화적 문맥

본서는 번역시집에 수록된 작품 가운데 다음의 「자화상」, 「서시」, 「십자가」, 「또 다른 고향」, 「쉽게 쓰여진 시」를 분석대상으로 선정했다[44]

가. 「자화상」

산모퉁이를 돌아 논가 외딴우물을 홀로 찾아가선
가만히 들여다 봅니다.

우물속에는 달이 밝고 구름이 흐르고 하늘이 펼치고 파아란 바람이

---

43) David McCann, *The Columbia Anthology of Modern Korean Poetry*, Columbia University Press, New York, 2004, 88ff.
44) 이 작품들의 원문은 권영민(『한국현대문학대계』, 민음사, 1994, pp.461~473)의 것을 텍스트로 삼았다.

불고 가을이 있습니다.

그리고 한 사나이가 있습니다.
어쩐지 그 사나이가 미워져 돌아갑니다.

돌아가다 생각하니 그 사나이가 가엾어집니다.
도로 가 들여다보니 사나이는 그대로 있습니다.

다시 그 사나이가 미워져 돌아갑니다.
돌아가다 생각하니 그 사나이가 그리워집니다.

우물속에는 달이 밝고 구름이 흐르고 하늘이 펼치고 파아란 바람이
불고 가을이 있고
추억처럼 사나이가 있습니다.

Self-portrait

Below the mountain
beside a field
alone I look into a lone well.

In the well, moons glow
where clouds flow down opened skies
before pale blue winds,
and there is autumn.

And a young man.

Somehow despising
that young man

I turn away.

Turn away, reflect,
perhaps begin to pity that young man.

Returned, looking in as before
is a young man.

Again somehow despising
that young man
I turn away.

Turn away, reflect,
perhaps begin to remember…

In a well, moons glow
where clouds flow down opened skies

before pale blue winds.
Autumn is there,
and like a pale memory,
a young man.

　　자기응시와 내면적 성찰은 윤동주의 시에서 매우 중요한 요소인데, 자신을 달, 구름, 하늘과 바람으로 객체화한 「자화상」에서 윤동주는 그의 시의 본령에 이르게 된다. 이 시에서 우물과 그 우물 속의 사나이는 나르시시즘의 발상법과 유사하다. 그 우물 속에 비쳐진 달과 구름, 하늘과 바람, 이들의 조화를 깨뜨리는 한 사나이, 이는 시적 자아로서 윤동주 자신이기도 하다. 시인은 그 사나이가 미워져 돌아가다 다시 생각하니 가엾어지고 그리워진다고 하면서 우물 쪽을 몇 번이나 반복하여 돌아다본다. 따라서 이 시에서 "turn away"가 4회 연속하여 되풀이되는 것은 이 시의 주제와 직결된다.

우물 속에 비쳐진 자연의 조화를 깨뜨리는 사나이, 그는 분명 추억처럼 서 있는 시인이다. 자전적 속성을 띠는 이 시의 경지는 그야말로 관조의 경지와 고독을 고통으로 느끼며 보다 높은 윤리적 실현을 요구하고 있어서 보다 내면화한 깊이에 이르고 있다. 결국 이 시는 우물 속의 자연과 추억처럼 서 있는 사나이 곧 시적 자아와의 갈등과 부조화에서 느끼는 비극의식을 바탕으로 하고 있다.

의미단락으로 총 6연인 이 시의 영역은 형식상 10연으로 번역되는 등 다소 문제가 있으므로 이에 대해 구체적인 고찰이 필요하다.

우선 1연을 보면, 크게 의미상 세 부분 즉 "산모퉁이를 돌아/논가 외딴 우물을/홀로 찾아가서 가만히 들여다봅니다."(Below the mountain/beside a field/alone I look into a lone well.)로 나누어 번역한 점에서 확인된다. 문제는 "산모퉁이를 돌아"를 "Below the mountain"으로 번역한 점이다. "산모퉁이"의 뜻은 "the corner of a mountain foot"[45]인데, 시 번역에서 시의 뉘앙스를 살리기 위해서 원뜻과는 다른 어휘를 활용할 수 있다는 점을 감안하더라도 이 경우는 워낙 거리가 있기 때문에 문제가 된다. 그런데, 시각에 따라서는 이것을 "beside a field"의 "beside"와의 조응을 통한 두운을 살리기 위하여 역자가 의도적으로 택한 번역방법으로 볼 수 있다.

2연 1행을 "In the well, moons glow"로 번역한 것에 주목해 보면, 우주

---

45) Sisa Elite, *Korean English Dictionary*, 1996, p.1156.

에서 단 하나밖에 없는 달을 복수로 번역한 의도는 무엇인가 하는 물음을 던지게 된다. 이것은 하늘에 떠있는 달과 우물에 비친 달을 복수 개념으로 보고자 한 역자의 상상력에 기인한 결과라고 생각된다.

3연의 1행을 독립시켜 "그리고 한 사나이가 있습니다."를 "and a young man"으로 번역하고 있는데, 이 부분에 대해서는 두 가지 측면에서 논의될 수 있다. 첫째, "사나이"를 "a young man"으로 오역한 것[46]은 사전적 의미대로 "a man"(*Korean English Dictinary* 1123)으로 바로 잡아야 한다. 이것은 문맥상 굳이 "a young man"으로 해야 할 이유는 없다. 둘째, 번역자는 원문과 달리 "a young man"을 독립된 행으로 처리하고 있으나, 문맥상 이는 긴요한 사항이 아니며 다만 이 시의 주체가 사나이 곧 시적 화자이므로 이를 강조하고자 번역자가 의도적으로 그렇게 번역한 것으로 볼 수도 있다.

나. 「서시」

　　죽는 날까지 하늘을 우러러
　　한점 부끄럼이 없기를,
　　잎새에 이는 바람에도
　　나는 괴로워했다.
　　별을 노래하는 마음으로
　　모든 죽어가는 것을 사랑해야지
　　그리고 나한테 주어진 길을
　　걸어가야겠다.

---

46) 이하 번역시에서 5회 연속 반복되는 "a young man"은 같은 이유에서 "a man"으로 바로 잡아야 한다.

오늘밤에도 별이 바람에 스치운다.

*Wishing not to have
so much as a speck of shame
toward heaven until the day I die,
I suffered, even when the wind stirred the leaves.
With my heart singing to the stars,
I shall love all things that are dying.
And I must walk the road
That has been given to me.*

*Tonight, again, the stars are
brushed by the wind.*

윤동주의 자기응시와 내면의 성찰은 부끄러움과 뉘우침, 어둠과 괴로움으로 나타난다. 즉자와 대자, 곧 시적 자아와 사회적 자아의 대립과 갈등으로 빚어진 어둠의 현실을 극복하지 못한 식민지하의 한 지식인으로서 고뇌를 노래한 작품이 곧 이 작품이다. 특히 이 작품은 그의 윤리적 내면세계를 잘 반영하고 있다.

시인은 먼저 죽는 날까지 한 점의 부끄러움이 없기를 하늘을 두고 굳게 다짐한다. 그러나, "잎새에 이는 바람에도" 괴로워하는 감성의 소유자인 그에게 민족적 현실은 너무나 암담했다. 그는 별을 노래하는 마음으로 항상 변하지 않고 모든 죽어가는 것을 사랑하고 자신에게 주어진 길을 가야겠다고 마음속으로 다짐한다. 그러나 도덕적으로나 윤리적으로 한 치의 부끄러움과 뉘우침이 없는 삶을 영위한다는 게 쉽지 않은 일이다. 더구나 그가 살았던 시대상황을 감안할 때 자기를 지키며 살 수 없는 것이 우리 민족의 현실이었고 많은 사람들이 훼절하여 치욕적인 삶을 살았던 것도 그러한 현실에 기인한 것이었을 것이다. 그리하여 시인은 변해서는 안 될 별이 바람에 스치우고 있음을 몹시 안타까워하고 있는 것이다. 그러므로 윤동주 시의 특징은 순진무구한 경지를 지향하고 그 과정에서 끊임없이 뉘우치고 괴로워하는 마음의 자세가 나타나 있다는 점이다.

이 시는 두 부분으로 나뉘는데, 첫 부분은 8행으로 구성되어 있는 1연이고 둘째 부분은 1행으로 구성되어 있는 2연이다. 번역을 보면, 첫 부분은 비교적 원시와 같이 8행을 좇고 있고 2행에서 서술부가 생략된 것을 적절한 어휘 "wishing"을 첨가함으로써 원시의 의미가 무리 없이 전달되었다. 사실상 이 시의 첫 부분은 다시 두 구절로 나뉘거니와 하늘을 우러러 부끄럼 없이 살겠다는 소망과 별을 노래하는 마음으로 살겠다는 의지가 그것이다. 번역에서 이것을 "wishing"과 "singing"이 이끄는 절로 자연스럽게 옮겨놓았다.

2연에서 원시의 1행을 2행으로 번역해 놓은 것이 눈에 띄고 "오늘밤에도"를 "Tonight, again"으로 번역하였는데, 일제 탄압의 지속성과 계속성을 상징하는 데는 반복의 의미를 가진 "again"으로 번역한 것은 적절해 보인다. 이것은 이 시를 단순히 서정시로서가 아니고 저항시로 해석하는 것과 관련되는 문제이다. 윤동주는 이육사와 함께 항일운동의 최선봉에 선 시인으로서 온몸으로 저항을 실천한 시인이다. 그러므로, 이 시를 저항시로 보는 데는 이의가 없다.[47] 따라서 2연의 "바람"은 일제

----

47) 우리 문학사에서 "윤동주가 차지하는 최고의 의미는 그가 항일저항시인이라는
　　점"(김용직, 『한국현대시사』, 한국문연, 1996, p.628)에 있는 것으로 보는 것처럼,

치하에서의 온갖 잔악한 탄압을, "별"은 우리 민족의 "이상과 염원"을 상징한다. 즉 2연은 우리 민족에게 일제의 탄압이 계속 같은 방식으로 진행되어 왔음을 안타까워하는 시인의 마음을 나타낸 것으로 볼 수 있다. 그러므로 외견상으로는 한 편의 서정시이나 역사적 문맥을 고려해 볼 때는 저항시이다.

다. 「십자가」

쫓아오든 햇빛인데
지금 교회당 꼭대기
십자가에 걸리었습니다.

첨탑이 저렇게도 높은데
어떻게 올라갈수 있을까요.

종소리도 들려오지 않는데
휘파람이나 불며 서성거리다가,

괴로웠든 사나이,
행복한 예수 그리스도에게
처럼
십자가가 허락된다면

학계에서 이 시를 항일시로 해석하는 것은 보편화되어 있다. 주지하다시피 일제는 우리 민족의 전면적이며 완전한 말소를 시도하여 우리 시인의 표현매체인 모국어를 빼앗아 갔고 그 대신 그들의 침략전쟁을 찬양하는 작품을 쓰도록 강요했다. 이에 맞서 싸우지 않는 한 우리 문학은 그 명맥이 끊어질 수밖에 없었다. 따라서 이러한 암흑기의 항일저항은 우리 시인과 작가가 살아남기 위한 유일한 최후의 몸부림이었다. 윤동주는 일제의 연행, 구금, 고문, 투옥 후에는 생체 실험의 희생물로 순국하였다.

모가지를 드리우고
꽃처럼 피어나는 피를
어두어가는 하늘밑에
조용히 흘리겠습니다.

The Cross

The sun was following me
but it is now caught on the cross
on top of the church.

How can I get up
that   high on the steeple?

No sound comes from the bell:
I might as well whistle and hang around.

If I were permitted my own cross,
like the man who suffered,
the blessed Jesus Christ,

I would hang my head
and quietly bleed
blood that would blossom like a flower
under a darkening sky.

이 시를 지배하고 있는 의식은 희생정신인데, 이것은 그의 자전적
편력으로 보아 민족의식과 하느님을 경배하는 기독교의식이 동시에 작

용한 것이라고 할 수 있다.

이 시의 번역에서 주목해야 할 부분은 1연에서 쓰인 "십자가"와 4연에서 쓰인 "십자가"에 대한 번역과 3연에서 행을 독립시켜 번역한 "처럼"이다. 1연의 "십자가"는 교회당 꼭대기에 걸린, 종교적 상징 혹은 보편적 상징으로서 "The cross"로, 4연의 "십자가"는 시인 개인이 지고 가야 할 개인적 상징으로서 원시에는 없지만 "my own"을 첨가하여 "my own cross"로 구분하여 번역하였다. 이것은 번역자가 이 시의 문맥을 정확히 파악하고 있다는 증거이다.

2연 "How can I get up/that high on the steeple?"의 "get up"은 "come close to"의 의미로 어떻게 감히 예수그리스도의 희생적인 삶을 닮을 수 있을까 하는 열망이 간절하게 드러난 부분이다.

다음, 3연에서 행을 독립시켜 번역한 "처럼"을 이해하려면 십자가와 관련지어 설명해야 한다. 이 시에서 십자가로 표상되는 자기희생은 예수그리스도의 십자가에서 보여주는 죽음의 자기희생에 수렴되는 것이면서도 그와는 다소 다른 관점에서 노래하고자 한 시인의 의도를 분명히 읽을 수 있다. 이 시에서 시적 화자의 죽음은 하느님의 피조물로서의 인간의 죽음인 이상 그것이 비록 민족을 위한 자기희생의 값진 죽음이지만, 예수그리스도의 죽음과 비견될 수는 없다. 그럼에도 불구하고 시인은 자신의 죽음을 "모가지를 드리우고" "꽃처럼 피어나는 피를" 조용히 흘리며 죽어가는 죽음, 즉 괴롭고 아픈 죽음이 아닌 아름다운 죽음으로 승화시키고 있다. 이 부분에 대한 번역 "I would hang my head/and quietly bleed/blood that would blossom like a flower/under a darkening sky"는 원시의 뉘앙스를 잘 살리고 있다고 할 수 있다. 환언하면, 시적 화자의 죽음은 빼앗긴 나라, 핍박받는 겨레에 대한 준열한 죽

음이며 예수그리스도의 죽음이나 다른 순교자의 죽음에 비견될 정도의
죽음임을 보여준다. 따라서 "처럼"은 앞뒤 문맥에 동시에 걸린다고 할
수 있어 주목되는 어휘이다. 그리고 이 부분은 이 작품의 백미에 해당
된다고 할 수 있으며 윤동주 정신세계의 극치를 보여주는 대목이라 아
니할 수 없다.

　번역에서는 "처럼"을 독립시켜 번역하지는 않았다. 그렇다고 잘못된
번역은 아니지만 원시에서 이 어휘가 지닌 의미의 비중을 고려할 때
번역등가에 해당하는 "*like*"를 독립시킬 수는 없었을까 하는 것이 필자
의 견해이다.

　　　라. 「또 다른 고향」

　　　고향에 돌아온 날 밤에
　　　내 백골이 따라와 한방에 누었다.

　　　어둔 방은 우주로 통하고
　　　하늘에선가 소리처럼 바람이 불어온다.

　　　어둠 속에서 곱게 풍화작용하는
　　　백골을 들여다보며
　　　눈물짓는 것이 내가 우는 것이냐
　　　백골이 우는 것이냐
　　　아름다운 혼이 오는 것이냐.

　　　지조 높은 개는
　　　밤을 새워 어둠을 짖는다.

어둠을 짖는 개는
나를 쫓는 것일 게다.

가자 가자
쫓기우는 사람처럼 가자

백골 몰래
아름다운 또 다른 고향에 가자.

Yet Another Home

The night I returned home
my white bones followed
and lay down in the same room.

The dark room gave out
on the universe
and the wind blew
like a voice from heaven.

Peering down at my white bones,
so finely worn away and
pulverized by the wind amid the darkness,
I wonder who it is whose tears are being shed.
Am I crying?
Or is it my white bones?
Perhaps my beautiful soul?

A steadfast dog howls
in the darkness through the night.

The dog howling in the darkness
must be the one that in driving me away.

Let me go! Let me go!
Let me go, I who am being driven away!
Let me go to Yet Another Beautiful Home,
stealing away from my white bones!

이 시에서 "어둠"과 "아침"의 대립구조는 당시 우리 민족의 역사적 현실을 상징한다. 윤동주의 시가 일제에 대한 저항을 바탕으로 한 민족시로서의 존립을 가능하게 하는 까닭은 바로 여기에 있다. 이 시에서 시인은 "눈물짓는 나"와 "백골인 나"와 "아름다운 혼인 나"를 선명하게 분리시키고 있다. 그리고 한국 근대시에서 자아분화의 내면적 성찰을 윤동주보다 더 깊이 추구하고 이를 명확히 표현한 시인은 찾아볼 수 없다. 자기의 고향은 백골, 곧 시신과 만나는 "어둔 방"으로 세계의 자아가 만나는 장소로 되어 있다.

그러나, 그의 고향에 돌아온 날 밤, "어둠을 짖는 개"와 "나를 쫓는 개"는 나를 또 다른 고향으로 내몬다. 그가 백골도 모르게 찾아갈 또 다른 고향은 그의 아름다운 혼이 깃들 이상세계일 것이다. 어둠 속에서 또 다른 고향 즉 이상세계로 탈출하려고 애쓰고 있는 것이다. 위와 같은 맥락에서 제목을 "Yet Another home"으로 번역한 것은 문맥을 정확히 파악한 결과다. 그래서 "어둠을 짖는 개"는 "The dog howling in the darkness"로, "나를 쫓는 개"는 "the one that in driving me away"로 번역한 것은 문맥에 부합되며 후자의 "the one"은 곧 "The dog"를 나타낸다. 그리고 "night, the dark room"은 일제치하에서의 암울했던 당시의 배경을 선명히 드러내는 이미지이다.

　행과 연의 번역을 보면, 의미단락에 맞추어져 4, 5연을 제외한 나머지 연들의 행수가 원시보다 1, 2행 길어진 경향이 있다. 2연 4행의 "like a voice from heaven."에서 "heaven"은 "하늘"을 문맥에 맞게 번역한 어휘로서 사물로서의 "sky"가 아닌 "천국"의 의미를 띠고 있다.

　3연은 전반적으로 원시의 의미에 맞게 번역되었다. 문제는 1행의 "풍화작용하는"을 "pulverized by the wind"로 번역한 점인데, "pulverized" 대신 "weathered"로 번역했어야 적합하다고 판단된다. 추측컨대, 번역자는 첫 행의 "Peering"에 조응하는 두운을 살리기 위한 의도에서 이 어휘를 택한 것이 아닌가 한다.

　6연 청유형 "가자"를 "Let's go"로 하지 않고 "Let me go"로 한 것은 역사적 상황을 간파하고 번역한 것으로 판단된다. 환언하면, 이 작품은 일제의 혹독한 탄압 아래 우리 민족이 어떤 행동도 우리 자유의지대로 할 수 없었던 비참하고 암울했던 식민지시대의 상황을 잘 묘사했다.

　마. 「쉽게 씌어진 시」

　창 밖에 밤비가 속살거려
　육첩방은 남의 나라,

　시인이란 슬픈 천명인 줄 알면서도
　한 줄 시를 적어볼까,

　땀내와 사랑내 포근히 품긴
　보내주신 학비봉투를 받아

대학 노트를 끼고
늙은 교수의 강의 들으려 간다.

생각해 보면 어린 때 동무를
하나, 둘, 죄다 잃어버리고

나는 무얼 바라
나는 다만, 홀로 침전하는 것일까?

인생은 살기 어렵다는데
시가 이렇게 쉽게 씌어지는 것은
부끄러운 일이다.

육첩방은 남의 나라
창 밖에 밤비가 속살거리는데,

등불을 밝혀 어둠을 조금 내몰고,
시대처럼 올 아침을 기다리는 최후의 나.

나는 나에게 적은 손을 내밀어
눈물과 위안으로 잡는 최초의 악수

A Poem That Came Easily

The night rain whispers outside the window
of my six-mat room, in an alien country.

The poet has a sad vocation, I know;
should I write another line of poetry?

Having received my tuition from home in an envelope
soaked with the smell of sweat and love,

I tuck my college notebook under my arm
and go off to listen to the lecture of an old professor.

Looking back, I see that I have lost my childhood friends:
one and two at a time-all of them.

What was it that I was hoping for,
and why am I simply sinking to the bottom alone?

Life is meant to be difficult:
it is too bad
that a poem comes so easily to me.

My six-mat room in an alien country:
the night rain whispers outside the window.

I light the lamp to drive out the darkness a little,
and I, in my last moments, wait for the morning,
which will come like a new era.

Extending a small hand to myself,
I offer myself the very first handshake,
tears, and condolences.

이 시는 윤동주의 최후의 유작으로 알려진 시이다.48) 그는 창 밖에

---

48) 그는 1941년 연희전문을 졸업하고 1942년 동경에 있는 입교대 영문과에 적을

밤비가 내리는 유학지 일본의 땅, 쓸쓸한 하숙방에서 고독감과 상실감을 역사인식의 정신적 높이로 승화시켜 시적으로 형상화했다. 그의 작품에는 그의 이국 체험이 단순한 이국풍물의 정조에 머물지 않고 철저한 자기성찰과 시대인식으로 형상화되어 나타난다. 개인적 체험과 정서가 보편적 체험과 정서에 접합되는 데서 윤동주 시의 탁월성이 찾아진다면 이 시는 그 전형적인 예이다. 뿌리 뽑힌 자로서 그의 실향의식은 단순한 노스탈지아의 개체적 향수에서 역사와 민족의 상실이라는 집단적 향수로 전이된다. "생각해 보면 어린 때 동무를/하나, 둘, 죄다 잃어버리고"(5연)에서 보이는 상실감과 향수는 개인적인 것이지만 "육첩방"(8연)에서 조국과 민족의 생존권 회생을 희원하는 비장한 자기성찰과 시대의지로 변모되고 있다. 이러한 개체적 자아에서 역사적 자아로의 변모는 곧 인식발전의 거리를 의미하고 그러한 변모의 정점에 서 있는 것이 바로 이 시이다. "人生은 살기 어렵다는데/詩가 이렇게 쉽게 씌어지는 것은/부끄러운 일"(7연)에서 시인은 삶의 준엄성과 역사의 엄숙성 앞에서 무기력했던 식민지 지식인으로서의 책임과 시인의 임무와 사명에 대한 뼈아픈 자기성찰을 보여준다. 비록 슬픈 천명을 타고난 시인이지만, "시대처럼 올 아침을 최후의 나"로 서기를 다짐한다. 그러나 그가 눈물과 위안으로 잡게 된 손은 결국 죽음으로 갈 수밖에 없었다. 그러므로 이 시는 쉽게 씌어진 시가 아니라 시대의 암울과 역사의 어둠을 내몰고 새로운 시대를 기약하는 비장한 저항과 위안의 시이다.[49]

둔 바 있는데, 이 학교에 재학하던 1학기 말에 이 시가 씌어진 것으로 보인다. 그해 가을 미션계통의 동지사대학으로 적을 옮겼고 다음해(1944)에 일경에 체포되어 복강형무소에 투옥되고 이듬해 2월에 사망하였으니 이 시는 윤동주의 개인적 생애가 어떤 상황으로 마감되는 시점에서 창작된 것이다.

49) 번역자(D. McCann, *The Columbia Anthology of Modern Korean Poetry*, Columbia University

번역 시의 형태는 원시의 형태를 그대로 따르고 있다. 1연 2행 "육첩 방은 남의 나라"에서 "육첩방"은 "일본식 다다미가 여섯 장 깔린 것"[50] 의 뜻이므로 "six-mat room"으로, "남의 나라"는 "in an alien country"로 번역하고 있어 비교적 원문에 충실하게 번역하고 있는데, 이 부분을 번 역하면서 한국의 정치적 상황 문맥을 간파하고 있음을 알 수 있다.

2연 "The poet has a sad vocation, I know;"는 "vocation"이 지닌 사전적 의미 즉 "천직, 사명"[51]을 충실히 반영하고 있으나 원시에 없는 문장부 호 ":"를 역자 임의로 삽입하고 있는 점이 특기할 만하다. 즉 ":"이 지 닌 어법상 기능은 "comma(,)와 period(.)와의 중간"[52]인 바, 다음에 이어 지는 2행 "should I write another line of poetry?"를 자연스럽게 연결시키 는 역할을 하고 있어서 이와 같은 문장부호의 활용은 장점으로 작용하 고 있다.

3연 "땀내와 사랑내 포근히 품긴/보내주신 학비봉투를 받아"야말로 한국의 교육문화 즉 부모의 자식에 대한 열정이 얼마나 지극한 것인지 를 나타내주는 대목인데, "Having received my tuition from home in an envelope/soaked with the smell of sweat and love"로 원시의 의미에 충실히 직역하고 있다. 그러나, 원시의 "땀내와 사랑내 포근히 품긴"과 같은 한국적 정서가 풍겨나는 구절이 역시에서 과연 충분히 드러났는가는 의문의 여지가 있다, 이 경우 역자는 주석을 통하여 독자들에게 한국의 교육적 풍토를 설명할 필요가 있다고 본다.

Press, New York, 2004. p.88)는 번역도입 부분에서 윤동주의 생애 및 문학적 편 력을 소개하면서 이와 같은 내용을 소개함,

50) 김재홍, 『시어사전』, 고려대출판부, 1997, p.840.

51) Sisa Elite, 같은 사전, p.3274.

52) 위의 사전, p. 2660.

5연 "생각해 보면 어린 때 동무를/하나, 둘, 죄다 잃어버리고"를 "looking back, I see that I have lost my childhood friends: one and two at a time-all of them"으로 번역한 것은 원시에 충실한 것이며 이 문장에서도 역자 임의로 문장부호 " : "를 삽입하였는데, 문맥상 2연에서와 같은 어법적 기능을 하는 것으로서 자연스럽게 보인다.

6연 "나는 무얼 바라/나는 다만, 홀로 침전하는 것일까?"를 "What was it that I was hoping for/and why am I simply sinking to the bottom alone?"으로 번역한 것은 문맥상 큰 문제는 없는 것으로 보인다.

문제는 7연의 번역에 있다. 즉 3행의 "詩가 이렇게 쉽게 씌어지는 것은/부끄러운 일이다"를 "it is too bad/that a poem comes so easily to me"에서 "too bad"는 앞의 설명에서 구체적으로 드러난 바와 같이 주제적 특성상 "shameful"로 대체해야 한다. 즉 "it is shameful/that a poem comes so easily to me"로 해야 이 시의 문맥에 부합된다.

8연은 1, 2행의 위치만 서로 바꾼 1연의 반복이다. 시인은 반복법을 통하여 조국과 민족의 생존권 회생을 희원하는 비장한 자기성찰과 시대의지로 변모되고 있음을 더욱 강하게 드러내고 있다.

9연과 10연은 시적 화자의 결연한 의지를 강하게 표현한 부분으로 비장한 분위기를 자아낸다. 구체적으로 9연 "등불을 밝혀 어둠을 조금 내몰고/시대처럼 올 아침을 기다리는 최후의 나"를 "I light the lamp to drive out the darkness a little,/and I, in my last moments, wait for the morning,/which will come like a new era"로 번역한 것은 이러한 무드를 잘 반영한 것으로 보인다.

10연 "나는 나에게 적은 손을 내밀어/눈물과 위안으로 잡는 최초의 악수"를 "Extending a small hand to myself/I offer myself the very first handshake/tears, and condolences"로 번역한 것은 9연의 분위기를 자연스럽게 이어주고 있다. 9연의 "the darkness"와 "the morning"의 대조와 "my last moments", 10연에서 보여주는 "myself the very first handshake"가 부여하는 역사적 의미를 독자들은 충분히 감득할 수 있을 것으로 보인다.

3) 나오는 말

필자는 한국문학의 세계화의 구체적인 방안의 하나로 번역의 활성화를 중시하며 좋은 번역을 위해서는 번역비평이 적극적으로 이루어져야 한다고 본다. 최적의 번역을 위해서 역자가 문화적 문맥 특히 역사적 상황 등을 충분히 인식하고 있지 않으면 안 된다.

본고는 이와 같은 관점에서 윤동주 시의 영역을 검토해 본 결과 다음과 같은 결론을 얻었다.

윤동주 시의 영역을 살펴보면, 한편으로는 내용과 형식을 유기적으로 융합하여 적절하게 번역한 것으로 평가되며, 다른 한편으로는, 일제 치하라는 한국의 역사적 상황을 파악하지 못하여 부적절한 번역이 나왔거나 한국의 문화적 환경을 제대로 수용하지 못하여, 원시와는 거리가 있는 미흡한 번역이 발견되기도 했다.

이처럼 텍스트에 연관된 문화적 문맥, 특히 역사적 상황을 이해하지 못하면, 우리의 정서나 문화와 엄청난 거리감을 조성하고 분위기와 뉘앙스 차원에서 큰 차이를 보인다. 물론 번역자가 이렇게 번역한 저간의 사정이 있을 수 있다. 그러나 그것은 그가 외국의 문화를 자국의 문화로 전이시켜 번역함으로써 자국의 독자들이 이해하기 쉽도록 하기 위한 세심한 배려에 힘입은 결과로 평가할 수도 있다. 그런데, 이러한 번역방법은 자칫 원시의 분위기나 뉘앙스, 의미 등을 놓치게 되는 위험 부담을 안고 있어서 여전히 문제점으로 남는다.

더구나, 이 번역자의 경우는 미국에서 한국문학 교육을 담당하고 있는 중요한 책임자이기 때문에 문제는 더욱 심각하며 그가 한국에 머무는 동안 한국시인들에 대한 깊은 관심과 연구를 통하여 번역 대상 작품에 대한 예비지식을 충분히 가지고 있었음에도 불구하고 그와 같은 결과를 냈다는 것은 문화번역의 난해도를 가히 짐작하게 한다. 그러므로 한국문학 및 한국문화에 대한 정확한 이해가 선행되지 않는 한, 최적의 한국문학의 외국어 번역은 그리 용이해 보이지 않는다.

3. 김수영의 시

1) 서론

전통적으로 번역의 목적은 원문의 내용과 문체를 원전에 충실히 번역하는 데에 있다. 그런데, 최근 세계가 문화의 시대로 변모하고 발달해가면서 문화적 측면을 고려해야 하는 관계로 사실상 이 목표를 실현하기가 어려워지고 있다. 뿐만 아니라 언어의 구조적 차이와 문체론적 특성 등 언어 자체가 지니고 있는 어려움과 번역자의 미흡한 언어 구사능력이 번역을 어렵게 하는 또 다른 요인이 되고 있다.

번역이 단순한 언어상의 문제만은 아니라는 사실은 이미 데리다가 "번역은 어느 한 언어를 다른 언어로, 어느 한 텍스트를 다른 텍스트로 전환하는 규칙적 전이이다."53)라고 주장한 사실에서도 명확히 드러난다. 특히 시 번역은 시가 지닌 특이성과 다른 언어와의 차별성 및 시인만의 고유한 정서 표출에서 드러나는 미묘함으로 인하여 어려움은 가중되며 오래 전부터 번역가능성 시비를 놓고 격렬한 논쟁을 불러 일으켜 온 것도 이러한 요인 때문이다.

그래서 "번역은 언어기호의 단순한 전환이 아니고 언어기호라는 형식 속에 그 언어를 사용하는 민족의 정신, 세계관, 넓은 의미에서 문화의 역동적이고 고유한 내용이 농축되어 있는데, 이것을 다른 사회·문화적 배경을 지닌 민족이 사용하는 언어의 표현형식으로 바꾸어 재생하는 창조적이고 예술적 행위"54)임을 부인할 수 없다. 간혹 사람들은 우리의 사고와 언어의 비논리성이 일상적인 언어생활은 물론 문학작품 속에 나타나기 때문에 많은 오역이 생긴다고 보는 경우도 있다. 결국 번역에 작용하는 여러 요인들을 극복하고 좋은 번역을 생산하려면 번역자가 양국의 문화와 언어에 통달해야 한다.

이와 같은 점에서 번역가는 시인 못지않게 영감과 재능은 물론 작품과의 친화성을 지니고 있을 때 더욱 훌륭한 번역을 할 수 있다는 생각이 지배적이다. 그리고 시 번역의 궁극적인 목적이 전통적인 번역방법 속에 잊혀진 본질적 요소들을 복원하여 작품에 활력을 불어넣어 주는 데에 있음도 간과할 수 없다.

근래 새천년 시대가 열리면서 한국문학의 세계화 작업의 일환으로 한국시 번역이 점차 확대되어감에 따라 한국시문학사에서 거론되는 상

---

53) Derrida, J. *Positionen, Gespräche mit Henre Ronse, Julia Kristeva. Jean-Louis Houdebine, Guy Skarpetta*. Hrsg. v. Peter Engelmann. Edition Passagen 8. Graz/Wien: Böhlau. 1986. p.58
54) 김효중, 「문학작품 번역과 세계관」, ≪비교문학≫ 28집. 2002, p.214.

당수 시인들의 작품이 영역되어 국내외에서 널리 소개되고 있는 것은 매우 고무적인 현상이다. 그런데, 이러한 번역시의 양적 팽창과 함께 간과해서 안 될 일은 번역비평도 함께 이루어져야 한다는 사실이다. 환언하면, 번역시를 원시와 비교하고 분석하여 오역을 가려내어 바로 잡을 필요가 있다. 그리고 이것은 한국문학의 세계화가 제대로 이루어지기 위한 필수작업이다.

본고의 연구대상인 김수영(1921~1968)의 시 번역도 빈번하게 이루어지고 있는데, 그가 후대 문인들에게 미친 영향력은 타의 추종을 불허한다 해도 지나친 말이 아닐 만큼 큰 것도 번역 동기의 한 요인이 될 수 있다. <조선일보>(1998. 7. 31)가 뽑은 대표 평론가 50인의 설문조사에서 김수영은 해방 이후 우리나라 시인 가운데 가장 뛰어난 시인 1위로 선정되었고, 다음해 같은 신문의 설문조사(1999. 1. 4)에서는 21세기에 추앙받을 수 있는 한국 대표 시인의 한 사람으로 선정되기도 한 점에서도 김수영의 한국시사상의 위상이 확인된다. 한편, 김수영의 문학적 의미에 대한 폭넓은 연구55)에서 드러나듯이 김수영은 오히려 사후에 더욱 학계의 관심을 끌고 있다. 그러므로 그의 시가 번역되어 세계에 널리 소개되는 일은 곧 한국문학의 세계화에 이바지하는 일이다.

이 논문은 일종의 번역비평으로서 맥캔56)에 수록된 김수영 시의 영역을 원시와 비교하고 검토하여 번역의 질을 평가하고 오역을 가려냄으로써 최적의 번역을 지향하고 바람직한 번역방법을 모색해 보는 것을 그 목표로 한다. 본론의 논의에 앞서 필수적인 선행작업으로서 김수

---

55) 김유중, 『김수영과 하이데거』, 민음사, 2007, pp.399~437.

56) McCann, D, *The Columbia Anthology of Modern Korean Poetry*, New York: Columbia U P. 2004, pp.60~63.

영 시의 본질을 간략히 서술하면 아래와 같다.

우리 문학사에서 1970년대, 1980년대를 거쳐 오는 동안, 모더니즘과 리얼리즘은 이율배반적인 관계 속에 놓여 있었던 것도 사실인데, 김수영의 시에서 현실참여적인 경향과 모더니티 확보와 연관된 고민과 모색의 흔적들이 동시에 발견되고 있는 점이 특이하다. 즉 김수영은 리얼리티와 모더니티를 기존의 대립적인 관념으로서 파악하기보다는 그의 특유의 긴장된 세계 인식 속에서 이 두 개념이 넘나들면서 상호 이해와 소통의 발판을 마련해 놓고 있다.

그는 「조정의 노래」(1946)를 발표한 이후 마지막 작품 「풀」에 이르기까지 173편의 시와 시론을 발표하였으며, 해방 후 가장 중요한 역할을 한 시인에 속하는 그의 문학적 업적은 '반시론'으로 요약된다. 그의 시론의 주체는 언어를 통한 인간성의 회복인데, 또한 초현실주의 정신으로 점철되어 있다. 그는 언어와 자유, 갈등과 직관을 날카롭게 결합시킨 최초의 시인이기도 하여 초기 시부터 타계하기 직전까지 시적 주제로서 끈질기게 탐구해 온 자유를 시적, 정치적 이상으로 여겨 이것의 실현을 불가능하게 하는 여건들을 시화했다.

그의 초기 시는 8·15 해방 뒤 40년대 후반에 해당하는 시기인 <후반기 동인> 시절의 시이다. 예컨대, 「예지」에서 보이는 바와 같이 그의 작품 역시 당시의 다른 모더니스트의 작품들처럼 표현방법이 추상적이고 직설적이라는 결함을 가지고 있었지만 "음악적인 구조를 지닌 쾌적한 리듬을 얻어 독자의 청각을 자극할 수 있었던"[57] 것도 부인할 수 없는 사실이다.

그는 박인환 등과 더불어 『새로운 도시와 시민들의 합창』(1948)을 출

---

57) 김현승, 「김수영의 시사적 위치와 업적」, 『김수영의 문학』, 민음사, 1983. p.58.

간하면서 시단의 이른바 모더니즘파로 각광을 받았다. 그리고 40년대 김수영을 비롯한 우리나라 모더니스트들은 주로 영미모더니즘의 내용 즉 문명비판과 사회풍자에 열중하였다는 특성을 지녔다.

50년대 중엽에 들어와서 그는 새로운 변모를 보여주어 첫 시집『달나라의 장난』(1959)에서 아름답고 개성 있는 시편들을 통하여 그의 시적 역량을 보여주었다. 예컨대, 「눈」에서 종래의 직접적인 진술의 방법을 말끔히 지양하고 관념에서 연상된 이미지를 부각시키는 간접적인 방법에 의하여 시인의 소신을 강조하였다.

김수영이 우수한 시적 천재성을 유감없이 발휘하여 한국시사의 발전방향을 제시한 것은 60년대에 이르러서이다. 즉 「참음은」과 같은 작품에서와 같이 의미와 관련이 없는 이미지와 이미지를 비약적으로 전개하는 이른바 쉬르의 기법을 보여주면서도 내용과 함께 형식을, 형식과 함께 내용을 강조한 그는 이러한 기법을 자신의 작품으로 소화하여 표출하였다. 예를 들어, 「현대식 교량」은 김현승[58]이 지적했듯이 "애정과 이해의 다리를 놓음으로써 현대의 정신적 단절상태를 연결시킬 수 있다."는 점을 시사한다. 풀이해서 보면, 이것은 과거와 미래를 연결시켜주는 교량 역할을 자기의 임무로 하겠다는 메시지를 내포한다.

그의 시를 흔히 "행동의 시"로 보는 까닭은 서정적 감정이나 심미감 같은 제한된 감각에만 호소하지 않고 우리의 행동을 우리의 몸, 의지, 정신, 경험 등 전체의 유기적 움직임으로 간주하고 그러한 움직임으로써 그의 시가 씌어지고 읽혀지기 때문이다. 김수영의 시는 대체로 4·19를 계기로 하여 변모하였으며, 이는 「푸른 하늘을」, 「기도」 등의 과도기적 작품을 거쳐 『52인 시집』(현대한국문학전집 18)에 수록된 11편

---

58) 김현승, 같은 책, p.64.

의 시에서 확인된다. 그의 시는 4·19를 체험하고 그 희망의 좌절을 체험했으면서 그 좌절이 최종적인 것 같은 느낌에 시달리면서도 그 순간을 잊지 않는, 시인 자신의 삶의 역정에 뿌리를 두었다.

2) 김수영 시 영역 분석

(1) 예비적 고찰

김수영 시의 본질은 이미 서론에서 밝힌 바와 같으며 필자는 이 번역시집[59]의 작품을 연구대상으로 선정했다. 김수영 시 번역에 참여한 번역자는 Ellie Choi, Young-Jun Lee, Brother Anthony of Taizé, Kevin O'Rourke [60]이며 이들은 한국어를 모국어로 하면서 영어를 제1외국어로 하는 번역자, 영어를 모국어로 하면서 한국어를 제1외국어로 하는 번역자들이다. 이들이 공동으로 모여 번역할 수 있었다는 점과 번역자가 보편적으로 갖추어야 할 번역능력으로서 문화적 소양과 언어적 소양을 갖추고 있다는 사실에서 이들은 충분한 언어와 문화능력을 갖

---

59) McCann, 같은 책, pp.131~140.

60) 번역시집 첫머리에 소개된 번역자들 가운데 Ellie Choi(EC)와 Young-Jun Lee(YJL)는 Harvard University, Brother Anthony of Taizé(BA)는 서강대학교, Kevin O'Rourke(KO)는 경희대학교에 소속된 것으로 밝혀져 있다. 짐작컨대, Ellie Choi와 Young-Jun Lee는 한국어를 모국어로 하면서 제1외국어로 영어를 말하는 사람들이고 Brother Anthony of Taizé와 Kevin O'Rourke는 영어를 모국어로 하면서 한국어를 제1외국어로 하는 사람들로 보인다. 이중 Young-Jun Lee는 2006년 6월 18일 서울대학교와 하버드대학 공동으로 주최한 번역 워크숍에서 발표자로 참여한 바 있고 그 당시 하버드대학 한국어학과에 박사학위과정 중에 있었다. 그리고 Kevin O'Rourke는 아일랜드인으로 경희대학교 영문과 교수로서 적극적인 번역활동을 전개해 온 번역자이며 『영어로 보는 한국의 명시·명시조』(우일사, 2001)를 공역한 바 있다.

추고 있다고 볼 수 있다.

번역자들은 작품을 번역하기에 앞서 도입부[61]에 김수영의 생애와
시세계를 소개하고 있어서 번역을 읽는 독자들이 작품을 쉽게 이해하
도록 독자를 배려하고 있다. 이것은 김수영의 번역시를 고찰하는 데에
도 좋은 단서를 제공하기도 한다.

(2) 원시와 번역시의 비교

가.「풀」

풀이 눕는다
비를 몰아오는 동풍에 나부껴
풀은 눕고
드디어 울었다
날이 흐려서 더 울다가
다시 누웠다

풀이 눕는다
바람보다도 더 빨리 눕는다
바람보다도 더 빨리 울고
바람보다 먼저 일어난다

날이 흐리고 풀이 눕는다
발목까지
발밑까지 눕는다
바람보다 늦게 누워도

---

61) McCann, 같은 책, p.131.

바람보다 먼저 일어나고
바람보다 늦게 울어도
바람보다 먼저 웃는다
날이 흐리고 풀뿌리가 눕는다.

Grass

The grass lies down. It fluttered
in the driving rain of the east wind,
and now it lies,
cries,
cries all the more
for cloudy skies,
lies.

The grass lies:
lies more quickly than the wind,
cries more quickly than the wind,
rises before the wind

On cloudy days the grass lies;
lies
to its ankles,
to the soles of its feet;
lies later than the wind,
rises before it;
cries later than the wind,
laughs before it.
On cloudy days, the roots lie.

보편적으로 작품 읽기는 열려 있는 것이어서 독자에 따라 달리 읽혀지기 마련이므로 이 시 역시 다양한 해석이 가능하다. 이 시의 주어는 풀과 바람이지만 바람은 비교를 위한 종개념이니 만큼 풀이 주어이다. 풀과 바람은 실제적 차원의 것이 아니고 풀은 민중, 혹은 개인으로서의 인간을, 바람은 사회를 비유한다고 할 수 있다.

이 시의 번역자인 오록 교수는 「풀」을 해석하면서 "독재정권 아래에서 신음하는 한국 국민을 상징하는 시로서 사회적, 정치적 문화를 내포한다. 그러므로 한국인이 아닌 독자들이 이것을 읽어내는 데는 문제가 있음"[62]을 지적하였다.

짤막한 한 편의 이 시는 풀의 생리와 운명이 일체의 군더더기가 배제된, 거의 완벽한 언어절제를 통하여 명료하게 표현되고 있다. 모든 사물 중에서 풀은 가장 여리고 보잘 것 없는 비천한 미물에 지나지 않으므로 상처받기 쉬운 동시에 강인한 생명력을 가진 자연물이다. 시인의 직관력은 마침내 이런 풀의 본질을 박진감 있는 표현을 통하여 시적 표현을 승화시켰다.

시인은 있어도 좋고 없어도 좋은 듯한 이 비천한 생명으로서 "웃고 울며, 일어나고 눕는" 풀을 결코 다른 사물에 의하여 대체될 수 없는 독자적인 개성을 갖춘 실존의 모습으로 규정하고 확인한다. 한편, 이 시의 2행 "바람보다도 더 빨리 눕는다/바람보다도 더 빨리 울고/바람보다 먼저 일어난다. The grass lies:/lies more quickly than the wind,/cries more quickly than the wind,/rises before the wind"는 행위 주체자의 자유 의지를 전제로 할 때만 가능하다. 결국 이 시는 풀 혹은 풀이 상징하는 존재의 자유를 말하고 있는 것으로 풀이될 수 있다. 환언하면, 그의 시에는 모

---

62) McCann, 같은 책, p.131.

든 사물은 그것이 비록 하찮은 것일지라도 결코 무시되거나 소홀히 취급되어서는 안 된다는 사랑의 주제가 형상화되어 있고 이것이 곧 사람들에게 깊은 감동을 줄 수 있기 때문에 「풀」이 오늘날까지 높이 평가되고 있다.[63] 전체적으로 보면, 문장이 극히 간결할 뿐 아니라 애매모호한 어휘가 사용되지 않았으므로 번역자가 번역등가를 찾아내기는 결코 어렵지 않다.

그럼에도 불구하고 번역자가 한국어 구사능력에 한계가 있음을 드러내주는 부분은 시 전체에서 자주 쓰이고 있는 "눕는다"는 내용을 "누워있다"와 어떤 의미상의 차이가 있는지에 대한 배려가 전혀 되어 있지 않은 채 번역된 점이다. "눕는다"는 움직임을 나타내는 자동사이므로 "lie down"으로 해야 되며 상태를 나타내는 자동사 "lie"와는 구별되어야 한다. 따라서 이 시의 1연 3행, 7행과 2연 1행 및 3연 1행, 2행의 "lies"는 "lies down"으로 번역되어야 한다. 그리고 이 어휘가 원시에서 반복법을 통한 강조의 효과를 내고 있는 만큼 번역에서도 반복적으로 되풀이 되었어야 한다.

그리고 1연 2행 "비를 몰아오는 동풍에 나부껴/풀은 눕고"에서 "나부껴"는 "나부끼며"의 의미에 가깝다. 그런데, 풀은 나부끼면서 동시에 눕는 것이므로 시제로 보아 과거형 "fluttered"보다는 습관현재형인 "flutters"로 번역하는 것이 적절하다. 또한 1연 4행의 "드디어"와 6행의 "다시" 등이 번역되지 않은 것은 원시에서 노리는 시적 강조의 효과를 번역에서 약화시키는 결과를 초래하였다.

---

63) 김춘수는 "이 시가 관념을 노골적으로 드러내지 않고 은연중 관념을 느끼게 해주고 있는 것은 내포와 긴장이 아주 잘 되고 있기 때문"에 높이 평가되는 것으로 보고 "관념과 예술성이 상호보완관계에 있다"(김춘수, 『김춘수 사색사화집』, 현대문학사. 2002, p.92)고 작품의 가치를 높이 평가했다.

형태적으로 보아, 원시의 총3연은 번역시에서도 그대로 유지되고 있으나, 어법의 다름으로 인하여 원시의 총18행은 번역시에서 총20행으로 번역되어 있다. 이것은 1행과 2행 "The grass lies down. It fluttered/in the driving rain of the east wind,"와 3행과 4행 "and now it lies/cries,"와 6행과 7행 "for cloudy skies,/lies." 등에서 확인된다. 그런데 어떠한 경우에도 원시와 비교했을 때 내용이나 혹은 형태면에서 원시에서 크게 벗어나지 않아야 함은 전통적 번역이론의 원칙임을 잊어서는 안 된다.

그리고 원시의 특징 중의 하나는 "풀이 눕는다, 날이 흐려서, 빨리, 먼저" 등의 반복을 통하여 주술적 효과를 내고 있다는 점이다. 즉 "풀은 눕고 그리고 운다"와 "풀은 다시 일어난다"는 사실인데, 이 모든 일이 흐린 날에 일어나고 있다는 점이다. 이러한 반복법은 "The grass lies down. It fluttered", "for cloudy skies", "all the more"로 각각 옮겨져 있어 원시의 의미가 비교적 잘 전달되고 있다. 다만 "more quickly"는 "earlier" (시간적으로 먼저)로 번역했어야 한다. 그러나 관점에 따라서는 행동이 빠르다는 의미로 해석할 수 있기 때문에 이를 오역으로 단정하기는 어렵다.

나. 「어느날 고궁을 나오면서」

왜 나는 조그마한 일에만 분개하는가
저 王宮 대신에 王宮의 음탕 대신에
五十원짜리 갈비가 기름덩어리만 나왔다고 분개하고
옹졸하게 분개하고 설렁탕집 돼지같은 주인년한테 욕을 하고
옹졸하게 욕을 하고

한번 정정당당하게

붙잡혀간 소설가를 위해서
언론의 자유를 요구하고 월남(越南)파병에 반대하는
자유를 이행하지 못하고
이십(二十)원을 받으러 세 번씩 네 번씩
찾아오는 야경꾼들만 증오하고 있는가

옹졸한 나의 전통은 유구하고 이제 내 앞에 정서(情緖)로
가로놓여있다
이를테면 이런 일이 있었다
부산에 포로수용소의 제십사야전(第十四野戰)에 있을 때
정보원이 너어스들과 스폰지를 만들고 거즈를
개키고 있는 나를 보고 포로경찰이 되지 않는다고
남자가 뭐 이런 일을 하고 있느냐고 놀린 일이 있었다
너어스들 옆에서

지금도 내가 반항하고 있는 것은 이 스폰지 만들기와
거즈 접고 있는 일과 조금도 다름없다
개의 울음소리를 듣고 그 비명에 지고
머리에 피도 안 마른 애놈의 투정에 진다
떨어지는 은행나무잎도 내가 밟고 가는 가시밭

아무래도 나는 비켜서있다 절정(絶頂) 위에는 서있지
않고 암만해도 조금쯤 옆으로 비켜서있다
그리고 조금쯤 옆에 서 있는 것이 조금쯤
비겁한 것이라 알고 있다!

그러니까 이렇게 옹졸하게 반항한다
이발쟁이에게
땅주인에게는 못하고 이발쟁이에게
구청직원에게는 못하고 동회직원에게도 못하고

야경꾼에게 이십(二十)원 때문에 십(十)원 때문에 일(一)원 때문에
우습지 않으냐 일(一)원 때문에

모래야 나는 얼마큼 적으냐
바람아 먼지야 풀아 나는 얼마큼 적으냐
정말 얼마큼 적으냐……

Emerging from the Old Palace One Day

Why···do I get riled at the small things,

instead of that imperial palace, at the dissipation in the imperial palace,

riled that for a fifty-wŏn short rib I got a piece of fat

riled so narrow-mindedly, cursing the sow-like wench who owns the
sŏllŏngt'ang* shop,

so narrow-mindedly cursing,

unable once to firmly resolutely

demand freedom of speech for an arrested novelist,

protest the sending of troops to Vietnam,

···do I instead loathe the night watchmen who

visit three-four times a night for twenty wŏn?

My narrow-minded tradition, so eternal, is now

Strewn before me emotion.

···in which case such things are seen:

Once in Pusan at the Fourteenth Field Hospital POW station

An intelligence officer watching me folding gauze bandages making
bandages with nurses

Taunted me, wouldn't I rather be a POW officer, was this any work for a
man?

There, right in front of the nurses.

What I defy even now is no different
Than this making of sponges, this folding of gauze.
Given over to a dog's howls after hearing its cries,
Given over to a newborn's fretting, the blood on its head still not dry,
The falling gingko leaves, too, are thorn fields on which I tread...

I am anyway moved to the side, not the summit,
In any case moved slightly to the side,
Aware that my being slightly to the side is
Also slightly a cowardly thing!

I can not therefore help but rail in this narrow-minded manner
At the barber,
Not able to rail against the landowner so at the barber,
Not able to rail against the ward office worker, nor council member,
So at the night watchmen for twenty wŏn, for ten··· for one wŏn,
Is it not ludicrous? For one wŏn?

Oh sand, how insignificant am I
Oh wind, dust, grass, how insignificant am I,
Just how insignificant am I?

위의 시는 언어경제와 압축에 의한 절제가 결여된, 어찌 보면 장황한 군소리가 많은 시작품이기 때문에 시의 메시지가 과도하게 노출되어 있어서 시적 표현이 되어야 할 되어야 할 부분이 대부분 무시되어 있으며 행을 갈라놓은 산문에 지나지 않는다. 그래서 이 시는 "내용도 없고 소시민이고 자학적 넋두리"가 상당부분을 차지하고 있고 "문체도

「풀」이 명쾌하게 스타카토로 톡톡 끊어져 있어 상쾌한 느낌을 주고 있는데 반하여 느슨하게 흩어져 있다.”(김춘수 95)는 비판을 피하기 어려운 작품이다.

그러나 이 시에서 “오십(五十)원짜리 갈비가 기름덩어리만 나왔다고 분개”하는 시적 화자의 정서를 시적 대상 속에 삽입한 그의 정신적 건강에 주목해 볼 필요가 있다. 이것은 그의 다른 산문에서처럼 구체적인 자신의 경험에서 표출되었다. 비록 그 경험이 하찮은 것이라 하더라도 정치, 경제, 사회, 문화 등 모든 분야와 분리된 것이 아니고 이 모든 것의 구성체라는 사실을 감안할 때, 결국 이 시가 추구하는 것은 “도덕적 순결성을 지향하는 소시민의 갈등과 고뇌의 청교도적 표백”임을 간과할 수 없다.

이 시의 제목은 “Emerging from the Old Palace One Day”는 “Coming Out from the Old Palace”로 옮기는 것이 적절하다. 왜냐하면, 시적 화자가 고궁에서 나온다든가 어둠 속 혹은 물속에서 나오는 것이 아니기 때문이다.

1연부터 거침없이 쏟아내는 직설적인 언술, 심지어 욕설까지 활용한 메시지가 강한 시이고 보니, 번역자인 엘리 최는 흔히 시 번역에서 부딪치게 되는 어휘 선택의 어려움을 일단 면하게 된다. 그것은 “왜 나는 조그마한 일에만 분개하는가 Why…do I get riled at the small things,”와 “저 왕궁(王宮) 대신에 왕궁의 음탕 대신에 instead of that imperial palace, at the dissipation in the imperial palace,”와 “오십(五十)원짜리 갈비가 기름덩어리만 나왔다고 분개하고 riled that for a fifty-wŏn short rib I got a piece of fat”와 “옹졸하게 분개하고 설렁탕집 돼지같은 주인년한테 욕을 하고 riled so narrow-mindedly, cursing the sow-like wench who owns the sŏllŏngt'ang* shop,"와 "옹졸하게 욕을 하고 so narrow-mindedly cursing,"과 같은 문구에서 확인된다. 다만 "Why … do I ～"에서 2연의 "… do I instead ～"와 3연의 "… in which case ～"와 6연의 "for to … for one won" 등에서와 마찬가지로 말줄임표를 사용하고 있는데, 이것은 독자들로 하여금 생각할 시간적 여유를 주기 위하여 번역자가 택한 시적 의장(意 匠)으로 볼 수 있다.

2연에서 특히 강력한 시의 메시지가 전달되는데, 이 시적 언술이야 말로 당시 한국의 정치・사회・문화적 현상을 시로써 대변하는 커다란 이슈 즉 "붙잡혀간 소설가를 위해서 언론의 자유를 요구하고 demand freedom of speech for an arrested novelist", "월남파병에 반대하는 protest the sending of troops to Vietnam"으로서 김수영이 행동주의 시인임을 확 인시켜주는 부분이다.

이 시가 호소력이 있는 이유는 5연 때문이다. 그 내용은 "아무래도 나는 비켜서있다 절정(絶頂) 위에는 서있지/않고 암만해도 조금쯤 옆으 로 비켜서있다/그리고 조금쯤 옆에 서 있는 것이 조금쯤/비겁한 것이라 알고 있다! I am anyway moved to the side, not the summit,/In any case moved slightly to the side,/Aware that my being slightly to the side is/Also slightly a cowardly thing!"인데, 이 대목에서도 애매 모호성을 내포하고 있는 어휘는 없어서 번역등가를 찾는 일은 어렵지 않았을 것이다.

시에서 드러나는 이러한 경험은 비단 시인 자신만 겪은 것은 아니라 는 관점에서 이 시의 감동의 원천은 그런 보통 사람들의 갈등과 고뇌 를 대변하고 있다는 데에 있다. 시에 내재하는 리듬 즉 낮은 톤과 리듬 으로 시작하여 절정에서 높은 톤과 급박한 리듬으로 끊는 기법은 치밀 한 계산에 의한 창작시임을 짐작하게 하며 이 시를 돋보이게 한다.

이 시는 김수영의 다른 시에 비하여 일상어를 활용한 비중이 큰 산문시이기 때문에 번역자는 대체로 어구에 착실히 맞추어 번역하였다. 그런데 이러한 번역이 원문과 의미상 차이가 생겨 문제되는 부분이 있다. 즉 4연 4행 "머리에 피도 안 마른 애놈의 투정에 진다"를 "Given over to a newborn's fretting, the blood on its head/still not dry"로 번역한 경우가 그것이다. "애놈"은 "갓난아기"를 뜻하는 "newborn"보다는 "infant" 혹은 "child"로 번역해야 한다. 또한 "머리에 피도 안 마른"을 "the blood on its head still not dry"로 번역한 것은 적합한 번역이 아니다. "머리에 피도 안 마른"은 관습적 표현으로서 한국의 오랜 문화적 전통 가운데서 자연스럽게 발생한 것이어서 이 말의 배경에 대한 이해가 선행되어야 하며 가능한 의역이 필요하다. 이 말이 뜻하는 바[64]는 문맥상 "아직 어린" 즉 "still too young"의 의미로 보는 것이 적합한 만큼 위와 같은 번역으로는 의미 전달이 제대로 되지 않는다.

마지막 연에서 원시에 없는 감탄사 "Oh"를 첨가한 것도 특기할 일인데, 이것은 원시의 의미를 효과적으로 살리는 데에 한몫하고 있다. 마지막 연 "정말 얼마큼 적으냐……"를 "Just how insignificant am I?"로 옮긴 것은 원시의 의미를 정확히 살린 의역이라 할 수 있다. 왜냐하면, 적다는 것은 눈에 보이는 양 혹은 크기를 뜻하기보다는 존재의 가치가 하찮음을 나타내기 때문이다. 한편, 문맥상 원시에서 쓰인 부호 "……"가 갖는 의미 또한 자신이 얼마나 하찮은 존재인가는 두말할 나위가 없다는 뜻에서 상대방의 상상에 맡김과 동시에 동의를 구하는 것이기도 한데, 번역에서는 물음표로 처리함으로써 원시의 뉘앙스는 반감된

---

64) 이 말은 보통 한국적 관습으로 "머리에 피도 안 마른 것이 어른의 일에 끼어드느냐?"와 같이 쓰여 "아직 철이 들지 않았다"는 의미로 쓰이고 있다.

셈이다.

　아울러 주지해야 할 사항은 한국의 음식문화를 나타내는 "설렁탕집"을 "*sŏllŏngt'ang** shop"으로 소리 나는 대로 옮기면서 이탤릭체로 차별화하여 드러내고자 하였고, 화폐단위인 "원"을 소리 나는 대로 "*wŏn*"으로 옮기면서 이탤릭체로 표현한 점이다. 이러한 번역방법은 이 어휘들이 각각 한국의 음식문화와 화폐문화를 대변하고 있고 영미문화에 없는 어휘이므로 한국문화의 특성을 살리기 위한 역자의 기본입장에서 비롯된 것이다. 아울러 3연의 "전쟁의 포로"를 대문자 "POW"로 나타낸 것도 한국전쟁을 부각시키는 데에 충분히 효과가 있는 번역이다.

　　다. 「미인」
　　　　ㅡY여사에게

미인(美人)을 보고 좋다고들 하지만
미인(美人)은 자기 얼굴이 싫을 거야
그렇지 않고야 미인일까

미인(美人)이면 미인일수록 그럴 것이니
미인과 앉은 방에선 무심코
따놓는 방문이나 창문이
담배연기만 내보내려는 것은 아니렷다

A Beauty

Though they say it's great to see a beauty
She might not like her own face
If not, how could she be a beauty?

The more beautiful she is, the more she must be so

When we are with her

The reason we happen to open the door or the window

is not to let cigarette smoke out only

is it?

이 시는 「먼지」, 「성」과 거의 동시에 창작된 김수영의 말년의 작품이다. "Y여사에게"라는 부제를 달고 있는 이 시는 2연 9행으로 구성되었는데, 끝행 "아니렷다"가 반어(反語)인 동시에 이 시 전체가 반어이다.[65]

이 시는 Y여사와의 만남을 계기로 한 것이다.[66] 여기서 "미인의 향기"는 Y여사 혹은 시인의 것이 아닌 "다른 입김" 즉 거기서 참된 노래가 나올 수 있는 그런 입김이다. 김수영은 노래가 욕망이 아니라는 것, 격한 노래란 아무짝에도 소용없는 그런 경지임을 릴케시를 통하여 터득한 것이다.

---

65) 그가 「반시론」에서 "나의 이런 일련의 배부른 시는 도봉산 밑 돈사(豚舍) 옆의 날카롭게 닳은 부삽 날의 반어가 돼야 하는 것"이라고 주장한 것은 주목할 만하며 이 시의 해석을 뒷받침한다.(김윤식, 「김수영의 변증법의 표정」, 『김수영의 문학』, 민음사, 1983, pp.296~297.)

66) 그 이야기의 요점은 다음과 같다. 그는 화식집 이층의 아늑한 방에 앉아 조용히 세상얘기를 하고 있었는데, 그가 피운 담배연기가 자욱해져서 Y여사는 살며시 북창문을 열어두었으며, 그것을 본 그가 미안해서 더 열어놓았다. 미인이 조금 연 북창문을 그가 좀더 연 사건이 시로 승화하기 위해서는 그가 읽던 하이데거의 「릴케론」과 릴케시 「올페우스에 바치는 송가」의 제3장이 필요하였다. 릴케는 "참다운 노래가 나오는 것은 다른 입김"이고 "아무것도 바라지 않는 입김"이며 "신의 안을 불고 가는 입김"이라고 읊었거니와 김수영은 그가 북창문을 연 것은 미인의 훈기를 내보내려고 한 행위라고 해석하였다.(김윤식, 같은 책, pp.296~297)

이러한 창작배경을 지닌 이 작품의 번역자 이영준은 확실한 설명이 없이 부제 "Y여사에게"를 번역하지 않았는데, 이는 원시에 충실하지 않은 증거이다. 총 2연 9행의 형식은 원시와 동일하나 "If not, how could she be a beauty?"와 "is it?"에서와 같이 역자 임의로 원시에 없는 부호 "?"를 첨가한 것은 그의 다른 번역시에서도 공통적으로 드러나는 현상이다. 이것은 대답을 필요로 하지 않는 절대적 의문문으로서 반어적인 시의 분위기를 살리는 데에 적합하다. 2연의 "The more beautiful she is, the more she must be so"에서 "must be so"는 문맥상 "could be so"로 하는 것이 적절할 것으로 보이나 이에 대해서 논란의 여지가 없는 것은 아니다.

3) 나오는 말

이 논문 집필의 목적은 전통적인 번역이론과 문화번역이론을 아울러 번역물에 적용하여 번역의 적합성을 헤아려보는 데 있다. 현실참여시로서 메시지가 강한 시라는 김수영의 시적 특성을 고려하면서 논의한 결과를 종합하면 다음과 같다.

첫째, 김수영 작품의 시어의 상당수가 일상어여서 일 대 일의 번역 등가를 찾아내는 일은 번역자들에게 비교적 쉬운 편이었을 것이다.

둘째, 원시에서 활용한 반복법이 번역에서도 그대로 드러났다.

셋째, 한국어와 영어의 어법의 다름으로 인하여 형태를 바꾸어 번역하였다.

넷째, 들여쓰기나 문장부호를 임의로 수정하거나 첨가하여 시의 분위기를 살리려는 노력이 보였는데, 이것은 전통적 번역방법과는 거리가 있는 번역태도이다.

다섯째, 한국적 전통을 표현하는 낱말은 소리 나는 대로 적고 이탤릭체로 표시함으로써 한국문화의 특성을 살리는 방법의 하나로 택한 것도 주목된다.

여섯째, 시가 반어적인 경우에는 절대적 의문문을 활용하여 시의 분위기를 살렸다.

한편, 원시에 있는 내용을 번역자 임의로 삭제했는가 하면, 관습적 표현을 어구에만 의존하여 번역함으로써 그 본래의 의미와는 상당히 거리가 있게 오역하는 한계를 노출하기도 했다. 이처럼 상당수의 오역이 발견되는 것은 번역자의 우리 문화에 대한 이해능력의 부족에서 온 결과이다. 이러한 오역은 비록 번역자가 한국인이라 해도 세대간의 격차가 있어서 전통적인 관습을 이해하지 못하거나 모국어에 대한 정확한 이해가 부족한 경우가 있기 때문에 생기는 결과에서 비롯되었다.

김수영의 번역시가 수록된 번역시집의 편찬 의도가 한국문학 및 문화를 정확하게 외국에 소개하려는 데에 주목적을 둔 것인 만큼, 번역 작업에 참여한 다수의 번역자들 역시 이러한 편집 의도를 간파하고 그들 나름대로 번역 대상 작품에 대한 예비지식을 가지고 번역에 충실하고자 했을 것이다. 그럼에도 불구하고 번역의 한계를 드러낸 것은 양국 문화의 차이에서 오는 번역의 어려움이 가장 큰 원인으로 작용했을 것이다.

결국 번역자의 한국문학 및 한국문화에 대한 정확한 이해와 한국어 구사 능력이 선행되지 않고서는 최적의 한국문학 번역은 불가능하다는 사실이다. 이 연구에서 미진한 문제는 이들의 번역시가 외국인에게 어떻게 효과적으로 전달되었는지에 관한 것이다. 이것은 외국인 독자들

을 대상으로 설문조사를 통해서 가능한 일이므로 후속과제로 미루고자
한다.

4. 강용흘의 「초당」과 고시조

1) 문제의 제기

재미 한국계 작가들은 미국이 다문화주의라는 새로운 사회적 패러
다임을 수용하면서 다양한 인종과 문화를 국가적 저력으로 승화하려는
움직임을 보이는 추세와 더불어 최근 변방에서 중심으로 진입하고 있
는 경향이 우세하며 활발하게 창작활동을 펼치고 있다.

그 동안 한인문학에 대한 논의[67]가 있었으나, 미주 한인문학을 본격
적으로 다룬 연구는 별로 없는 실정이다. 이것은 그 동안 한국문학의
정체성에 대한 학계의 인식이 부족하였고 이민 한인작가의 수가 많지
않은 탓에 관심도가 빈약했던 것도 그 한 원인이 될 수 있다. 더구나
요즈음처럼 한국문학의 세계화가 적극적으로 논의되는 상황에서는 한

---

67) Kim Elaine Haikyung의 *Asian American Literature: An Interoduction to Their Writings and
Their Social Context*(Philadelphia Temple Univ. Press, 1982)와 "Asian American Literature
and the Importance of social Context"(ADE Bulletin 80, 1985)은 그 대표적인 경우인
데, 이 연구업적들은 아시아계 미국인들의 문학작품들을 논의하는 과정에서 한
인 작가와 작품을 부분적으로 다루고 있다. 한편, Lee John Kyuhan(1990)은
Korean-American 작가들의 소설에 서술된 주인공의 자아 및 자아와 연관된 작가
의식을 면밀히 분석함으로써 그 동안 주변적, 지엽적 수준에 머물러 있던 한인
이민문학을 한 단계 끌어올렸다. 그리고 최근 표언복(「미주유이민문학연구」(1),
『목원어문학』 15, 목원대 국어교육과, 1997)은 미주 한인문학의 실상을 소수의
작품에 천착하여 그 문학성을 고찰한 것으로 평가된다.

국문학을 세계문학의 선상에서 논의해야 할 필요성이 제기되므로 그간의 개별 작품 혹은 작가에 대한 미시적 접근태도를 지양하고 보다 거시적이고 총체적인 안목으로 미주 한인문학을 다루지 않으면 안 된다.

본고의 연구대상인 강용흘은 한국계 제1세대 미국인 작가로서 「초당」(1931)을 발표하였는데, 이 작품은 이민문학의 효시로서 그 예술성이 크게 평가되어 그가 구겐하임상(Gugenheim)을 받게 되는 행운을 안겨준 작품이다.

무엇보다도 이 작품이 지닌 강점과 매력의 원천은 한국적 정서 혹은 동양정신에 있으며[68] 특히 한국근대사의 격동기에 태어난 주인공 "나"가 겪어야만 했던 고통스런 역사적 증언과 자기 인생에 관한 사실을 담고 있는 이 작품은 회고록의 성격을 띤 일종의 자서전적 성장소설로서 관심의 대상이 되었다.

작가는 이 작품에서 그의 고향 함경도에서 성장한 후 미국으로 떠나게 될 때까지의 성장과정을 자신의 체험을 바탕으로 구체적으로 폭넓게 서술하고 있다. 그 표현방식은 자전적 소설이 택하는 보편적인 서술방식으로서 미국으로 가는 선상에서 회상하는 것인데, 그 과정에서 민요와 시조 및 한용운의 시를 작품 속에 인용한 사실은 특기할 만한 일이다. 이것은 우리 시에 대한 그의 남다른 애정에서 나온 결과라고 사료된다.

그 결과 이 작품은 동양의 정신문화 특히 우리의 고시조와 한용운의 시 및 민요를 서양에 처음으로 널리 알리는 데 크게 기여한 것으로 평가되며, 한국번역문학사상 우리의 전통시가를 영역했다는 점에서 더욱 큰 의미를 지닌다.

---

68) 이보영, 『동양과 서양』, 신아출판사, 1998, p.13.

영문으로 쓴 자서전은 우리 한국의 첫 이민 세대 작가들 대부분이 선택한 문학장르로서 그들의 작품 내면에 대체로 그들이 해외에 빈곤과 식민상황으로부터의 도피자들이라는 관점에서 자국문화를 알린다는 사명감과 선진국의 문물을 배워 익혀야 한다는 욕구분출로 요약된다는 점은 주목할 만한 사실이다. 강용흘의 작품 역시 이러한 각도에서 이해되어야 마땅하다.

강용흘이 자신의 소설 작품 속에서 우리의 전통장르인 고시조를 인용한 것은 무엇보다도 조국에 대한 그리움과 전통에 대한 집착에서 나온 결과인데, 이는 초기 이민문학의 소재와 주제와 구조를 결정한 자서전적 경향이 이민작가들의 경험세계에서 구세계(舊世界)에 대한 관심과 비중이 컸음을 의미한다.

강용흘에 대해서는 「초당」이 발표되면서 국내에서 소개된[69] 바 있으나, 작가 및 작품에 관한 총체적인 연구는 빈약한 편이고 특히 본고의 논제와 같은 성격의 연구는 거의 없는 실정이다.

이와 같은 점에 착안하여 필자는 작품 자체에 관한 체계적 연구와는 별도로 우리의 고시조를 통하여 우리 고유의 전통과 문화가 비교적 적절하게 해외에 소개되었음을 가늠할 수 있다는 전제 아래 이 작품에 인용된 고시조의 영역본을 원시와 비교, 분석하여 번역의 적합성 여부를 살피고 번역과정에서 드러난 문화의 차이를 규명하고자 한다. 결과적으로 이 연구는 한국문화의 정체성을 재확인[70]하고 한국번역문학사

---

69) 이광수, 「강용흘씨의 「초당」」, <동아일보>12. 10. 1931.
　　유병천, 「이민작가의 한계와 전통」, 《신동아》, 11월호, 1966.
　　김윤식, 「유년시절을 그린 두 개의 소설」, 《사상계》, 3월호. 1970.
70) 강용흘의 작품은 "한국적인 것의 세계적 위치에 대한 점검, 즉 세계에서의 자기 정립은 강용흘 소설세계에서 중요한 요소"(김효원, 「이미륵과 James Joyce에 비

적으로 번역의 양상을 고찰하는 데 한 몫을 할 수 있을 것이다.

본고는 강용흘의 「초당」(1968)과 영역본 「초당」[71]에 수록된 고시조 원문을 대조하기 위하여 심재완[72]과 박을수[73]를 참고로 하였다.[74] 그리고 본고의 분석대상 작품의 현대번역본을 구득(求得)할 수 있는 경우에는 그것과 비교함으로써 이 작가의 번역능력을 가늠할 수 있는 기준으로 삼았다.[75]

2) 작가의 문학적 편력

강용흘(1903~1972)은 함경남도 홍원군 송둔치에서 출생하여 어린 시절 서당교육을 받은 후 도일(渡日)하여 동경에서 수학한 후 귀향하여 함흥 영생중학을 졸업하였다. 3·1운동에 참가하여 옥고를 치룬 후 선교사의 지원을 받아 도미(1920~1922)하여 하버드대학에서 영미문학을, 보스턴대학(1923~1925)에서 의학을 전공하였다.[76] 그는 1928년부터 미국에 체류하면서 문필활동에 주력하였으며 브리타니카(14판) 편집위원

추어 본 강용흘의 소설세계」, ≪논문집≫ 7집(인문사회과학 편), 한림대학교, 1989, p.102)라고 평한 언급은 시사하는 바가 크다.

71) 강용흘, 장문평 역, 『초당』, 범우사, 1999.

72) 심재완, 『역대시조전서』, 세종문화사, 1972.

73) 박을수, 『한국시조사전』 상, 하, 아세아문화사, 1992.

74) 고시조 원문 하단에 표시된 쪽수는 번역본의 쪽수이고 영역본 하단의 쪽수는 영문 원작의 쪽수로서 이하 편의상 상기의 책이름은 생략하고 쪽수만을 표기하였음을 미리 밝혀둔다.

75) 이 글은 일종의 번역비평이므로 강용흘의 번역에 관한 것에 초점을 맞추었으므로 작품 분석은 논외로 하였다.

76) Younghill Kang, *The Grass Roof*, Follett Publishing Company, Chicago/New York, 1968. p.413.

으로 활동하였다. 한 때 유럽에 건너가 로마대학, 뮌헨대학, 파리대학 등에서 연구생활을 하였다. 이어 1929년부터 뉴욕대학, 롱 아일랜드대학, 예일대학 등에서 영문학, 비교문학을 강의하였다. 그는 번역시집 Oriental Poetry(1929), 소설 The Green Roof(1931), The Happy Grove(1934)를 출간하는 등 활발한 창작활동을 전개하였다.

앞에서 이미 언급한 바와 같이 *The Green Roof*는 구겐하임(Gugenheim) 상은 물론 북 오브 더 센추리(Book of the Century)까지 수상한 작품으로 발표와 동시에 국내에서도 크게 관심을 불러일으켜 이광수는 「강용흘씨의 <초당>」[77]이라는 서평을 썼고 ≪삼천리≫(1936. 8)에서는 「조선문학의 정의」를 다루는 앙케이트에서 『초당』을 논의의 초점으로 삼았다.

한편, 강용흘의 작품은 미국 주류문단의 주목을 받아 뉴욕 타임즈, 뉴욕 헤럴드 트리뷴지, 런던 타임즈, 만체스터 가디언 등 지명도 높은 저널에 소개되었고 독일어, 프랑스어, 체코어, 유고어 등 10여 개 국어로 번역, 소개되었다.[78]

해방이 되고 한국전쟁이 발발하기 직전까지 강용흘은 한국에 돌아와 미군정청 출판부장으로 근무하는 한편, 서울대학교 문리과대학에도 출강하였다. 이 시기에 영문으로 *A World of Great Stories, The Thesaurus of Book Digests, Outline of American History*을 펴냈다. 전쟁 직전 도미하여 번역

---

77) <동아일보>, 1931. 12. 10일자.

78) 펄벅은 이 작품을 "불후의 명작"으로 평가했고, 토마스 울프는 강용흘을 "독창적이고 시적인 감성을 지닌, 생활을 사랑하는 천부적인 작가"로 극찬하였다. 이광수는 「초당」을 읽고 문체의 소박성, 묘사의 박진감, 취재의 자유로움과 풍부함, 작가의 정서, 경쾌한 유우머 등을 예로 들어 작품성을 높이 평가하였다.(이광수, <동아일보>, 1931. 3. 30일자 참고) 「초당」의 한역본(漢譯本)으로 김성칠(1948)이 있고 「초당」의 재판(1965)이 간행된 바 있다.

시집 *Anitaban*(1954), 소설 *East goes West* (1965)를 출판했다. 특히 그는 부인 프랜시스 킬리(Francis Keely)와 함께 한용운의 『님의 침묵』을 *Nime-e Ch'immuk*(1970)이라는 제목으로 공역(共譯)하여 연세대출판부에서 출간했다. 그는 고려대학교에서 명예박사학위를 취득하고(1970) 그의 장서 4,000여 권을 고려대학교에 기증하고 제37차 세계펜클럽서울대회에 참석하였다. 50여 년의 미국생활을 마감하고 타계하기(1972)까지 미국, 유럽 등지에서 크게 평판을 얻으면서 문필생활에 전념했다.

3) 「초당」에 인용된 고시조

(1) 고시조의 내용

「초당」은 총2편으로 구성되어 제1편은 "제1장 桃園의 계곡(The Valley of Utopia)"부터 "제11장 운명의 날(Doomsday)"까지이고, 제2편은 "제12장 서방의 별(Star of the West)"부터 "제24장 아, 미국의 기백이여!(O, Soul of America!)"까지이다.

작가는 주인공 한청파의 성장과정을 다루면서 한국의 전통문화와 세시풍속에 관하여 상세히 묘사하여 독자들로 하여금 한국문화를 폭넓게 이해할 수 있게 한다.

구체적으로 살펴보면, 강용흘은 「초당」에서 새해, 설날, 추석, 단오, 칠석 등의 명절이나 관혼상제 등의 전통적인 의식 절차를 면밀하게 묘사하고 있다. 예컨대, 환갑 잔치날을 묘사하는 과정에서 그가 김만중의 「구운몽」을 주제로 하여 전통악기인 거문고, 해금 등을 이용한 판소리 악극을 소개하고 있는 점도 매우 흥미롭다.

　이 작품은 개인의 성장과정이 사회적, 민족적 역사 상황, 그 발전과
정과 유기적 관계 속에서 전개되고 있어서 사실주의적 역사소설의 장
르로 규정되는데79), 이 규정은 작품의 전반적인 특성을 고려하여 볼
때 타당성이 있다. 그 내용으로 보아 주인공 한청파가 미국으로 간 목
적은 스승 박수산의 영향을 받아 조국의 개화에 힘쓰고자 하는 데에
있으며 이것을 실천하기 위해서는 서양의 학문을 배워 오는 것이 급선
무라는 생각에서였다. 그런데, 실제 미국땅에서 생활하면서 그는 자신
의 문필활동을 통하여 한국을 비롯한 중국, 일본 등 동양의 정신문화를
서양에 알리는 중요한 매개자의 역할을 하게 된 것이다. 독자들은 「초
당」에서 강용흘의 그러한 모습을 읽을 수 있다. 환언하면, 그는 작품의
전개 과정에서 한국의 문화, 역사, 전통에 얽힌 다양한 관습이나 사건,
항목 등을 상세히 설명하고 있을 뿐만 아니라 특히 우리의 민요나 시
조, 한용운의 시를 원문에 충실하게 번역해 보이려는 노력의 일단을 보
여준다.

　결론적으로 「초당」은 단순한 자전적 소설로 그치는 것이 아니고 한
국을 비롯하여 중국, 일본 등 동양의 정신문화를 서양 사람들에게 알리
는 촉매제가 되었다는 데서 그 의미가 있다. 그리고 그것을 효과적으로
실천한 것은 소설의 전개과정에서 무려 22편의 시조를 번역, 삽입하여
작품의 의미를 효과적으로 연결시켰다는 점에서 더욱 큰 의의를 지닌
다. 이러한 창작기법은 강용흘의 독특한 수법으로 평가해도 좋을 만큼
다른 작가에게서는 드물게 보이는 기법이다.

　그리고 그가 고시조 원문을 어떻게 번역하여 소개하고 있는가를 살

---

79) 김효원, 「이미륵과 Jamos Joyce에 비추어 본 강용흘의 소설세계」, ≪논문집≫ 7
　　집(인문사회과학 편), 한림대학교, 1989, p.97.

피는 일은 번역문학사상으로도 매우 중요한 일이다. 즉 번역한다는 것은 단순히 어구의 번역이 아니고 한 나라의 문화를 다른 나라의 언어로 옮겨놓는 작업이기 때문에, 번역자의 세계관이나 가치관이 번역과정에서 반영되기 마련이다.[80]

특히 한국시를 외국어로 번역하는 과정에서 야기되는 몇 가지 문제점을 고려하지 않으면 안 된다. 환언하면, 두 언어간의 구조, 문법, 의미, 형태의 차이는 물론 문화상의 차이가 크기 때문이다. 무엇보다도 고시조의 경우는 어려운 고사성어와 고어체의 문구 등 국어를 사용하는 우리 현대인들에게도 생소한 만큼 외국인들이 이해하기는 더욱 힘들 수밖에 없다. 결국 우리의 문화가 어떻게 올바르게 전달되었는가 하는 문제가 번역자의 번역능력에 달려 있다 해도 과언이 아니므로 번역자의 임무는 막중하다.

강용흘은 영문으로 창작한 「초당」 속에 정확히 22수(고시가에 해당하는 「황조가」는 제외함)의 고시조를 번역, 인용하고 있는데, 구체적으로 언급하면, 그들이 윤선도, 김천택의 시조 각 2편, 유성원, 박효관, 송시열, 이화진, 성훈, 최충, 황진이, 김수장, 이정보, 황희, 주의식, 임의직의 시조 각 1편, 작자 미상의 시조 6편 등이다.[81]

---

80) 김효중, 「문학작품 번역과 세계관」, 『비교문학』 28집, 한국비교문학회, 2002, p.5.
81) 이 작품에 인용된 고시조 작품을 「초당」에 삽입, 인용한 순서대로 작자와 작품
　　의 첫머리를 소개하면 아래와 같다.
　　　1) 유성원, 초당에 일이 없어 거문고를, 2) 작자 미상, 창밖에 국화를 심고, 3)
　　윤선도, 나무도 아닌 것이 풀도 아닌 것이, 4) 김천택, 춘창에 늦이 일어 완보하
　　여, 5) 박효관, 세월이 유수로다 어느덧에, 6) 작자 미상, 꽃이 진다 하고, 7) 황
　　희, 청계상 초당외에 봄은 어이, 8) 송시열, 청산도 절로절로 녹수라도, 9) 이정
　　보, 태백이 죽은 후에 강산이,10) 이화진, 초당에 깊이 든 잠을, 11) 성훈, 말 업
　　슨 청산이요, 12) 최충, 백일은 서산에 지고, 3) 황진이, 산은 옛산이로되 물은,
　　14) 김수장, 단풍은 연홍이요 황국은, 15) 작자 미상, 만경 창파수로도 다 못 씻

그리고 작품에 인용된 동양문학 작품은 작가 자신과 후란시스 킬리가 번역한 것이다. 그들이 또한 원문의 정신과 미적 패턴 및 의미를 역문에 그대로 살리는 데에 최선을 다했음을 작가는 「초당」의 서두에서 밝히고 있다.[82]

(2) 「초당」에 인용된 고시조 영역본

필자는 강용흘이 「초당」에서 즐겨 인용한 고시조 22편의 영역본 가운데, 지면의 제한으로 인하여 편의상 임의로 일곱 편의 시조 즉 송시열, 이정보, 이화진, 성혼, 최충, 황진이, 김수장의 작품을 선택하여 이를 원문과 대조하고 분석하여 번역의 적합성 여부를 판단할 것은 물론이고 번역을 통해 우리의 전통문화의 전파 효과가 어느 정도인지를 규명하고자 한다. 그리고 이 분석과정에서 필자는 최근에 대두되고 있는 문화번역이론을 논거로 활용하고자 한다.

시조를 번역함에 있어서 무엇보다도 중요한 것은 고시조 원문에 대한 정확한 이해를 바탕으로 하여 그 고유의 3장 6구 형식을 어떻게 옮겼는가 하는 문제일 것이다.

주목되는 것은 「초당」의 도입부에서 유성원의 시조를 인용함으로써

을, 16) 김천택, 내 부어 권하는 잔을, 17) 주의식, 인생을 헤여하니, 18) 임의직, 금과에 배를 타고, 19) 작자 미상, 청려장 드더지며, 20) 작자 미상, 물 아래 그림자 지니 다리 밑에, 21) 작자 미상, 북소리 들리는 절이 멀다, 22) 윤선도, 석양 넘은 후에~ 이다.

82) 「초당」의 서두에서 작가가 밝힌 내용을 그대로 인용하면 아래와 같다.
"All the oriental literature quoted herein is from actual translations made by myself and Frances Keely. We. have made paid much attention to carrying over the spirit, the aesthetic pattern and literal meaning from the original."

이 작품을 이해하는 단서(端緒)를 제공하고 있는 점이다.[83] 즉 작가는 이 한국적 전통의 바탕 위에서 본 작품의 주제를 심화시키고자 시도했다. 작품 속에 등장하는 "초당"은 본래 "The grass roof"를 번역한 것인데, 사전적 의미로는 "집의 원채에서 따로 떨어진 곳에 억새나 짚 따위로 지붕을 인 조그마한 집채"[84]로서 본문에서 간혹 초가지붕으로 번역되었다. 초가(草家)는 한국시골 마을의 전형적인 가옥형태이므로 고향을 떠올리게 하는 정서적 분위기를 담고 있다. 작가는 "초당"을 작품의 제목으로 택함으로써 그가 얼마나 조국의 문화적 전통을 중시하는가를 보여준다.

시조형식 번역의 관점에서 보면, 본래 원문의 문체나 구문, 문장의 장단 하나하나의 어휘에 대한 배려가 전제되어야[85] 한다. 그런데, 우리 고시조의 형태는 3장[86] 6구 12음보의 독특한 형식[87]을 가지고 있고 운

---

83) 유성원 시조의 원문 및 영역본을 인용하면 다음과 같다.
초당(草堂)에 일이 없어 거문고를 베고 누어/태평성대(太平聖代)를 꿈에나 보려 하니/문전(門前)의 수성어적(數聲漁笛)이 잠든 나를 깨우다.(유성원, p.11)
In a grass roof idly I lay,/A Kumoonko for a pillow:/I wanted to see in my dreams/Kings of Utopia ages:/But the faint sounds came to my door/Of fisher's flutes far away,/Breaking my sleep…(Old Korean Poem)(p. 2)

84) 국립국어연구원, 『표준국어대사전』, 두산동아, 1999. p.6075.

85) 안정효, 『영어길들이기(번역편)』, 현암사, 1997, p.76.

86) 3장 구조의 원리는 고시조에만 해당하는 것이 아니고 신라시대의 향가, 조선시대의 용비어천가, 1940년대 이상의 「오감도」 등이 모두 동일한 구조로 이루어져 있다. 또한 3장 구조의 원리는 삼재론에 있으며 그 중심은 초장과 중장이 지닌 천지·음양의 대립을 조화로 이끄는 종장—특히 종장 초구 3자—에 있음을 강조하고 있는데, 이것은 천지인의 인(人)에 해당한다. 그러므로 고시조에는 우리 민족의 천지·음양의 대립을 조화로 이끄는 이른바 중용의 미덕이 반영되어 있다고 할 수 있다.

87) 시조의 3장 구조에 대하여 이영자(「시조의 삼장논리와 그 상징성」, 『시조학논총』, 창간호, 1985, p.145)는 "시조 3장은 가장 한국적인 표면구조에 해당하며 서양의 이원론과 구별되는 것"이라고 하여 한국시의 기본 원형임을 분명히 하고 있다.

율은 우리말의 액센트가 보통 하강조를 이루고 있기 때문에 음보 넷을 단위로 하는 강약 4보격이 곧 시조의 음보율이 된다. 사실상 영시나 한시에서 논의되고 있는 엄격한 압운법을 시조에 적용할 수는 없다.[88] 그래서 번역된 작품은 형식(율)이 아닌 의미(율)에 초점을 맞추게 되고 3행 6구의 시조 형식을 영어에서 3개의 문장과 6개의 구에 맞추어 의미(율)로 번역할 수밖에 없다[89]고 보는 의견이 대두한 것도 무리는 아니다.

이 시조의 번역에서 번역자가 이러한 규칙을 과감히 깨뜨리고 자유시 형태를 취한 점은 특기할 만한 일인데, 그 가장 큰 원인은 위에서 언급한 바와 같이 영어와 우리말의 어법이 전혀 다를 뿐 아니라 3장 6구 정형의 틀 속에서 원시조의 의미를 전달하기에는 많은 무리가 따르므로 이와 같은 방법을 취한 것은 불가피한 선택이었을 것[90]이다. 그럼에도 불구하고 번역자가 원시에 충실하기 위하여 최소한 6행의 형식을 따랐음은 주목할 만한 사실이다.

초장의 "거문고"를 "Kumoonko"[91]로 발음 나는 대로 옮긴 것이 주목

---

88) 신웅순, 『현대시조시학』, 문경출판사, 2001, p.78 참조.

89) 세계시조사랑협회, 『시조월드』 제8호, 2004, p.296.

90) 케빈 오루르크는 역시 6행으로 번역하되 배열의 변화를 주어 초장의 뒷구절에 해당하는 부분은 들여쓰기를 하였다. 그의 번역을 참고로 인용하면 아래와 같다.(Kevin, O'Rourke, *The Sijo Tradition*, Jung Eum Sa, 1987, p.42)

  Lying at leisure under my grass roof,
      my head cradled on the lute,
  I sought in dreams at least
      to see a reign of great peace,
  but a fisherman's song pipped at the gate
      awakened me from sleep.

91) 근래 "geomungo"(Suh Cheong Soo, *Korean Language & Culture*, Hansebon, 2003, p.81)로 표기하는 "거문고"를 역자가 "Kumoonko"로 표기한 것은 이해될 만하다. 왜

되는 사실인데, 이것은 외국어 단어를 그대로 수용하는 방법에 속한다.92) 이 악기는 한국의 전통적인 악기로서 서양인에게는 생소한 것이기 때문에 번역자가 그런 번역방법을 택한 것은 적절하다고 본다. 이러한 경우 보통 주석(註釋)을 통하여 악기에 대한 설명93)을 첨가하는 것이 이상적인데, 그렇게 하지 않은 것은 그 당시만 해도 확고한 번역이론이 대두되었다거나 보편화되어 있지 않았기 때문일 것이다.94)

청산(靑山)도 절로절로 녹수(綠水)도 절로절로,
산(山) 절로절로 수(水) 절로절로 산수간(山水間)에 나도 절로절로,
그 중에 절로절로 자란 몸이니 늙기도 절로절로 하리라.(p.100)

Green Mountains are natural, natural,
Blue water is natural, natural!
Natural mountains, natural streams,
Mountains above me, rivers around me,
　　　[I too am natural, natural!]

냐하면, 그 당시만 해도 우리말의 영문표기는 정확히 통일된 표기가 없었기 때문이다. Kevin O'Rourke는 앞의 번역서에서 거문고를 "lute"로 번역하면서 "Korean komun'go"라고 설명하였다.

92) 번역될 나라의 생경한 개념을 번역하는 경우 다음 세 가지가 있다. 첫째, 설명적인 어구를 사용하는 방법, 둘째, 외국어 단어를 그대로 사용하는 방법, 셋째, 역어에서 익숙한 단어로 대치하는 방법이다.(K. Barnwell, *Introduction to Semantics and Translations*. Harsleys Green, England, Summer Institute of Linguistics, 1980, pp.78~82 참조)

93) 거문고를 사전에서는 "a Korean musical instrument with six strings: a six stringed Korean zither/harp"(Suh Cheong Soo, *Korean Language & Culture*, Hansebon, 2003, p.81)로 설명하고 있다.

94) 1930년대 이미 국내·외적으로 번역에 대한 관심과 열기가 고조되어 있었으나 번역에 대한 방법론이나 연구가 체계화되어 하나의 학문으로서 번역학이 독립한 것은 1983년 이후의 일이다.

Here where a natural body was grown,
Even old age will be natural, natural!(pp.92~93)

이 시조의 내용은 청산이나 녹수 등 만물이 모두 자연스럽게 나고 자란다는 세상의 이치를 노래한 것이며, 작가가 특히 자연 가운데 나의 몸이 나고 자라고 늙는 것이 자연스러운 일임을 강조한 것은 주지해야 할 사실이다. 이 시조에는 자연과 조화를 이루며 살아가고자 하는 우리 선조들의 인생관이 잘 반영된 것으로 볼 수 있다.

강용흘은 이 시조를 작품 속에 삽입하면서 "솔숲 악대의 반주에 맞추어 부르는 노래 가운데 모두가 가장 좋아하던 것"이기 때문이라 하였다. 아마도 자연과 인생이 조화를 이루며 살아가야 하는 것은 시대 상황이 변한다 해도 변할 수 없는 보편적인 진리이며 모두가 자연과 인생에 관해서 느끼는 것을 포괄하고 있는 작품이 곧 이 시조이기 때문에 사람들이 이러한 시조를 선호할 수 있다고 본다.

그가 4행의 말미에 해당하는 〔I too am natural, natural!〕을 별도로 괄호로 묶어 들여쓰기 형식을 취하고 문장의 끝에 감탄부호까지 넣어 독립시켜 번역한 것은 형태상으로는 본문과 다르나 위와 같은 주제를 강하게 부각시키는 데에 효과적이었다고 생각된다.

태백(太白)이 죽은 후에 강산이 적막하고,
일편명월(一片明月)만 벽공(碧空)에 걸렸어라.
저 달아, 태백이 없으니 날과 놀미 어떠리.(이정보, p.102)

After Li Po passed away,
Deserted, lake and mountain lay.
Her lonely circling, the moon

Found very mournful now to be.

Li Po is here no more, O moon,

Why not come frolic with me?(p.94)

　이 시조가 삽입된 것은 다름 아닌 작중인물의 숙부가 달을 쳐다보면서 작중화자에게 달에 대해 읊은 한국의 시를 암송하는 대목에서이다. 환언하면, 달은 일종의 일기이므로 거기서 앞날의 좋은 시절과 지난날의 모든 달콤한 추억을 찾아볼 수 있다는 것을 일깨워주면서 숙부가 작중인물에게 이백에 대한 이야기를 곁들여 이 시조를 암송한 것으로 되어 있다.

　본래 이 시조는 영조시대 양반시조 작가로 잘 알려진 이정보[95]의 작품인데, 그가 공직에서 물러난 뒤 "강산이 적막하고 일편명월(一片明月)만 벽공(碧空)에 걸렸"음을 한탄하면서 달[96]을 벗삼아 즐기고자 하는 그의 생각을 읊은 시조이다. 이 시조에서 달은 중심이 되는 사물로서 "the moon", "O moon" 등으로 부각되고 있으며 쓸쓸한 심사(心思)를 달에 감정이입(empathy)시켜 달의 움직임을 "Her lonely circling"으로 보면서 "Found very mournful now to be"로 번역한 것은 번역자가 문맥을 제대로 파악한 결과라고 할 수 있다.

---

95) 이정보는 오랜 공직 경력을 두루 거치면서 관리로서 조정의 정책을 비판하는 상소문을 임금에게 보내는 일을 주저하지 않았고 곧은 성격과 정의감에 사로잡혀 두려움을 모르는 인물로 정평이 나 있다. 그는 늙어 벼슬자리를 물러나 산수에 자적(自適)하였는데, 특히 글씨와 한시에 능하였을 뿐만 아니라 시조의 대가로서 총 78수의 시조를 남겼다.(문덕수, 『세계문예대사전』, 교육출판공사, 2000, p. 1468 참조).

96) 조선시대 시조에서 달은 중요한 소재로 활용된 자연물로서 공직에서 은퇴하거나 혹은 당파싸움에서 밀려나 유배지에 가 있는 양반들의 유일한 벗이었다. 조선시대의 이른바 자연친근사상은 시조에서 현저히 반영되어 윤선도의 「오우가」 등에서 그 전형을 본다.

"Li Po"는 이백의 중국어 발음을 표기한 것이며 현재도 이렇게 표기
되고 있다.

> 초당(草堂)에 깊이 든 잠을 새 소리에 놀라 깨니,
> 매화우(梅花雨) 갓갠 가지에 석양이 거의로다.
> 아희야, 낚대 내어라, 고기잡이 늦었다.(이화진, p.107)

> Fast asleep in my grass roof,
> The birds sing me awake……
> Behind those plum flowers the raindrops shine,
> The sun begins to sink.
> Garçon, bring fishing rods quick!
> It gets late to fish.(pp.100~101)

작중 주인공이 자기의 고향 송전치에서 시인, 선비, 소몰이 등 누구
나 낚시를 좋아하였으며, 이런 취미를 말해주는 예시는 많다고 설명하
는 대목에서 작가는 이 시조를 삽입하였다. 실제 이 시조는 우리 선조
들의 낚시문화를 파악할 수 있게 하는 작품이며 특히 종장에서 이러
한 낚시문화의 특징이 두드러지게 드러난다.

이 시조 초장의 첫구는 작가가 선호하는 "초당grass roof"으로 시작된
다. 초장 후반부 "The birds sing me awake…"에서 원시조에 없는 부호
"…"를 넣은 것은 새소리에 놀라 깬 시적 화자의 정서적 상태를 나타내
려는 역자의 의도가 반영된 것으로 풀이된다. 작가가 종장 첫구의 "아
희야"를 "O Garçon!"으로 번역한 것은 특기할 만하다. "Garçon!"은 본래
프랑스어에서 온 외래어로서 사전적 정의는 "(호텔 따위의) 보이나 급
사"97)로서 원시에서는 "심부름하는 아이" 정도의 의미를 지닌다. 그리

고 원시조에 없는 감탄사 "O"를 삽입한 것도 주목되는데, 이것은 시조 전체의 문맥으로 보아 시적 화자의 흥취를 드러내고자 한 역자의 의도가 반영된 것으로 보아도 무방하다.98)

말업슨 청산(靑山)이요 태(態)업슨 유수(流水)로다.
갑업슨 청풍(淸風)이요 님자업슨 명월(明月)이라.
이 중(中)에 병(病)업슨 이 몸이 분별(分別) 업시 늙으리라.(성혼, p.120)

Mountains are green, sans words;

Brooks run, sans etiquette, down;

Winds are clear, sans being sold;

The moon is bright, sans being owned.

Sans sickness, with them I dwell;

Sans thought of age, I grow old.(p.113)

이 시조는 평생을 조용히 평화롭게 살다가 아름다운 죽음을 맞이한 주인공의 조부가 평소에 즐겨 부른 것이라 하여 삽입한 작품이다.99)

이 시조의 작가 성혼100)은 자연의 아름다움 속에서 근심 없이 건강

---

97) Si-Sa Elite Concise, *English-Korean Dictionary*, 1995, p.912.

98) 강용흘은 다음과 같은 작가 미상의 시조에서도 이와 같은 방식으로 번역하였다. 창 밖에 국화를 심고 국화 밑에 술을 빚어두니,/술 익자 국화 피자 벗님 오자 달이 돋아온다./아희야, 거문고 청(淸) 처라, 밤새도록 놀리라.(작자미상, p.30) (Chrysanthemum grows by the window Where the new wine waits to brew./The flower opens/As the wine ripens;/Friends flock;/ A full moon shines too,/O Garçon! Tink-tink-a-tink the Kumoonko:/Merrily, merrily sing the night hours through!(p.17)

99) 이 부분은 『초당』 제8장 인생의 쇠퇴기의 일부인데, 여기서 작가는 한국에서 임종 직후에 행해지는 장례문화를 소상히 밝히고 있다.

100) 성혼은 선조때 유교학자로서 자기의 친구인 이율곡이 반역죄로 피소되었을 때 적극적인 변호를 한 바 있다. 한때, 건강문제로 시험을 포기했던 경험이 있던 그는 건강에 남다른 관심이 있었던 듯하다.

하게 살고 싶었던 자신의 소망을 "병 업슨 이 몸"이라는 표현을 통하여
자연스럽게 나타냈다. 저가가 영문번역본에서 "업슨(=없는)"이라는 어
휘의 반복법을 활용하고 있는 것이 특징인데, 이것을 "sans+명사"의 형
태를 취하여 일관된 흐름을 유지하고 있다.[101]

> 백일(白日)은 서산(西山)에 지고 황하(黃河)는 동해(東海)로 들고,
> 고래(古來) 영웅은 북망(北) 든단 말가.
> 두어라, 물유성쇠(物有盛衰)[102]니 한(恨)할 줄이 있으랴.(최충, p.121)

> The bright sun is falling behind the Western mountain
> As the yellow river enters the Eastern sea.
> From old old times until now, heroes and flowers
> Have all gone down to their graves in the Northern snow.
> Let be.··· All things bloom and are scattered.
> Why sorrow? This life is so···(p.114)

이 시조는 앞에서 인용한 시조 다음에 이어 삽입된 것으로서 주인공
의 조부의 묘지가 있는 산 사이에 만가(輓歌)를 적어 넣은 깃발이 수백
개나 줄을 이었는데, 그 중의 한 깃발에 적힌 것이다.

이 시조는 죽음에 대한 체념을 묘사한 것으로서 유교적 인생관과 무
관하지 않다. 그러므로 "사후의 문제에 대한 거의 맹목적인 무지를 내
세우는 것"으로 "사후는 전혀 없는 것이고 또 거기에 무엇이 있다고 해

---

101) 이것을 "word+less"로 번역하고 있는 경우(케빈 오루르크, 『영어로 보는 한국의
　　　명시, 명시조』, 우일사, 2001. p.235)가 있는데, 의미 전달면에서는 큰 차이가
　　　없을 것으로 본다.
102) 물유성쇠(物有盛衰)는 '만물은 성하면 반드시 쇠한다는 자연의 이법'(韓非子의
　　　말)을 의미한다.(박을수, 같은 사전, p.484)

도 현세의 입장에서 보면 아무 의미도 지니지"[103] 않는다는 표현은 유
교적 인생관과 일치한다고 볼 수 있다. 종장의 "두어라, 물유성쇠(物有
盛衰)니 한(恨)할 줄이 있으랴"에 체념의 뜻이 명백히 드러나 있는데, 이
것을 "Let be.… All things bloom and are scattered./Why sorrow? This life is
so…"로 번역해 놓은 것은 원문의 의미를 잘 파악하고 번역한 것으로
보인다. 특히 문장부호 "…"를 문장 사이에 역자 임의로 첨가한 것이
주목되는 바, 작품의 주제가 생사와 관련한 인생문제에 관련이 있으므
로 작가가 잠시 생각할 여유를 보여주고자 한 것으로 풀이되기도 한다.

초, 중장의 번역도 원문의 의미에 매우 근접하고 있다고 할 수 있다.
이것은 중장 끝부분의 "북망 든단 말가"를 "Have all gone down to their
graves in the Northern snow"로 번역한 점에서 확인된다. 구체적으로 언
급하면, 문맥에 따르면 북망[104]에 든다는 것은 죽어서 무덤에 묻힌다
는 의미인데, 원문에 무덤이라는 낱말이 보이지 않았음에도 불구하고
번역본에 그렇게 표현한 것은 작가가 원문의 의미를 정확히 파악했기
때문일 것이다.

다만 원문에 없는 "snow"를 첨가한 것이 특이한데, 조선조 선인들은
주검이 묻혀있는 북망을 차갑고 어둡고 음침한 곳으로 인식[105]하고 있

---

103) 이인복, 『죽음과 구원의 문학적 성찰』, 우진출판사, 1989, p.330.

104) "북망"의 사전적 의미는 "무덤이 많은 산"(이기문, 『새국어사전』, 동아출판사,
1995, p.1012), "북망산"의 사전적 의미는 "공동묘지, 무덤, 죽음을 상징하는
말"(김재홍, 『시어사전』, 고려대출판부, 1997. p.523)이다. 이 말은 한비자(韓非
子)가 사용한 말이기도 하다. 즉 萬物必有盛衰 實子·必虛(박을수, 『한국시조대
사전』, 1991, p.484에서 재인용)이 그것이다.

105) 이것은 유교적 생사관에 젖어있는 우리 선인들의 사고와 관련이 있으나, 박두
진의 시 「향현」에서는 기독교적 생사관이 반영되어 "북망"은 따뜻하고 밝고
향기로운 곳으로 묘사되어 있어서 이 둘이 비교된다.

는 만큼 이러한 분위기를 효과적으로 살려줄 것으로 판단하여 역자 임의로 첨가한 듯하다. 그런데, 이것은 바람직한 번역 방법은 아니다.

> 산은 옛 산이로되 물은 옛 물 아니로다.
> 주야(晝夜)에 흐르니 옛 물이 있을소냐.
> 인걸(人傑)도 물과 같도다, 가고 아니 오노매라.(황진이, p.121)

> The hill is the same hill always.
> But it is not the same rill always.
> By day and by night running onward,
> How could it be the same, always?
> The hero resembles the rill—
> He passes not this way again.(p.114)

이 시조도 앞에서 언급한 바, 또 다른 깃발에 적힌 만가(輓歌)로서 삽입된 시조이다. 본래 이 시조는 황진이의 스승인 서경덕이 타계한 후 황진이가 그를 기리기 위하여 쓰여진 작품이다. 천대받는 계층의 공인된 기녀로서 귀족들, 학자들, 예술가들과 자유로운 교제를 하면서 당시의 인습에 도전했던 그는 오만한 태도를 싫어했고 좋은 술과 음악과 시를 감상할 줄 모르는 사람들에게는 애정을 주지 않을 만큼 풍류를 사랑했다. 그의 시조는 대체로 사랑을 주제로 한 것이 특징이다.

종장을 "He passes not this way again"으로 번역한 것은 현대번역본[106] 에서 "they go/and do not return."으로 번역한 것보다 시적인 분위기를

---

106) 참고로 번역문을 소개하면 아래와 같다.
"The mountains may be ancient, not so the waters./Water flowing night and day,/how can it be the same?/Great men are like that water; they go/and do not return."(케빈 오루르크, 『영어로 보는 한국의 명시, 명시조』, 우일사, 2001, p.217)

자아내며 강용흘의 문학적 감수성을 보여주는 부분이다.

단풍은 연홍(軟紅)이요, 황국(黃菊)은 토향(吐香)할 제,
신도주(新稻酒) 맛들고 금령어회(錦魚膾) 별미(別味)로다.
아희야, 거문고 내어라, 자작자가(自酌自歌)하리라.(김수장, p.147)

When maple leaves are threaded with red,
And the golden chrysanthemum heaves perfume,
Ah, but the wine that is made from new rice
With the silk-scaled fish eaten raw tastes nice!
Here, Child, give that kumoonko to me,
For myself I will sing, and get drunk as can be!p.(p.142)

해동가요집을 펴낸 김수장은 서울 화개동에 노가재라는 집을 짓고
친구들과 함께 자연과 예술의 즐거움을 맛보면서 한적한 노년을 보낸
것으로 전해지는데,107) 위의 시조도 그가 노년기의 작품으로 추정된다.

초장에 해당하는 1, 2행은 작가를 둘러싸고 있는 대자연의 아름다움
을 묘사한 만큼 역자는 원뜻을 그대로 잘 살리고 있다. 중장을 나타낸
3, 4행에서는 초장의 분위기에 맞추어 술을 빚고 안주를 준비한 내용이
이어진다. 역자는 원문에 없는 감탄사 "Ah"를 3행 첫부분에, "!"를 4행
끝부분에 첨가함으로써 이러한 시적 분위기를 살리고 있다.

종장 첫 부분에서 돈호법 "Here, Child"를 쓴 것은 매우 이례적(異例的)
인 일이다. 왜냐하면, 이미 앞에서 서술한 바와 같이 그의 다른 역시편
에서는 "O Garçon!"으로 번역했기 때문이다. 그가 "Child"와 "Garçon"
양자 가운데 어느 것을 택했는지 그 기준을 파악할 수 없으나 윗시조

---

107) Kevin O'Rourke, *The Sijo Tradition*, Jung Eum Sa, 1987, p.120.

의 종장 내용으로 보아 시적 화자가 자작자가(自酌自歌)하는 경우에는 사적(私的)인 뉘앙스를 풍기는 "Child"를 쓴 것으로 보인다. 이것은 번역 자가 낱말 혹은 문장 하나 하나에 얼마나 세심한 배려를 했는가를 보 여주는 부분이다.

4) 나오는 말

본고는 재미 한인문학 작가 가운데 강용흘의 「초당」의 작품적 가치 와 그 성과를 고려하여 기존연구에서 거의 간과한 고시조 영역에 관하 여 초점을 맞추어 분석한 결과를 요약하면 다음과 같다.

우선 그가 고시조를 어떻게 번역하여 작품 속에 삽입하였는가에 주 목하여 필자는 그의 번역을 최근의 번역이론과 관련지어 면밀히 분석 하였다. 그는 원시의 의미를 정확히 이해하고 그 의미에 충실하면서도 얼마만큼의 작품의 독창성과 문학성을 확보한 것은 특기할 만한 사실 이다. 그리고 우리말이 영어와는 전혀 이질적인 문화적 배경과 역사성 및 사회성을 지니고 있음은 물론 언어의 구조와 형태가 전혀 달라 영 역의 문제점을 간파하고 강용흘이 3장 6구를 특징으로 하는 시조 형식 을 과감하게 깨고 자유시 형태를 취하여 6행으로 하여 원문의 의미에 초점을 맞추어 충실히 번역한 것은 특기할 만한 사실이다.

그는 작품의 제목을 한국적 정서와 전통이 담긴 "초당"으로 하였는 데, 이것은 유성원의 시조 첫 구에서 인용한 것이다.

강용흘의 「초당」이 한국문화의 전통과 세시풍속에 관해 골고루 묘 사함으로써 한국 혹은 한국적인 것에 대한 세계적 이해를 도모하는 데 성공을 거둔 작품이다. 그는 방법적인 면에서 이와 같이 고시조를 영역하여 삽입함으로써 한국문화를 전혀 모르는 독자들에게 작품을 통하여 자연스럽게 이해하도록 하는 데 크게 기여한 셈이다.

특히 동양과 서양의 비교 기준, 또는 그 가운데서도 한국, 중국, 일본 간의 비교 기준은 주인공 청파의 학문을 향한 방랑의 여정을 다루는 그의 소설세계의 기본골격을 이루는데, 그가 고시조를 번역, 삽입한 기법은 주제를 심화시키는 데에 또한 효과적이었음을 인정해야 한다. 고시조를 영역하는 과정에서 번역자가 처한 환경과 문화를 번역과정에 원용한 사실은 문학작품 번역자에게 시사하는 바가 크다. 위와 같은 몇 가지 측면에서 그의 번역이 지닌 번역문학사적 의미는 매우 크다고 할 수 있다.

다만 강용흘이 원시의 의미를 충실히 따르고 있으나 때로는 주제를 부각시키기 위하여 혹은 시적 분위기 창출을 위하여 원문의 내용을 임의로 빼거나 원시에 없는 부호나 어구를 첨가하여 역자의 의도를 두드러지게 강조하는 기법을 사용한 점은 한 점은 그의 번역이 갖는 한계점으로 지적된다.

저자 김효중

　서울대학교 국어국문학과를 졸업하고 스위스, 독일, 영국 등지에서 수학하고 귀국하였다. 영남대학교 대학원에서 문학박사 학위를 받았으며 현재 대구가톨릭대학교 교수로 재직 중이다.
　저서로는『박용철 하이네 시 번역과 수용에 관한 연구』(문광부 우수도서),『한국비교문학의 현장』,『한국현대시연구』,『번역학』(대우학술총서),『한국현대시의 비교문학적 연구』,『현대시의 이론과 비평』,『새로운 번역을 위한 패러다임』(2006 학술원 우수도서),『글로벌 시대의 한국문학』 등이 있다.

한국문학의 세계화 전략

2008년 9월 10일 1판 1쇄 인쇄
2008년 9월 15일 1판 1쇄 발행

지은이● 김 효 중
펴낸이● 한 봉 숙
펴낸곳● 푸른사상사

저자협의
인지생략

등록 제2-2876호
서울시 중구 을지로3가 296-10 장양B/D 701호
대표전화 02) 2268-8706(7) 팩시밀리 02) 2268-8708
메일 prun21c@yahoo.co.kr / prun21c@hanmail.net
홈페이지 //www.prun21c.com

ⓒ 2008, 김효중

ISBN 978-89-5640-639-8 93800
값 18,000원

☞ 21세기 출판문화를 창조하는 푸른사상에서는 좋은 책 만들기에 노력하고 있습니다.